ちくま文庫

ブラウン神父の知恵

G.K.チェスタトン
南條竹則
坂本あおい 訳

筑摩書房

目次

グラス氏の不在　7
盗賊の楽園　33
イルシュ博士の決闘　63
通路の男　89
機械の誤り　117
カエサルの首　143
紫の鬘　171
ペンドラゴン一族の滅亡　197
銅鑼の神　229
クレイ大佐のサラダ　257

ジョン・ブルノワの奇妙な罪　281
ブラウン神父の御伽話　309
訳者あとがき　333
解説　ブラウン神父のパラドクス　甕由己夫　337

ブラウン神父の知恵

ルシアン・オールダショーに

グラス氏の不在

THE ABSENCE OF MR. GLASS

高名な犯罪学者で、ある種の精神《こころ》の病の専門家でもあるオライオン・フッド博士の診察室は、スカーバラ[1]の海岸通りに面し、たいそう大きく採光の良いフランス窓が連なっていた。そこから望む北海は、まるで青緑の人理石の外壁が果てしなく続いているようだった。こうした場所で見る海には、青緑の腰板のような単調さがあった。というのは、部屋そのものが、海の恐ろしい整然さに似ていなくもない、恐ろしい整然さに隅々まで支配されていたからである。フッド博士の部屋から贅沢が、いや、詩さえも排除されていたとお考えになってはいけない。そういうものはちゃんと然《しか》るべき場所にあったけれども、その場所を出ることはけして許されない感じがした。贅沢はそこにあった。専用のテーブルに、極上の葉巻を入れた箱が八つも十も置いてあった。しかし、それらの箱はある方針に基づいて並べてあり、一番強い葉巻がいつも壁寄りに、一番弱い葉巻が窓寄りに置いてあったのである。この贅沢品のテーブルには、いずれも上等な蒸留酒三種を入れた酒壜台《タンタロス》がいつも載っていたが、おかしなことを考える連中に言わせると、ウィスキーとブランデーとラムがいつも同じ高さまで入っているようだったという。そこには詩もあった。部屋の右手の隅には、英国および外国の生理学者の書物が見事に揃《そろ》っていたが、左手の隅には、英国の古典文学が同じくらい完全に取り揃えて並べてあった。しかし、もしもその列からチョーサーなりシェリーなりを一冊抜くと、その隙間《すきま》は、大人の前歯が欠けたように心を苛立《いらだ》たせたのである。本が一度も読まれなかったとは言いきれない。たぶん読まれはしたのだろうが、古い教会の聖書のように、鎖でそれぞれの位置に繋《つな》いであるような感じだった。フッド博士は自分の書棚を公立図書館のように管理していた。こうした厳格で体系的な近寄り難さが、抒情詩とバラッドの書棚や、酒と煙草のテーブルにまで浸《し》み渡っていたとすれば、専門書を収めた書棚や、壊れやすい、さながら妖精にも似た化学や力学の器具を載せたテーブルが、それにもまして異教的な神聖さによって守られていたことは言うまでもあるまい。

オライオン・フッド博士は長々とつながった部屋を端から端までゆっくりと歩いた。その部屋は——子供の地理の教科書風に言えば——東は北海に臨み、西は社会学と犯罪学の蔵書がぎっしり詰まった書棚に面していた。博士は画家の着る天鵞絨《びろうど》の服をまとっていたが、画家のようなだらしなさはなく、髪の毛には白いものがだいぶ混じっていたが、ふさふさと健康に生えていた。顔は痩せているが、血色が良く希望に溢《あふ》れていた。彼とこの部屋のまわりにあるあらゆるものが、あの偉大な北海のように、頑《かたく》なであると同時に落ち着かない雰囲気を呈していた。彼はその北海のそばに（純粋に衛生上の主義から）自分の家を築いたのである。

1　イングランド北東部、ノースヨークシャー州の港市。海辺の保養地として発展した。

運命がおかしな気まぐれでドアを押し開け、この長い、厳格な、海に面した部屋に招じ入れた人物は、部屋ともその主人とも驚くべき対照をなしていたと言えるだろう。言葉少なだが丁重に案内を請う声に応えて、ドアが内側に開かれ、部屋によろけ込んで来たのは、不格好《ぶかっこう》な小男だった。その男は自分の帽子と蝙蝠傘を、大荷物のようにもてあましている風だった。傘は黒い月並な代物で、とうの昔に修理のしようがなくなっていた。帽子は広い鍔《つば》が反《そ》り返った黒い帽子で、聖職者の被《かぶ》り物だが、イギリスではあまり見かけない種類だった。そして当人は朴訥《ぼくとつ》と無能力を絵に描いたようだった。

博士は驚きを抑えて新来の客をじっと見た。何か巨《おお》きいけれども害はなさそうな海獣が部屋に這い込んで来たとしたら、そんな風にながめただろう。新来の客は、バスにやっとこさ身体を押し込んだ肥《ふと》った掃除婦のように、ニコニコしながら息を切らして、愛想良く博士を見た。社交上の自己満足と肉体的無秩序の豊かなる混乱だった。帽子が絨毯《じゅうたん》に転がり落ち、重い蝙蝠傘が膝の間をすべってドスンと音を立てた。持主は手を伸ばして片方を追い、身をかがめてもう片方を拾おうとしながら、真ん丸い顔に変わらぬ微笑を浮かべて、次のように話しだした。

「わたしはブラウンと申します。失礼をお許しください。じつはマクナブさんのことで参ったのです。あなたは人をああした悩みからしばしば救ってくださるとうかがいましたので。もしわたしの心得違いでしたら、御勘弁下さい」

彼はこの時にはもう不格好に手足を広げ、帽子を取り戻していた。そして不都合をすべて帳消しにするかのように、帽子を持って、ちょこんと妙なお辞儀をした。

「おっしゃることがわかりませんな」科学者は冷淡に、きっぱりした態度でこたえた。「部屋をお間違えではありませんか。わたしはフッド博士といって、仕事はほとんど文筆と教育に関することです。たしかに、時々警察から相談を受けることはありますがね。特に厄介で重要な事件のことで。しかし——」

「いや、今回の件はすこぶる重要なのです」ブラウンと名乗る小男は口を挟《はさ》んだ。「その、母親が二人の婚約を許そうとしませんので」そう言うと、理性に輝くばかりといった顔で、椅子に凭《もた》れた。

フッド博士は陰気に眉を顰《ひそ》めたが、その眉の下にある目は、怒っているのか面白がっているのか、明るく輝いていた。「とおっしゃいましても、やはりよくわかりませんな」

「ですから、二人は結婚したがっているんですよ」と僧帽を持った男は言った。「マギー・マクナブとトッドハンター青年は結婚したがっているんです。これより重要なことがありましょうか？」

偉大なオライオン・フッドは科学で成功したかわりに多くの物を失った——健康を失ったと言う者もいれば、神を失ったと言う者もいる。それでも、馬鹿げたことを解する感覚まですっかり奪い取られたわけではなかった。純真な司祭が最後に言った申し立てを聞くと、腹の底から笑いが込み上げ、診察をする医師の皮肉な態度で、肘掛け椅子にどっかりと腰を下ろした。

「ブラウンさん」と彼は重々しい口調で言った。「わたしが個人的な依頼を受けて個人的な問題を診断するようになってから、じつに十四年半が経ちます。最初はロンドン市長の宴会でフランス大統領を毒殺しようという計画についての相談でした。ただ今の問題は、マギーというあなたの御友人が、トッドハンターという彼女の友人の婚約者にふさわしいかどうか、ということのようですな。さて、ブラウンさん、わたしは公正な人間です。御相談をお引き受けいたしましょう。マクナブ家の方々に、フランス共和国や英国王にしてさしあげたのと同じ、最善の助言をいたします――いや、それ以上のことをね。十四年分の経験を積んでおりますからな。今日の午後は何も用事がありません。話をお聞かせください」

ブラウンという小柄な聖職者は心から礼を言ったに違いないが、その礼は妙に簡単なものだった。喫煙室で見知らぬ人がマッチを取ってくれた時に礼を言うような態度であり、キュー植物園の園長が一緒に野に出て、四つ葉のクローバーを探してくれる（実際は、それに匹敵《ひってき》する好意だったのに）ことへの礼のようではなかった。彼は厚く礼を言ったあと、ほとんど間を置かずに話しはじめた。

「わたしの名前はブラウンだと申し上げました。実際その通りでありまして、小さなカトリック教会の神父なんです。その教会はあなたもきっと御覧になったことがおありでしょうが、町の北の外《はず》れの、家もまばらな通りのさらに先にあります。海に沿って壁のように続いている通りの一番外れの、家も一番まばらなあたりに、わたしの信徒で、大変正直者ですが、少し短気なマクナブという後家さんが住んでおります。娘さんが一人いて、家に下宿人を置いています。この母親と娘、母親と下宿人の間には——その、どちらの側にも色々言いたいことがあるようです。現在いる下宿人はトッドハンターという青年だけなのですが、彼は他の誰よりもたくさんの厄介事を持ち込みました。家の娘さんと結婚したがっているからです」

「それで娘さんの方は」フッド博士は口にこそ出さなかったが、内心大いに面白がってたずねた。「どういうお気持ちなんです？」

「何と、結婚したがっているんですよ」ブラウン神父は熱を入れて坐り直しながら、言った。「それがおそろしく面倒なところなんです」

「まったく、ひどい謎ですな」とフッド博士は言った。

「このジェイムズ・トッドハンターという若者は」と聖職者は続けた。「わたしの知る限り、まっとうな男ですが、誰も彼のことを良く知らないのです。快活な、肌の浅黒い小柄な男で、猿のようにすばしこくて、役者のように髭をきれいに剃《そ》り、旅行の添乗員にでも生まれついたように親切です。金はいささか持っているらしいのですが、どんな仕事をしているのか誰も知りません。ですから、マクナブ夫人は（根が苦労性《くろうしょう》なので）何か恐ろしいことを、たぶんダイナマイトと関係のあることをやっているんだと決めてかかっています。そのダイナマイトは、さだめし内気で音のしない種類のものなんでしょうな。というのも、あの男は毎日何時間も部屋に閉じこもって、鍵をかけた扉の向こうで、何か研究しているだけだからです。こうして人を寄せつけないのは一時《いっとき》のことで、ちゃんとした理由がある。結婚式までには説明すると本人は約束しています。はっきりわかっていることはこれだけなのですが、マクナブ夫人におたずねになれば、自分でもよくわからないことまで色々話してくれるでしょう。御存知のように、ああいう無知な土地では、つくり話が雑草のようにはびこるものです。部屋から二人の人間の話し声が聞こえたという噂もありますが、扉を開けると、いつもトッドハンター一人しかいないのです。それから、こんな噂もあります。シルクハットをかぶった背の高い謎の男が、ある時海の霧の中から、まるで海から出て来たように現われて、黄昏の砂浜を忍び足で歩き、小さな裏庭を抜けて、やがてトッドハンターの部屋の開いた裏窓から話しかけるのが聞こえたというんです。話は口論に終わったようで、トッドハンターはピシャリと窓を下ろし、山高帽の男はふたたび海の霧の中へ消えて行きました。あの家の人はこの話をひどく謎めかして語るのですが、マクナブ夫人は自分の作り話の方が気に入っているようです――それによると、〝相手の男〟(だか何だかわかりませんが)は、部屋の隅に置いてある大きな箱から、夜な夜な這い出して来るというんです。その箱は、日中は錠がかけてあります。おわかりでしょう。こんな調子で、トッドハンターのかたく閉じられた扉は、『千一夜物語』のような空想と怪奇の門のように扱われているんです。けれども、その部屋にいる小柄な青年は立派な黒い上着を着て、応接間の置時計みたいに几帳面で罪のない男なんです。部屋代はきちんきちんと納めるし、事実上の禁酒主義者です。小さい子供たちを飽きずに可愛がって、朝から晩までも遊んでやります。そして最後にもっとも重要な点を申し上げれば、一番上の娘にも同じくらい好かれていて、娘は明日にもこの男と教会へ行くつもりです」

何事であれ大きな理論に傾倒する人間は、それを些細《ささい》な事柄にも応用したがるものだ。純朴な司祭の話を親切に聞いてやった偉大な専門家は、とことん親切を尽くしてやった。肘掛け椅子にゆったりと坐り、少し上《うわ》の空の講演者のような口調で語りはじめた。

「たとえ、ごく小さな事例に於いても、まずは自然の大きな傾向に目を向けるのがよろしいのです。ある花は冬の初めにも枯れないかもしれませんが、花一般は枯れつつあるのです。ある小石は潮にけして濡れないかもしれませんが、潮がさして来ることに変わりはないのです。科学の目で見れば、人類の歴史はすべて集合的な運動や破壊や移動の連続にほかなりません。蠅が冬に全滅し、鳥が春に帰って来るようなものです。ところで、あらゆる歴史の根本にある事実は〝種族〟です。〝種族〟が宗教を生み、〝種族〟が法や倫理の戦いを生みます。もっとも顕著《けんちょ》な例は、我々がふつうケルト人と呼ぶ、野蛮で浮世離れした滅びつつある種族ですが、お知り合いのマクナブ家はその典型です。小柄で、色が浅黒く、夢見がちなさすらいの血が流れているケルト人は、いかなる出来事についても迷信的な説明をたやすく信じてしまう。ちょうど（こんな言い方をしては失礼ですが、お許し下さい）あなたやあなたの教会が提示する、あらゆる出来事の迷信的な説明をいまだに信じているのと同じです。背後には海が悲しく呻《うめ》き、前には教会が（また失礼なことを申しますが）一本調子な声で唸《うな》っている環境では、ああした人々が、おそらく単純な出来事にすぎないものに空想的な姿を与えたとしても、驚くにはあたりません。小さな教区を預かっておられるあなたは、このマクナブというおかみさんしか御覧になっていません。その人は、二人の話し声と海から現われた背の高い男の話に怯《おび》えています。しかし、科学的な想像力のある人間には、いわば世界中に散らばっているマクナブ一族全体が見えるのです。突きつめて平均化すると、かれらは鳥の一種族のように似ています。何千という家に何千というマクナブ夫人がいて、友人の茶碗に病的な妄想のしずくを垂らしているのが見える。そして、さらに——」

科学者が最後まで言い終えないうちに、またしても案内を請う声が外から聞こえて来た。それは、もっと焦《あせ》っている声だった。誰かがスカートの衣擦《きぬず》れの音をさせて、廊下を急ぎ足に歩いて来たと思うと、ドアが開き、若い娘が姿をあらわした。身形《みなり》はきちんとしているが、大慌てで来たために格好が乱れ、顔は真っ赤だった。髪は潮風に吹かれた金髪で、頬骨がスコットランド風に少し高く、赤らんでいなかったら、文句なしの美人と言えただろう。娘は無礼を詫びたが、その口調は命令するようにぞんざいだった。

「お邪魔してすみません」と娘は言った。「でも、ブラウン神父様をすぐに追いかけなきゃいけなかったんです。人の生死《いきしに》に関わることで」

ブラウン神父は少し慌てて、立ち上がろうとした。「何があったんだね、マギー?」

「ジェイムズが殺されたんです。そうとしか思えません」娘は急いで来たために、今も肩で息をしていた。「あのグラスという男がまた来たんです。二人で話しているのが、ドアごしにはっきり聞こえました。べつべつの人間の声でした。ジェイムズはいつも低声《こごえ》で、北国訛《なま》りでしゃべりますが、もう一人の声は甲高くて、震えていました」

「グラスという男?」神父は少し戸惑《とまど》って聞き返した。

「グラスという名前なのは知ってるんです」娘は焦《じ》れったくてたまらないという風に答えた。「ドアごしに聞こえました。二人は言い争っていました——お金のことだと思います——だって、ジェイムズは何度も言ったんです。『その通りだ、ミスター・グラス』とか『だめだよ、ミスター・グラス』とか、それから、『二と三だ、ミスター・グラス』とか。でも、長話をしている場合じゃありませんわ。今すぐ来てください。まだ間に合うかもしれません」

「しかし、何に間に合うというんだね?」それまでずっと若い娘を興味深げに観察していたフッド博士が質問した。「グラス氏とその金銭問題に関して、そんなに急を要することがあるのかね?」

「ドアを破ろうとしたけれど、だめだったんです」娘は無愛想に答えた。「それで裏庭へまわって、部屋の中が見える窓枠まで、何とかよじ登りました。部屋の中は薄暗くて、誰もいないようでしたけれど、わたしは間違いなく見たんです、ジェイムズが隅にうずくまっているのを——毒を飲まされたか、紋め殺されたみたいに」

「そいつは一大事だ」ブラウン神父は彷徨《さまよ》える帽子と蝙蝠傘を取り集めて、立ち上がった。「じつをいうとね、わたしはこちらの紳士に君たちのことを話していたんだ。この方の御意見は――」

「意見は大きく変わりました」科学者は重々しく言った。「この若い御婦人は、わたしが思っていたほどケルト的ではないようだ。ほかに用事もありませんから、帽子をかぶってぶらぶらお供しましょう」

数分後、三人はマクナブ家が住む通りのうら寂しい入口に近づいていた。娘は登山家のようにずんずんと息もつかずに歩き、犯罪学者はゆったりと優雅に（その足どりには、豹《ひょう》のようなある種の敏捷《びんしょう》さがなくもなかった）、そして神父はこれといった特徴のない元気な早足で歩いた。この町外れの光景を見ると、荒涼たる雰囲気と環境について博士が示唆《しさ》した説も、あながち間違いとは思われなかった。家々は海に沿って切れぎれの紐のように散在し、行けばゆくほどしだいに間隔が遠くなった。午後もそう遅くないのに夕闇が迫って、空の一処《ひとところ》は毒々しい赤だった。海はインクを流したような紫色に染まり、気味悪くざわめいていた。砂浜に向かって下りてゆくマクナブ家のちっぽけな裏庭には、二本の真っ黒い、実を結ばぬ感じの木が生えていた。その形はまるで驚いて両手を上げた魔物の手のようだった。マクナブ夫人が通りを走って来て三人を出迎えたが、痩せた両手を同じように広げ、血相を変えた顔は陰になっていたため、彼女自身も魔物のようだった。博士と神父は取り合わなかったが、夫人は娘の話を甲高い声で繰り返した上に、おどろおどろしい枝葉を付け加え、グラス氏が人殺しをしたこと、トッドハンター氏が殺されたこと、またトッドハンター氏が娘と結婚したいなどと言っておきながら、そうする前に死んだことに対して、それぞれ復讐の誓いを立てた。一同は家の正面から狭い廊下を抜けて、裏手にある下宿人の部屋の前まで来た。そこでフッド博士はある老探偵のやり方を真似て、羽目板に肩で強くぶつかり、ドアを押し破った。

部屋の中は、音もなき惨劇の光景を呈していた。たとえ一瞬でもそれを見た者は、この部屋を舞台として、二人ないしそれ以上の人間が熾烈《しれつ》な衝突を起こしたことを疑い得なかっただろう。まるでゲームが中断されたかのように、トランプがテーブルにばら撒《ま》かれ、床に散らばっていた。空《から》のワイングラスが二つ小卓の上に置いてあったが、三つ目のグラスは絨毯の上で水晶の星のように粉々に割れていた。そこから二、三フィート離れたところに長いナイフか短い剣のようなものが転がっていて、刃はまっすぐだが、柄《つか》は装飾を施し、絵が描いてあった。鈍い刃は、うしろの物寂しい窓から射し込む明かりを受けて灰色に光り、その窓からは、鉛色の海を背にして黒い木々が見えた。部屋の反対側の隅には紳士の被《かぶ》るシルクハットが転がっていた。まるでたった今、頭から叩き落とされたようで、まだ床の上をクルクル回転《まわ》っているようにも見えた。そしてその奥の隅に、馬鈴薯《じゃがいも》袋のように投げ出され、しかしながら鉄道旅行のトランクのように紐をかけられて、ジェイムズ・トッドハンター氏が横たわっていたのだ。スカーフで口をふさがれ、肘と足首を縄で六、七回ぐるぐる巻きにしてあった。鳶《とび》色の瞳は生きて、油断なく動いていた。

オライオン・フッド博士は一瞬戸口のマットの上で立ちどまり、無言の暴力の現場をすっかり目に収めた。それから素早く絨毯を横切って、シルクハットを拾い上げ、縛られたままのトッドハンターの頭に厳かに載せた。帽子は大きすぎて、肩までずり落ちて来そうだった。

「グラス氏の帽子か」博士はそう言って帽子を手に戻って来ると、虫眼鏡で中を覗き込んだ。「グラス氏が不在で、グラス氏の帽子が存在することをどう説明します？　というのも、グラス氏は身形に無頓着な人間ではありませんからな。こいつは粋な形の帽子だし、きちんとブラシをかけて光沢《つや》を出してある。あまり新しいものではありませんがね。老いたダンディといったところでしょう」

「でも、なんてこと！」マクナブ嬢が大声を上げた。「この人の縄を解くのが先じゃありませんの？」

「『老いた』と申し上げたのは、考えがあってのことです。確信はありませんがね」と解説者は語り続けた。「わたしの言う理由は少しこじつけのように思われるかもしれません。人間の髪の毛は、人によって程度は大分異なりますが、ほとんどつねに少しずつ抜け落ちています。だから、この拡大鏡で見れば、人がついさっきまで被っていた帽子の内側には、細かい毛が見えるはずです。ところが、これには一本もついていない。そのことから、わたしはグラス氏が禿頭《はげあたま》だと推測するのです。さて、この事実と、さきほどマクナブ嬢が生きいきと形容された甲高い、震える声とを考え合わせると（まあ、お嬢さん、もう少し御辛抱ください）――すなわち、この毛のない頭と、怒った老人にありがちな声の特徴とを考え合わせると、かなりの高齢だということが推論できると思います。もっとも、元気の良い人のようですし、背が高いことはまず確実です。以前窓辺に現われた時、シルクハットをかぶった背の高い男だったという話がありましたね。ある程度はそれを根拠としても良いのですが、わたしの考えるに、もっと明確な証拠があります。このワイングラスはそこらじゅうに飛び散っていますが、破片の一つが、マントルピースの横の高い棚の上にのっています。トッドハンター氏のように比較的小柄な人があれを割ったのだとしたら、欠片《かけら》があんな場所に落ちるはずはありません」

「ところで」とブラウン神父が言った。「トッドハンターさんの縄をほどいてあげても良いんじゃありませんか？」

「酒器から得られる教訓は、これだけではありません」専門医は話を続けた。「グラスという男は年齢のためというより、不節制が原因で、禿頭だったか神経質だった可能性があるともいえます。お話によると、トッドハンター氏は物静かな倹《つま》しい紳士で、本来禁酒家です。このトランプやワイングラスは彼には通常用のないものですから、誰かのために出してあったのでしょう。しかし、それよりもう一歩先へ進んでも良いでしょう。トッドハンター氏がこのワイングラスの持主であるにしろ、ないにしろ、葡萄酒を持っている形跡がない。それなら、グラスに何を入れるつもりだったのか？　わたしとしては、ブランデーかウイスキー、それもたぶん上等な酒の壜がグラス氏のポケットに入っていたのだと申し上げます。これで我々はグラス氏の人物像を、少なくとも彼が属する類型《タイプ》の画像《すがた》を描きました。背が高く、年配で、お洒落《しゃれ》で、しかし幾分くたびれていて、賭博と強い酒が好きな——たぶん度を越して好きな男。グラス氏は社会の周辺に珍しくない紳士です」

「いいこと」と娘が叫んだ。「そこをどいて、縄をほどかせてくださらないと、外《おもて》へとび出して警察を呼びますわよ」

「マクナブさん、あなたにはお勧めできませんな」とフッド博士は厳粛に言った。「慌てて警察を呼ぶことはね。ブラウン神父、本気でお頼みしますが、どうかあなたの信徒たちをなだめてください。わたしのためではなく、かれらのためです。さて、グラス氏の風貌や人となりについて、ある程度のことはわかりましたが、トッドハンター氏については、主にどんな事実が知られているでしょう？ 実質的には三つです。倹約家であること、多少裕福なこと、秘密があること。どうです、金を強請《ゆす》られる男の三大特徴が備わっているじゃありませんか。それと同じくらいはっきりしているのは、グラス氏のくたびれた美服、道楽をする習慣と甲高い怒った声は、強請る男のまぎれもない特徴だということです。口止め料の悲劇に登場する二人の典型的な人物が揃《そろ》いました——一方は秘密を持つ立派な男、もう一方は秘密を嗅ぎつけたウェスト・エンド[2]の禿鷹。この二人が今日ここで会って、口論となり、拳と抜き身の武器を用いたのです」

「あの縄をほどくつもりはおありなの？」娘が頑固に食い下がった。

フッド博士はシルクハットを注意深く脇卓《わきたく》に戻し、縛られた男の方へ歩み寄った。それから男をじっくりと観察し、相手の身体を少し動かしてみたり、肩をつかんで横に向けたりしていたが、こう答えただけだった。

「いや、縄はお友達の警察が手錠を持って来るまで、このままで良いでしょう」絨毯をぼんやり見ていたブラウン神父が、真ん丸い顔を上げて言った。「それはどういう意味です?」

科学者は絨毯の上から奇妙な短剣を拾い上げ、熱心に観察しながら答えた。

「なぜなら、みなさんはトッドハンター氏が縛られているのを見ると、グラス氏が縛って逃げたのだという結論に飛びついてしまわれるからですよ。それには四つの反論が成り立ちます。第一に、わが友グラス氏のごとく服装に気をつかう紳士が、どうして帽子を置いて行ったりするでしょう? 仮に自分の自由意思で置いて行ったとすればですよ。第二に」博士は窓の方へ歩きながら、語り続けた。「ここが唯一の出口ですが、内側から鍵が掛かっています。第三に、ここにある刃には切っ先にほんの少し血がついていますが、トッドハンター氏の身体には傷がありません。生死はともかく、グラス氏が傷を負って出て行ったのです。こうしたことに加えて、根本的な蓋然性《がいぜんせい》をお考えになるとよろしい。強請られた人間が邪魔者を殺そうとする方が、強請り屋が金の卵を産む鵞鳥《がちょう》を殺そうとするよりも、よほどありそうなことでしょう。さあ、これで事件の全貌が明らかになったと思います」

「しかし、縄は?」さいぜんからポカンと感心したように目を瞠《みは》っていた神父がたずねた。

2　劇場、繁華街、高級住宅を擁すロンドンの中心地区。

「ああ、縄ですね」専門医は妙な抑揚で言った。「マクナブのお嬢さんは、わたしがどうしてトッドハンター氏の縄をほどいてあげないのかを、たいそう知りたがっておいででした。では、お答えしましょう。わたしがそうしなかったのは、トッドハンター氏がいつでも好きな時に自分で縄を抜けられるからです」

「何ですって？」聴き手はそれぞれまったく異なる驚きの声を上げた。

「トッドハンター氏にかけられた縄の結び目を全部見ました」フッド氏は静かに繰り返した。「わたしはたまたま縄結びについて、多少の知識を持っています。これも立派な犯罪学の一分野ですからね。結び目はどれもトッドハンター氏が自分で結んだもので、自分でほどくことができます。敵が本気でこの人を縛りつけようとして結んだものは、一つもありません。縄のこの一件は、巧みなペテンなんです。哀れなグラス氏ではなく、自分が乱闘の被害者だと見せかけるためにやったことで、グラス氏の死体はさだめし庭に隠してあるか、煙突にでも押し込んだのでしょう」

いささか重苦しい沈黙が下りた。部屋はしだいに暗くなり、潮風に痛めつけられた庭木の枝はいちだんと痩せて黒ずんで見えたが、それでいて、さっきよりも窓に近づいて来たようだった。まるで蛸《たこ》や烏賊《いか》のような海の怪物が、この悲劇の結末を見とどけるために、触手をくねらせて海から這い上がって来たのかと思われた。ちょうど彼が——悲劇の悪役であり犠牲者でもある、シルクハットをかぶった恐ろしい男が、以前海から這い上がって来たように。それというのも、あたりの空気全体に恐喝《きょうかつ》の病毒が濃く立ち籠《こ》めていたからである。強請《ゆすり》は人間がすることのうちで、もっとも病的なものだ。なぜなら、それは犯罪を隠す犯罪、黒い絆創膏をもっと黒い傷口に貼ることだからだ。

小柄なカトリックの神父の顔は、ふだんは呑気《のんき》で滑稽でさえあるのだが、突然、好奇心に駆られたように眉を顰《ひそ》めた。それは最初無心でいた時のうつろな好奇心ではなかった。むしろ、何かの考えが浮かんで来た時に生ずる創造的な好奇心だった。

「どうか、もう一度おっしゃってください」神父は素直な、困惑した態度で言った。「トッドハンターは一人で自分を縛り上げることも、一人で縄を解くこともできるとおっしゃるんですね？」

「その通りです」と博士は言った。

「何とまあ！」ブラウン神父はいきなり叫んだ。「本当にそんなことがあり得るんだろうか！」

彼は兎のように小走りに部屋を横切り、まったく新たな衝動に駆られて、とらわれ人《びと》の半分隠れた顔を覗き込んだ。それから、自分の少し間の抜けた顔を一同に向けた。「やっぱり、そうです！」とある種の興奮を滲《にじ》ませて、叫んだ。「この人の顔を見てわかりませんか？　そら、あの目を御覧なさい！」

教授も娘も神父の視線の先を追った。トッドハンターの顔の下半分は幅広の黒いスカーフにすっかり隠されていたが、上半分には、何か必死に藻掻《もが》いているような、切羽詰《せっぱつ》まったものがあることに気づいた。

「目つきが変だわ」娘はひどく動揺して叫んだ。「あなたたち、ひどいわ。きっと痛がっているのよ！」

「いや、そうではありますまい」フッド博士が言った。「たしかに、目に奇妙な表情が浮かんでいます。しかし、あの何本もの横皺《よこじわ》は、むしろ軽度の精神異常を示しているとわたしは解釈しますね――」

「馬鹿おっしゃい！」ブラウン神父は叫んだ。「笑っているのがおわかりにならんのですか？」

「笑っているですと！」博士はぎょっとして鸚鵡《おうむ》返しに言った。「しかし、一体何を笑っているというんです？」

「それは」とブラウン神父は申し訳なさそうに言った。「あけすけに申し上げると、あなたを笑っているようです。実際、わたしも自分を笑いたい気分ですよ。こうしてわかってしまいますとね」

「何がわかったというんです？」フッドは少し苛々《いらいら》してたずねた。

「それは」と神父はこたえた。「トッドハンター氏の職業です」

彼は部屋の中をのそのそと歩きまわって、色々な物を順繰りにポカンとした目つきでながめては、そのたびに、同じくらいポカンとした笑い声を上げた。傍《はた》でそれを見ていなければならぬ者にとっては、何とも焦《じ》れったいやり方だった。帽子を見ては大笑いし、割れたグラスを見ると、もっと大声でげらげら笑ったが、剣先についた血を見た時は、身体を震わせて死ぬほど笑いころげた。それから、立腹した専門医の方をふり返った。

「フッド博士」神父は熱を込めて言った。「あなたは偉大な詩人です！　創造されざる存在を虚空から呼び出された。ただの事実を探り出すより、ずっと神の御《み》業《わざ》に近いことです！　まったく、それに較べたら、ただの事実はむしろありきたりで滑稽です」

「何の話をなさっているのか、わかりませんな」フッド博士は少し横柄に言った。「わたしが示した事実はもちろん不完全かもしれませんが、いずれも必然的な論理の帰結です。直感が（もし詩という言葉がお好きなら、そう言い換えてもよろしいが）入り込んだところもあるかもしれないが、それは単に、その部分の細かい事情がまだ確かめられないからにすぎません。グラス氏がいないとなると――」

「そこです、そこです」小柄な神父はしきりにうなずいて、言った。「まずはそこをはっきりさせなければいけません――グラス氏がいない。きれいさっぱり、いないんです。思うに」神父は考えながら言い足した。「グラス氏ほどいなかった人はほかにいないでしょうね」

「この町にいないと言いたいんですか？」と博士は問い質《ただ》した。

「どこにもいないんですよ」とブラウン神父は答えた。「言ってみれば、天地《あめつち》の間にいないんです」

「それじゃ、あなたは」と専門医は微笑を浮かべて言った。「そんな人物は最初からいないのだ、と本気でおっしゃるのですか？」

神父は肯定のしるしにうなずいた。「残念なことですがね」

オライオン・フッドは突然、馬鹿にするように笑った。「よろしい。では、百一もある他の証拠を検討する前に、我々が最初に見つけた証拠を取り上げてみるとしましょう。この部屋に入って、最初に出くわした事実です。もしもグラス氏が存在しないのなら、これは誰の帽子でしょう？」

「トッドハンター氏のものですよ」ブラウンはこたえた。

「しかし、彼の頭には合わない」フッドはもどかしげに叫んだ。「あの帽子を被《かぶ》れたはずはない！」

ブラウン神父はたとえようもなく優しく、首を振った。「被れたとは言っておりません。あの人の帽子だと言ったんです。あるいは、微妙な違いを気になさるなら、あの人の持っている帽子と言い換えましょう」

「微妙な違いとやらはどこにあるんです？」犯罪学者は微かに冷笑を浮かべて、たずねた。

「いいですか」穏やかな小男は初めて焦れったそうな素振りをして、言った。「街を歩いて最寄《もより》の帽子屋へお入りになれば、わかりますよ。通常の言葉で言うある人の帽子と、その人の持っている帽子とは違うことがね」

「だが、帽子屋は」フッドは反論した。「売り物の新しい帽子から儲《もう》けを出します。トッドハンター氏のこの古い帽子からは、何が出て来るというんです？」

「兎です」ブラウン神父は即答した。

「何ですって?」フッド博士は声を上げた。

「兎に、リボンに、キャンディ、金魚、色テープですよ」聖職者の紳士は早口に言った。「あのごまかしの縄を見破られた時、すっかりおわかりになりませんでしたか？　あの剣も同じです。トッドハンター氏は、あなたのおっしゃる通り、身体に傷ひとつ負っていません。しかし、中に傷を負ったんです。おわかりになりますかな」

「トッドハンターさんの服の中ということですの?」マクナブ夫人が厳しい口調で質問した。

「服の中じゃありません」とブラウン神父は言った。「トッドハンター氏の中です」

「一体全体、何をおっしゃりたいんですか?」

「トッドハンター氏は」ブラウン神父は落ち着き払って説明した。「本職の手品師になろうとして稽古中《けいこちゅう》なのです。それに曲芸師、腹話術師、縄抜けの達人にもなるつもりでね。手品で帽子の説明はつきます。髪の毛がついていなかったのは若禿《わかはげ》のグラス氏がかぶっていたからではなく、誰もかぶったことがないからです。曲芸で三つのグラスの説明がつきます。トッドハンター氏はグラスを順番に放り上げて、受けとる技を練習していました。しかし、まだ慣れないため、一つ天井にぶつけて割ってしまったんです。それから、やはり曲芸で短剣にも説明がつきます。それを呑むことはトッドハンター氏の職業的な誇りであり、義務でもありました。しかし、こちらもまだ慣れないため、剣で喉の内側を少し擦《す》りむいてしまいました。だから身体の中に傷を負ったんですが、(あの顔つきからすると)

大した傷ではないんでしょう。彼はまたダヴェンポート兄弟[3]のような縄抜けの術も練習していて、ちょうど縄から抜けようとした時、我々が部屋に押し入って来たんです。トランプは言うまでもなくトランプ手品用で、床に散らばっているのは、ついさっきまでトランプを宙に飛ばす芸当を練習していたからです。自分の仕事を秘密にしていたのは、単に手品の種を秘密にしておく必要があったからで、奇術師というものは、みんなそうですよ。ところが、ある時、シルクハットを被ったどこかの閑人《ひまじん》が裏窓から覗き込んで、カンカンになったトッドハンター氏に追い払われました。そのために、わたしたちは間違った荒唐無稽な話を信じて、トッドハンター氏の人生に、シルクハットを被ったグラス氏の幽霊がつきまとっていると想像してしまったんです」

「でも、二人の声がしたのはどういうわけなんですか?」マギーが目を丸くしてたずねた。

「腹話術を聞いたことがないんですか?」ブラウン神父は訊き返した。「腹話術師はまず地声でしゃべって、それから、ちょうどあなたがお聞きになったような、甲高い、不自然なキイキイ声で返事をするのですよ」

長い沈黙が続き、フッド博士は不機嫌で注意深げな微笑を浮かべて、語り終えた小男を見た。「あなたは本当に賢いお方ですな。本の中でも、こう巧くはゆかんでしょう。ですが、グラス氏に関して、一点だけ説明がついておりません。それは名前です。マクナブ嬢はトッドハンター氏がミスター・グラスと呼びかけるのをはっきり聞いているんですよ」

ブラウン神父は子供のようにクスクス笑い出した。「じつはね、そこが、この馬鹿馬鹿しい話の中でも一番馬鹿馬鹿しいところなんです。ここにいるわれらが曲芸師は、三つのグラスを順繰りに投げて、声に出して数えながら受けとめました。取りそこなった時も、声に出して言いました。彼は実際にはこう言ったんです。「一《いち》、二《にい》、三《さん》――ミスった、グラス一つ。一、二――ミスった、グラス一つ」とこんな具合にね」

部屋は一瞬しんとなり、やがて全員がいっせいに笑い出した。その間に、隅にいた手品師は悠然と縄を解いて、鮮やかにさっと振り落とした。それから部屋の真ん中へ進み出ると、一礼して、ポケットから青と赤で印刷した大きなちらしを取り出した。そこにはこう書いてあった――「天下無双の奇術師、曲芸師、腹話術師にして、〝人間カンガルー〟なる**ザラディン**が、前代未聞の妙技の数々を御覧に入れます。スカーバラ市エンパイア・パヴィリオンにて、来《きた》る月曜正八時より」。

3　十九世紀後半に活躍したアメリカの奇術師。

盗賊の楽園

THE PARADISE OF THIEVES

トスカーナの若い詩人のうちでももっとも独創的な、偉大なるムスカリは、贔屓《ひいき》のレストランへ颯爽《さっそう》と入って行った。その店は地中海を見下ろし、日除《ひよ》けを張って、低いレモンとオレンジの木に囲まれていた。白いエプロン姿の給仕たちが、白いテーブルの上に、早目の優雅な昼食が始まるしるしの皿を並べていた。それを見ると、すでに高慢の頂上に達していた男は、いっそう満足の度を深めたようだった。ムスカリはダンテのような鷲鼻で、髪の毛もネッカチーフも黒く、風になびいていた。手には黒い上着を携《たずさ》え、黒い仮面も持っていそうに思われるほど、ヴェネチアの通俗劇めいた雰囲気を漂わせていた。彼は吟遊詩人がいまだに司教のような確固とした社会的役割を持つかのごとく振舞っていた。己の時代が許すギリギリの範囲で、小剣《レピヤー》とギターを持ち、ドン・ファンさながらに世間を闊歩《かっぽ》していた。

というのも、彼は旅をする時、必ず剣を収めた箱を持ち歩いて、何度も華々しい決闘をしたのである。マンドリンの箱も持ち歩いて、エセル・ハロゲイト嬢のためにセレナーデを奏でた。ハロゲイト嬢はヨークシャーの銀行家のはなはだ旧弊な、お固い娘で、休暇を楽しんでいるところだった。とはいえ、彼ははったり屋でも子供でもなかった。血の気が多く、理屈っぽいラテン人種で、何かを好きになると、それになりきってしまうのだった。

彼の詩は、他の誰が書く散文にもまして率直だった。彼が名声や酒や美女を求めるひたむきさは、北方人の曇《くも》った理想や、曇った妥協の中では想像も出来ないものだった。もっと曖昧《あいまい》な人種にとっては、この男の激しさには危険の匂い、いや、犯罪の匂いさえ感じられた。火や海と同様に、彼はあまりに単純すぎて信用がならなかったのである。

くだんの銀行家と美しいイギリス人令嬢は、ムスカリのレストランに付属するホテルに泊まっていた。だからこそ、ムスカリはこのレストランを贔屓にしたのである。しかし、店内をざっと見渡したところでは、イギリス人の一行はまだ降りて来ていないようだった。レストランはきらびやかだったが、まだ割合と空《す》いていた。二人の司祭が隅のテーブルで話をしていたが、ムスカリ（熱心なカトリック教徒だった）は、二羽の烏を見たほどにも思わなかった。しかし、さらに奥の席から――その席は、黄金《きん》色のオレンジの実が生《な》った植木の蔭になっていたが――ムスカリ自身とはまるで正反対の服装をした人物が立ち上がり、詩人の方へ近づいて来た。

この人物は白黒の格子柄のツイードを着て、ピンクのネクタイ、尖った襟、爪先のふくらんだ黄色い靴を身につけていた。〝マーゲイトのアリー〟[1]の正しき伝統にのっとって、奇抜かつ平凡に見える努力をしていた。しかし、このロンドンっ子の幽霊が近づいて来る

1　マーゲイトはイングランド南東部にある伝統的な海辺の保養地。アリーはハリーがロンドンの下町弁で訛《なま》った形。

と、その頭と胴体が明らかに別物であることに気づいて、ムスカリは仰天した。縮れ毛で浅黒く、じつに陽気なイタリア人の頭が、厚紙のような立ち襟と滑稽なピンクのネクタイの上に、ひょっこり突き出していたのである。しかも、それは知っている顔だった。しゃちこばったイギリス式の休日の身形をしていたのは、エッツァという忘れていた昔馴染《なじ》みだった。この青年は学校時代神童と呼ばれ、十五歳《じゅうご》になるかならぬかのうちから、ヨーロッパ中に名を上げると期待されていた。ところが、世間に出ると上手く行かなかった。まずは劇作家と煽動政治家として公《おおやけ》に失敗し、それから役者、旅行家、周旋屋、新聞雑誌記者として、数年間立て続けに私的な失敗を重ねた。ムスカリが最後に彼を見たのは、舞台の上でだった。彼は役者稼業の刺激が肌に合いすぎ、何か道徳的な不幸に呑み込まれてしまったらしいと思われていた。

「エッツァじゃないか！」詩人は大声で呼びかけ、嬉しい驚きに席を立って、握手をした。「楽屋でいろんな格好をしている君を見たが、まさかイギリス人の服装をした君を見るとは思わなかった」

「これはね」エッツァは真面目に答えた。「イギリス人の服装じゃなくて、未来のイタリア人の服装だよ」

「だとすれば」とムスカリは言った。「僕は過去のイタリア人の方が好きだな」

「それは君の昔からの間違いだよ、ムスカリ」ツイードの男は首を振って言った。「それに、イタリアの間違いでもある。十六世紀に、我々トスカーナ人は夜明けを切りひらいた。

最新の鋼鉄、最新の彫刻、最新の化学を持っていた。その我々が今、どうして最新の工場や、最新の自動車や、最新の金融を持ってはいけないんだ——それに最新の服を？」

「持つ価値がないからさ」とムスカリは答えた。「イタリア人を根っから進歩主義者にすることは不可能だよ。知性がありすぎるからね。良い暮らしへの近道を知る者は、新しい七面倒な道を行こうとは思わない」

「僕に言わせりゃ、ダヌンツィオ[2]じゃなくてマルコーニ[3]こそイタリアの星だ。だから、僕は未来派[4]になったんだ——そして旅先案内人に」

「旅先案内人だって！」ムスカリは笑った。「君が辿《たど》り着いた最後の商売がそれかい？それで、誰を案内しているんだ？」

「ハロゲイトという男と、その家族だよ」

「このホテルに泊まってる銀行家じゃないのか？」詩人はいくらか熱を入れてたずねた。

「そう、その男さ」と旅先案内人は答えた。

「儲《もう》かるのかい？」吟遊詩人は無邪気に訊いた。

2　ガブリエーレ・ダヌンツィオ。イタリア・ファシストの先駆者でありデカダンス文学の代表者。作品に小説『死の勝利』、戯曲『聖セバスチャンの殉教』などがある。
3　グリエルモ・マルコーニ。無線通信技術の発展に貢献し、一九〇九年にノーベル物理学賞を受賞。
4　二十世紀初頭のイタリアを中心とする前衛芸術運動。

「僕は儲かるだろう」エッツァはいとも謎めいた微笑を浮かべて、言った。「でも、僕はちょっと変わった案内人なんだ」それから話題を変えようとするかのように、唐突に言った。「あの男には娘がいる――それに息子が」

「娘は女神だ」とムスカリは断言した。「父親と息子は、まあ人間だな。しかし、あの銀行家は無害な人間だとしても、僕の持論を見事に証明していると思わないか？　ハロゲイトは金庫に何百万も持っている。一方、僕は――ポケットに穴があいている。だが、あの男の方が僕よりも利口だとか、度胸があるとか、いや、精力的だとさえも、君は言うまい――言いたくても言えないだろう。あいつは利口じゃない。あいつの目玉は青いボタンも同然だ。精力的でもない。あいつが椅子から椅子に移るところは、まるで中風患者みたいだ。あれは実直で人の好い、でくの坊の爺さんだよ。それでも金があるのは、単に金を集めるからなんだ。子供が切手を集めるみたいにね。エッツァ、君は意志が強すぎるから、商売には向いてない。上手く行かないよ。あれだけの金を儲けるほど利口になるには、金を欲しがるほど馬鹿にならなきゃいけない」

「僕は十分馬鹿だけどね」エッツァは陰気に言った。「しかし、あの銀行家を批判するのはそれくらいにしておいた方がいい。御当人がやって来たぜ」

果たして、偉大な金融家ハロゲイト氏が部屋に入って来たが、誰も目を向けなかった。背中氏は大柄な年配の男で、濁った青い目をして、白茶けた灰色の口髭を生やしていた。背中がひどく猫背でなかったならば、陸軍大佐といっても通ったろう。未開封の手紙を何通か手に持っていた。息子のフランクは見るからに好青年で、髪は巻毛、陽に焼けて元気旺盛だったが、彼にも目を向ける者はいなかった。すべての目が、いつものことだが、少なくともその瞬間は、エセル・ハロゲイトに引きつけられていたのだ。彼女のギリシア人のような金髪の頭と暁《あかつき》の空に似た顔色は、サファイア色の海の上にわざと置かれた女神の頭を思わせた。詩人ムスカリは何かを飲んでいるかのように深く息を吸った。実際、彼は先祖たちがつくり上げた〝古典〟を飲んでいたのである。エッツァもやはり一心に、しかし、もっと不可解な目つきで彼女を見つめていた。

ハロゲイト嬢はこの時、いつにもまして明るく、よくしゃべった。彼女の家族は大陸の気楽な習慣に馴染んでいたので、面識のないムスカリや案内人のエッツァまでも、同じテーブルについて話をすることを許した。エセル・ハロゲイトは旧弊な娘だったが、その旧弊さをそれなりの完璧さと輝かしさが飾っていた。父親の富を鼻にかけ、流行の贅沢を好み、親にとっては優しい娘だが男には浮気者——彼女にはそういうところと同時に一種の素晴らしい素直さがあったので、高慢ささえも可愛らしく、俗っぽいお上品さも若々しく潑溂《はつらつ》としたものに思われるのだった。

一同は、その週のうちに行くつもりだった山道に危険が待ち受けているというので、興奮の渦に巻き込まれていた。危険というのは岩や雪崩《なだれ》ではなく、もっとロマンティックなものだった。エセルは山賊が、現代の伝説である本物の人殺しが、今もアペニン山脈のその峠に出没し、その道を押さえていると本気で信じ込んでいた。

「噂ではね」彼女は女学生のように嬉々《きき》として言った。「あの地方はイタリアの王様じゃなくて、盗賊の王様が支配しているんですって。盗賊の王様って、誰なのかしら？」

「大した男ですよ」とムスカリが答えた。「貴国《おくに》のロビン・フッドにも匹敵する男です、お嬢さん《シニョリーナ》。盗賊王モンターノの噂が山で聞かれるようになったのは十年ほど前のことで、山賊なんていなくなったとその頃の人々は言っていました。ところが、モンターノの野蛮な勢力は、静かな革命のように素早く拡がっていきました。山の村という村に彼の恐ろしい布告が張り出され、谷という谷に彼の番兵が銃を持って立つようになりました。イタリア政府は六回もあの男を追い払おうとしましたが、六回とも、まるでナポレオンにでもやられたように、激戦の末、敗《ま》けたんです」

「そんなことは」銀行家が重々しい口調で言った。「イギリスではけして許されんでしょうな。我々はやはり、べつの道を行くべきかもしれん。だが、案内人はまったく危険はないと言っておりましたがね」

「まったく危険などありませんよ」案内人は軽蔑するように言った。「僕は二十ぺんもあそこを通ってるんです。僕らのお祖母さんの時代には、王様と呼ばれた前科者の年寄りがいたかもしれません。でも、作り話ではないにしても、もう昔のことですよ。山賊は完全に一掃されました」

「完全に一掃することは、けしてできないね」とムスカリが言った。「武装蜂起は南国人にとって生まれつきの反応だからね。この国の農民は山と同じで、見かけは優雅だし、青々として朗らかだが、その下には火が燃えている。人間の絶望がある点まで高じると、北国の貧乏人は酒に浸《ひた》る——この国の貧乏人は短剣を取る」

「詩人には特権がありますからね」エッツァはせせら笑って、言った。「ムスカリ殿がもしイギリス人だったら、いまだにウォンズワースで追剝《おいはぎ》[6]を探していることでしょう。信じて下さい。ボストンで頭の皮を剝がれる危険がないように、イタリアで山賊につかまる危険もありませんよ」

「それでは、試してみろと言うんだね?」ハロゲイト氏は眉を顰《ひそ》めて、たずねた。

「まあ、ちょっと恐ろしそう」娘はそう言って、輝く瞳をムスカリに向けた。「あの道は危険だと本気でお思いになって?」

ムスカリは黒い鬣《たてがみ》のような髪をうしろに投げた。「事実、危険なんです。僕は明日、あの峠を越える予定です」

ハロゲイト青年はしばらくその場に残って、白葡萄酒の杯を干し、煙草に火をつけたけれども、美しい娘の方は、銀の鈴を振るような声で皮肉を撒き散らしながら、銀行家と旅

5　イタリア半島を縦走する山脈。

6　十七、八世紀に馬に乗って公道に出没した。

先案内人と詩人と共に引きあげた。同じ頃、隅にいた二人の神父も席を立ち、背の高い白髪のイタリア人は別れを告げて、そこを去った。背の低い方の神父はふり返って、銀行家の息子に近づいて来た。青年は、彼がカトリックの神父なのにイギリス人であることに気がついて、驚いた。そういえば、カトリック教徒の友人が開いたにぎやかな懇親会で、この神父に会ったことがあるような気がした。しかし、はっきり思い出せないでいるうちに、向こうから話しかけて来た。

「フランク・ハロゲイトさんでしたね。一度御紹介いただきましたが、だからといって出しゃばった真似をするつもりはありません。今から申し上げねばならない奇妙なことは、見ず知らずの人間から聞かされた方が良いのです。ハロゲイトさん、一言だけ言ってお暇《いとま》します――妹さんがひどく悲しい目に遭《あ》われた時、いたわってさしあげなさい」

兄妹《きょうだい》なので無関心なフランクにさえも、エセルの輝きと嘲るような笑いは、今もキラキラと光彩を放ち、響き渡っているように思われた。彼女の笑い声は今もホテルの庭から聞こえて来た。フランクはわけがわからず、陰気な忠告者をまじまじと見た。

「山賊のことですか?」彼はそうたずねて、自分の漠然とした不安を思い出しながら、言った。「それとも、ムスカリのことを考えておられるのですか?」

「人は真の不幸のことをけして考えないものです」と奇妙な神父は言った。「いざそれがやって来た時、優しくすることができるだけです」

そう言うと、神父はぽかんと口を開《あ》いた相手を残して、そそくさと部屋から立ち去った。

それから一日か二日経って、一行を乗せた馬車は険しい山脈の峠を、這うように攀《よ》じ登って行った。エッツァは危険などないと朗らかに言いきり、それに対してムスカリはやかましく異を唱えたが、金融家一家は当初の計画を貫き、ムスカリも予定を繰《く》り合わせて、一緒に山越えすることにした。それよりももっと驚くべきは、レストランにいた小柄な神父が海辺の町の停車場に現われたことだった。神父は用事があって、自分も内陸の山を越えなければならない、とだけ言った。しかし、ハロゲイト青年は彼がそこにいることを、前日の謎めいた不安や警告と結びつけて考えずにはいられなかった。

一行が乗った馬車は、広々した一種の遊覧馬車《ワゴネット》で、案内人が現代風の才覚で考案したものだった。彼は科学的な行動と生き生きした機知でこの遠出を取り仕切った。盗賊の危険があるという考えは念頭からも話題からも消えていたが、それでも形ばかりの、わずかな備えはしてあった。案内人と銀行家の息子は弾を込めた拳銃を持っていたし、ムスカリは（子供のように御満悦で）黒いマントの下に一種の短剣《カトラス7》を佩《お》びていた。

ムスカリはサッとひとっ跳びして、美しいイギリス人令嬢の隣に座を占めた。令嬢の向かい側には神父が坐ったが、この人《バンク》はブラウンという名前で、幸い無口な人物だった。案内人と父と息子はうしろの坐席に腰かけた。危険を本気で信じているムスカリはたいそう

7　昔の船乗りなどが用いた、反り身で幅広の重い剣。

意気込み、彼がエセルにした話は狂人の言葉と思われても不思議はなかった。しかし、山の頂のような絶壁に果樹園のような木々が生えている景色のさなかで、狂った贅沢な登山をしていると、彼女の心もなぜかムスカリの心と共に、数多《あまた》の太陽が旋転する紫の途方もない天空へ引き上げられて行くようだった。白い道は白い猫のように山を登った。陽の射さない峡谷を綱渡りのように渡り、投縄をかけたように遠く離れた絶壁を巡りめぐった。

しかし、どんなに高く登っても、荒野《あれの》は薔薇のように花咲いていた。野は陽光と風を受けて、翡翠《かわせみ》や鸚鵡や蜂鳥《はちどり》の色に、咲き乱れる百もの花の色に光り輝いていた。この世には、イングランドの牧草地や森ほど美しい牧草地や森はないし、スノードン[8]の峰や、グレンコウの谷[9]ほど気高い峰や峡谷もない。しかし、エセル・ハロゲイトは、切り立った北国の峰に南国の庭が斜めに寄り添う風景を、これまで見たことがなかった。グレンコウの峡谷に、ケント[10]の果実がたわわに実っているのだ。英国では高地や手つかずの風景といえば、寒さと荒寥たる寂しさを連想するが、ここにはそんなものはなかった。むしろ、モザイクの宮殿が地震で引き裂かれたか、オランダのチューリップ園がダイナマイトで星空に吹き飛ばされたかのようだった。

「ビーチー岬[11]にキュー庭園があるみたいだわ」とエセルは言った。

「これが我々の秘密です」とムスカリは答えた。「火山の秘密。それに革命の秘密でもある――乱暴であって、しかも実り豊かなものがあり得るということですよ」

「あなた御自身も、どちらかというと乱暴ですわ」エセルは微笑みかけた。

「しかし、あまり実を結びません」と相手は認めた。「もしも今晩僕が死んだら、結婚もしない阿呆として死ぬんです」

「あなたがいらっしゃったのは、わたしのせいじゃありませんわ」エセルはぎこちない沈黙のあとで言った。

「けしてあなたのせいじゃありませんとも」ムスカリは答えた。「トロイが陥落したのも、あなたのせいではない」

そう言っているうちに、一行は恐ろしい崖の下にさしかかった。崖は危険な曲がり角に、翼を広げたように覆いかぶさっていた。狭い岩棚に巨きな影が落ちたのに怯《おび》えて、馬が騒ぎ出した。御者が地面に飛び降りて馬の頭を押さえようとしたが、手がつけられなくなった。一頭の馬は後足で思いきり立ち上がった――馬が二本足で立った時の高さは、巨人のように恐ろしいものである。それで平衡《へいこう》がくずれた。馬車全体が船のように傾き、道端の茂みに突っ込んで、崖から落ちようとした。ムスカリはエセルを腕に抱き、エセルはしがみついて、大声を上げた。彼はこんな時のために生きていたのだった。

華麗な山壁が紫の風車のように、詩人の頭のまわりをグルッとまわった瞬間、それより

8　ウェールズの最高峰。
9　スコットランド西部の谷。
10　イングランド南東部の州。
11　イギリス海峡に突き出た岬。白亜質の絶壁で名高い。

もさらに人を驚かせることが起こった。年配で動作も鈍い銀行家が、馬車の中でいきなり立ち上がると、傾いた乗物がそこへ連れて行くのを待たずに、崖から飛び降りたのである。最初は自殺同然の無茶な真似に思われたが、次の瞬間には、安全な投資のように賢い行動であることがわかった。このヨークシャー人は明らかに、ムスカリが考えていたよりも賢明で、機敏だった。彼が飛び降りた場所は山の窪《くぼ》で、彼を迎えるためにわざわざ芝やクローバーを敷きつめたようだったのである。結局のところ、投げ出された格好は多少みっともなかったかもしれないが、全員が同じ幸運に恵まれた。道の急な曲がり角の真下は、低い牧草地のような、草花の多い窪地だった。いわば長い緑の山の裾に、緑の天鵞絨《びろうど》のポケットがついているのだった。ここへ全員が倒れ込んだり転がり込んだりして、怪我《けが》はほとんどなかったけれども、小さい荷物やポケットの中身さえもが、まわりの草一面に散らばっていた。壊れた馬車は上の頑丈な生垣に引っかかり、馬は苦しげな格好で斜面の下を向いていた。最初に起き上がったのは小男の神父で、間の抜けた不思議そうな顔をして頭を掻いた。フランク・ハロゲイトは神父がこう独り言を言うのを聞いた。「はて、どうしたわけで、うまいことここへ落ちたんだろう?」

神父は目をパチクリさせて、あたりに散らばったものを見ると、自分の何とも不格好《ぶかっこう》な蝙蝠傘を取り戻した。その向こうにはムスカリの頭から落ちた鍔広《つばひろ》のソンブレロ帽が転がっていて、その傍らに封をした商用の手紙が落ちていた。神父は宛名をちらりと見てから、それをハロゲイト老に返した。彼の反対側には、エセル嬢の日傘が草に半分隠れ、そのすぐ先に、長さが二インチもない奇妙なガラスの小壜が落ちていた。神父はそれを拾い上げた。目立たぬように素早くコルクの栓を抜いて匂いを嗅ぐと、丸々した顔が土色に変わった。

「天よ、われらを救いたまえ！　まさかあの娘のものじゃないだろうな！　それとも、もう不幸に襲われたんだろうか？」彼はそうつぶやいて、小壜をチョッキのポケットに滑り込ませた。「こうしても罪にはなるまい。もう少し様子がわかるまで、こうしておこう」

神父は傷ましげに娘を見つめた。娘はちょうどその時、花の中からムスカリに抱き起こされるところだった。ムスカリは言った。「僕らは天国に落ちたんです。これは奇蹟ですよ。人間は上に登って下に落ちますが、上に向かって落ちることができるのは、神や女神だけです」

実際、色彩の海から立ち上がったエセルの姿は、何とも美しく幸せそうだったので、神父は疑いが揺らぐのを感じた。「結局」と彼は思った。「あの毒薬は彼女のものじゃないのかもしれん。ムスカリの大袈裟な小道具の一つかもしれん」

ムスカリは令嬢をそっと立たせ、馬鹿馬鹿しく芝居がかったお辞儀をした。それから、短剣を抜いて、ピンと張った馬の手綱を力一杯断ち切ったので、馬は足掻《あが》いて地に足をつけ、草叢《くさむら》に立って身震いした。その時、いとも驚くべきことが起こった。ひどくみすぼらしい身形をして、真っ黒く日に焼けた物静かな男が茂みの中から現われ、馬の頭を押さえたのだ。男は幅広で曲がった妙な形のナイフをベルトに留めていた。無言で急に現われたことを除けば、べつに変わったところはなかった。詩人が何者かとたずねたが、返事をしなかった。

窪地で慌てふためいている一行を見ているうちに、ムスカリは、日焼けして襤褸《ぼろ》をまとったべつの男が、短い銃を脇に抱え、芝生の端に両肘をついて、すぐ下の岩棚からこちらを窺《うかが》っているのに気づいた。それから、馬車が落ちて来た道を見上げると、さらに四つのカービン銃の銃口と、光る目を据えた四つの褐色の顔が、こちらを見下ろしていた。「山賊だ！」ムスカリは異様にはしゃいで叫んだ。「これは罠《わな》だったんだ。エッツァ、君がまずあの御者を撃《う》ってくれれば、まだ道を切り開ける。敵は六人だけだ」

「あの御者は」ポケットに両手を突っ込み、陰気な顔で立っていたエッツァは言った。「生憎《あいにく》とハロゲイトさんの召使いなんでね」

「それなら、なおさら撃つべきじゃないか」詩人は焦れったそうに叫んだ。「買収されて主人を裏切ったんだ。それじゃ、お嬢さんを囲んで、あそこを突破しよう——一気《いっき》に行くぞ」

ムスカリはそう言うと、野生の草花を掻き分け、四つのカービン銃目がけて果敢に突進した。しかし、ハロゲイト青年以外、誰も随《つ》いて来ないのに気づくと、ふり向いて短剣を振りまわし、他の者を促《うなが》した。案内人は足を少し広げて、依然草の輪の真ん中に突っ立っていた。両手はポケットに入れたままだった。痩せて皮肉屋めいたイタリア人らしい顔が、夕陽の中でしだいに長く伸びて来たようだった。

「ムスカリ、君は学校仲間のうちで僕が失敗者だと思っていたろう」とエッツァは言った。「そして自分は成功者だと思っていた。だが僕は君よりも成功したし、歴史上に大きな場所を占めてるんだ。君が叙事詩を書いている間、僕は叙事詩を生きて来た」

「おい、早く来い！」ムスカリは上から怒鳴った。「助けなきゃならない御婦人がいて、強い男が三人も味方についている。それなのに、君はそんなところに突っ立って、自分のことをしゃべってるつもりか？　そういうやつを何というかね？」

「モンターノというんだよ」奇妙な案内人は、相手に負けない朗々たる大声で言った。「僕が盗賊の王だ。みなさんを夏の宮殿に歓迎しよう」

そう言っているうちにも、武器を構えた無言の男がさらに五人、藪蔭《やぶかげ》から現われて、モンターノの方を見て命令を待った。一人は手に大きな紙を持っていた。

「我々みんながピクニックをしているこのきれいな、小さな憩いの地は」案内人兼山賊は相変わらず人なつこい、しかし無気味な微笑を浮かべて、語り続けた。「地下にある洞窟とひっくるめて〝盗賊の楽園〟という名で知られています。この山にある僕の第一の砦です。というのは（みなさんも、むろん、お気づきになったでしょうが）、この鳥の巣は上の道からも下の谷からも見えない。難攻不落というにも勝る利点です。気づかれないんですからね。僕はふだんここに暮らしているし、もし警察隊がここまで追って来たら、きっとここで死ぬつもりです。僕は「逃げ道を確保しておく」ような、けちな犯罪者ではなくて、最後の弾丸《たま》を確保しておく上等の悪党なんでね」

一同は雷に打たれたように凝然《ぎょうぜん》として彼を見つめていたが、ブラウン神父だけは大きな安堵のため息をついて、ポケットの小壜をまさぐった。「有難い！」と神父はつぶやいた。「この方がありそうなことだ。毒薬はもちろん、この盗賊の親玉のものなんだ。あいつはカトー[12]のように、けして囚《とら》われの身になるまいとして、これを持ち歩いているんだろう」

しかし、盗賊の王は相変わらず物騒かつ慇懃な口調で話を続けた。「あとは客人をおもてなしするにあたっての、社交上の条件を御説明するだけです。身代金という古式ゆかしい儀式については、くわしく申し上げる必要はないでしょう。僕はそれを義務として守らなければなりませんが、それを課せられるのは一部の方だけなのです。ブラウン神父と高名なムスカリ殿は、明日の夜明けに解放して、前哨地点まで安全にお送りしましょう。詩人や神父は、ざっくばらんに申し上げると、金を持っていません。ですから（何も得られない以上）この機会に、我々の古典文学への尊敬と教会への崇敬の念を示すことにしましょう」

彼は話をやめて、厭《いや》らしい笑みを浮かべた。ブラウン神父は何度も目をパチクリさせて彼を見ながら、話を急に注意深く聞きはじめたようだった。山賊の首領は手下から大きな紙を受けとり、それをチラチラ見ながら語り続けた。「僕のその他の意向については、この公式文書にはっきりと述べてあります。今からみなさんにまわしますが、そのあと谷間の村という村、山の十字路という十字路で木に張り出します。一字一句読み上げて、みなさんを退屈させるつもりはありません。御自分の目で確認できますからね。声明の要旨はこういうことです。第一に、イギリスの百万長者にして金融界の巨人たるサミュエル・ハロゲイト氏を捕らえたことを公に告げる。次に、氏は二千ポンド相当の紙幣と債券を所持していたが、こちらに渡したことを発表する。ところで、信じやすい公衆に向かって、してもいないことを発表するのは不道徳ですから、ただちにこれを実行するべきだと申し上げます。ハロゲイト氏には、ポケットにある二千ポンドをお渡しいただきたい」

銀行家は眉を顰めて相手を見た。顔を赤らめ、むっつりしていたが、怖気《おじけ》づいている様子だった。転落する馬車から飛び降りる時に、気力を使い果たしてしまったらしい。息子とムスカリが勇敢に山賊の罠を突破しようとした時も、おどおど尻込みしていたのだった。今は赤い震える手をしぶしぶ胸のポケットに入れて、紙と封筒の束を山賊に渡した。

「まことに結構！」無法者は陽気な声を上げた。「今のところ、我々は和気《わき》藹々《あいあい》ですな。それでは、もうじきイタリア中に発表される声明の要点に戻るとしましょう。第三の項目は身代金についてです。僕はハロゲイト家の友人達に三千ポンドの身代金を要求します。この御家族の値打ちをこんなに安く見積もっては、ほとんど侮辱にあたるでしょう。このような御一家ともう一日つきあえるなら、この三倍の額を支払わぬ者はありますまい。隠さずに申しますと、文書のおしまいには、金が支払われない場合に起こるかもしれない不愉快なことについて、法的な文言を用いて書いてあります。しかし、とりあえずは、紳士

12　小カトー（前九五年―前四六年）。ローマの将軍。カエサルに敗れて降伏を迫られ、自殺した。

淑女のみなさん、ここには寝る場所も酒も葉巻もたっぷりありますので、スポーツマンらしい歓待を受けて、〝盗賊の楽園〟の贅沢をしばらく楽しんでいただきたい」

彼がこうしてしゃべっている間も、カービン銃を構え、汚れた帽子を目深《まぶか》にかぶった怪しげな男たちが、音もなく集まって来た。やがて途方もない人数になったので、さすがのムスカリも、剣で反撃することは無理だと断念するに至った。彼はあたりを見まわしたが、娘はすでに父親のそばへ行って、なだめ、慰めようとしていた。父親の身を気遣う自然な情愛は、父親の成功を鼻にかけるいささか俗悪な優越感と同じか、それ以上に強かったからである。恋する男は非論理的なものなので、ムスカリはこの親思いに感心しながら、それに苛立った。剣を乱暴に鞘に収めると、緑の斜面の方へ歩いて行って、少し不機嫌そうにばったりと寝転がった。神父がそこから一、二ヤードと離れていない場所に腰を下ろしたので、ムスカリは一瞬むっとして、鷲のような目と鼻をそちらへ向けた。

「どうです」と詩人は辛辣に言った。「人はこれでも、僕のことをロマンティックすぎると考えますかね？　この山にはまだ山賊が残っているんでしょうか？」

「いるかもしれません」ブラウン神父は不可知論者のような言い方をした。

「どういうことです？」相手は鋭く聞き返した。

「わたしにはどうもわからんのです」と神父は答えた。「エッツァだかモンターノだか、何という名前だか知りませんが、あの男が理解できないんです。彼が案内人だというのも腑《ふ》に落ちなかったのですが、山賊だとすると、ますますわけがわかりません」

「でも、どうしてです？」相手は食い下がった。「だって、山賊であることは明らかだと思いますがね」

「おかしな難点が三つあるんです」神父は静かな声で言った。「あなたの御意見も聞かせていただきたい。まず初めに申し上げねばなりませんが、わたしは海辺のあのレストランで昼食を取っていました。あなた方四人が部屋をお出になる時、あなたとハロゲイト嬢はおしゃべりして笑いながら先に行き、銀行家と案内人は遅れて、ぼそぼそ低い声で話しながら出て行きました。しかし、エッツァがこう言うのが聞こえてしまったんです――『では、お嬢さんを少し楽しませてさしあげましょう。もうじき辛い目に遭われるのですからね』。ハロゲイト氏は返事をしませんでした。だから、あれは何か意味のある言葉だったんでしょう。わたしは咄嗟《とっさ》の衝動にかられて、妹さんに危険が迫っているかもしれないと兄君に忠告しました。どんな危険かは言いませんでした。わたしも知らなかったからです。しかし、もしもこうして山で捕まることを言っていたのだとしたら、意味をなしませんよ。銀行家を山の罠に誘い込むことが山賊兼案内人の目的だというのに、たとえ仄《ほの》めかすだけにしても、どうしてお客に警告するんです？　あれはべつのことを言っていたはずです。しかし、もしそうだとすると、案内人と銀行家が二人共知っていた、ハロゲイト嬢の頭上にふりかかるべつの災難とは何でしょう？」

「ハロゲイト嬢に災難ですって！」詩人は叫び、勢い込んで身を起こした。「説明してください。さあ、どうぞ」

「しかし、わたしの謎はすべて、あの山賊の頭《かしら》にまつわるものなんです」神父は考えながら話を続けた。「それから、第二の謎です。あの男はなぜ身代金を要求するのに、被害者からこの場で二千ポンド奪ったことを、あんなにはっきりと述べるんでしょう？　身代金を出させるには、何の役にも立ちますまい。むしろ逆です。ハロゲイトの友人たちは、盗人が金がなくて自暴自棄《すてばち》になっていると考えた方が、氏の身の上を案じるでしょう。それなのに、この場で金を奪ったことを強調して、脅迫文の最初に書いているんです。エッツァ・モンターノはなぜ強請《ゆす》りの金をもらわないうちから、懐中の金を巻き上げた事実をヨーロッパ中に宣伝したがるのでしょう？」

「僕には想像がつきません」ムスカリはそう言って、この時ばかりは気取らぬ仕草で黒髪を掻き上げた。「あなたは教えてくださっているつもりかもしれませんが、ますますわけがわからなくなるばかりです。盗賊王の三つ目の問題は何ですか？」

「三つ目の問題は」ブラウン神父はなおも思いに耽りながら言った。「わたしたちが今坐っている、この斜面です。われらが山賊兼案内人は、どうしてここを第一の砦だ、〝盗賊の楽園〟だと言うんでしょう？　ここはたしかに落ちて来るには柔らかい場所だし、見た目にもきれいな場所です。それに、彼の言う通り、谷からも山の上からも見えないので、隠れ場所だということも本当です。しかし、砦ではない。砦にはけしてなり得ませんよ。砦とすれば、世界最低の砦でしょう。なぜなら、山を越えるふつうの街道から見下ろせば、ここは丸見えだからです――その街道は警察が一番通りそうな場所ですよ。いいですか、三十分ほど前、我々はたった五挺のみすぼらしい小銃で、お手上げにされてしまいました。どんな兵隊でも中隊の四分の一の人数がいれば、我々を崖の向こうへ吹き飛ばすことができたでしょう。この草花の生えた妙なところにどういう意味があるにせよ、守りの固い陣地ではない。何かべつのものです。何かべつのおかしな重要性があるんです。わたしには理解できない価値がね。ここはむしろ偶然にできた劇場か、天然の楽屋といった趣がありますな。ロマンティックな喜劇の舞台のようだ。さながら……」

小柄な神父の言葉は長々と続き、鈍くて取りとめのない朴訥《ぼくとつ》な調子になった。一方、動物的な感覚が冴えて苛立っていたムスカリは、山で新たな音がするのを聞きつけた。その音は彼の耳にもまだごく微かな弱々しい音だったが、夕風が運んで来るのは、馬の蹄《ひづめ》の音と、遠く呼び交わす声に似たものであることは間違いなかった。

その瞬間、イギリス人たちの慣れない耳に振動が伝わるよりはるか前に、山賊モンターノは上の斜面を駆け上がり、生垣の切れ目に立つと、木に凭《よ》りかかって道を見下ろした。その立ち姿は異様だった。山賊王として鍔《つば》の垂れ下がった珍妙な帽子をかぶり、飾り帯と短剣をぶらぶらさせていたが、案内人の明るい平凡なツイード地があちこちから覗いていたのである。

次の瞬間、彼はオリーヴ色の顔に冷笑を浮かべてこちらをふり向き、片手で何かの仕草をした。それを合図に山賊どもはあたりに散ったが、混乱はなく、ゲリラの規律というようなものに従っていた。かれらは尾根沿いの道に陣取るかわりに、道端の木や生垣の蔭に散らばり、姿を隠して敵を見張ろうとするようだった。遠くの音はしだいに大きくなって山道を震わせ、大声で命令する声がはっきり聞こえて来た。山賊どもはあちらこちらに動いたり、身を寄せ合ったりしながら、毒づいたりささやき合ったりした。夕暮れの空気は、撃鉄を起こしたり、ナイフを抜いたり、石の上に鞘を引きずったりする、小さい金属的な音に満たされた。やがて双方の音が上の道で出会ったようだった。枝が折れ、馬がいななき、男たちは叫び声を上げた。

「助けが来たぞ!」ムスカリは跳ね起きて、帽子を振った。「警察隊が捕まえに来たんだ! さあ、自由のために加勢しよう! 盗賊どもに叛乱を起こすんだ! ねえ、警察に何もかも任せるのはやめようじゃないか。そんなのは現代の悪風だ。悪党どもを背後から襲うんだ。警察隊は我々を助けようとしている。さあ、諸君、我々も警察隊を助けようじゃないか!」

そう言うと、梢《こずえ》の上まで帽子を投げ上げ、ふたたび短剣を抜いて、上の道に向かって斜面をよじ登りはじめた。フランク・ハロゲイトも跳び上がって、回転式拳銃を手に、助けようと駆け寄ったが、父親がしわがれた声で厳しく呼びとめたので、驚いた。父親はひどく興奮しているようだった。

「許さんぞ」銀行家は喉が詰まったような声で言った。「おまえは手出しをするな」

「でも、お父さん」フランクは夢中で言った。「イタリアの紳士が先頭に立っているんですよ。英国人が尻込みしたなんて言われたくないでしょう」

「無駄だ」と老人は激しく身体を震わせて、言った。「無駄だ。我々は運命に従うしかないんだ」

ブラウン神父は銀行家を見た。そして本能的に胸に手をあてたが、じつは例の毒薬の小壜に手をあてたのだった。すると、大いなる光明が、死の啓示の光のように彼の顔に射した。

一方、ムスカリは応援も待たずに斜面を道まで登り、山賊王の肩をしたたかに打ち据えたので、相手はよろめいてふり返った。モンターノも短剣を鞘から抜いていたので、ムスカリは無言で相手の頭に斬《き》りつけ、モンターノもやむなくそれを受けて、払いのけた。ところが、双方の短剣が音を立てて交わったと思うと、盗賊王はわざと切っ先を下げて、笑い出した。

「こんなことをして何になる、おい？」彼は威勢の良いイタリア語の俗語で言った。「このろくでもない茶番も、もうじき終わりだ」

「どういうことだ、いかさま野郎」血気《けつき》にはやる詩人は息を切らして言った。「おまえの勇気も真心も贋物《にせもの》なのか？」

「おれのまわりにあるものは全部贋物さ」元案内人はしごく上機嫌にこたえた。「おれは役者だ。昔は自分の人格があったかもしれないが、そんなものは忘れてしまった。おれは本物の案内人でもないし、本物の山賊でもない。仮面をいくつも持っているだけなんだ。そんなものと決闘はできないだろう」彼は子供のように嬉しそうに笑って、道の小競《こぜ》り合いに背を向け、例の足を広げた姿勢になった。

山壁の下は闇が深まり、闘いの成り行きを見極めるのは容易でなかった。ただ、背の高い男たちが、まとわりつく山賊の群れを馬の鼻面で掻きわけているのがわかった。山賊どもは侵入者を殺すよりも、邪魔をしたり、押し返したりしようとしているらしかった。町の群衆が警察の通行を妨害するようなもので、詩人が思い描いていた、運の尽きた凶悪な無法者たちの最後の抵抗とは程遠いものだった。ムスカリが当惑して目を白黒させていると、誰かが肘に触った。見ると、あの変わり者の小柄な神父が、大きい帽子をかぶった小さなノアという格好で立っていて、ちょっと話をしたいと言った。

「シニョール・ムスカリ」と聖職者は言った。「このような奇妙な危機に際しては、個人的な批評もお許しいただけると思います。気を悪くなさらずに聞いていただきたいのですが、警察隊に加勢するよりも、あなたがもっと人の役に立つ方法をお教えしましょう。警察隊はどうせ敵を突破するんですからね。差し出がましいことを申しますが、あなたはあのお嬢さんが好きですか？　つまりですね、結婚して良い夫になれるくらい好きですか？」

「ええ」と詩人は素直に言った。

「お嬢さんはあなたが好きですか？」

「そう思います」相手は同じくらい真面目にこたえた。

「では、あちらへ行って、あなた自身を捧げなさい」と神父は言った。「彼女のためにできることを全部してあげなさい。あなたがもしも天と地を持っているなら、彼女に捧げなさい。時間がないのです」

「なぜです?」文学者は驚いてたずねた。

「なぜなら」とブラウン神父は言った。「彼女の〝破滅〟が道をやって来るからです」

「道をやって来るものといえば」とムスカリは反論した。「助けが来るだけですよ」

「とにかく、あちらへお行きなさい」と忠告者は言った。「そうして、助ける者からお嬢さんを助けられるように、用意しておくんです」

そう言っているうちにも、尾根に沿った生垣はことごとく踏み破られ、山賊どもが我先に逃げ戻って来た。かれらは追われる敗残兵のように、藪や深い草叢《くさむら》にもぐり込んだ。馬に乗った警察隊の鍔の反《そ》り上がった大きな帽子が、破られた生垣の上を通り過ぎて行くのが見えた。新たな命令が下った。馬を下りる音がして、鍔の反った帽子をかぶり、灰色の皇帝鬚を生やした背の高い一人の隊員が、一枚の紙を手に持って、〝盗賊の楽園〟の門になっている生垣の隙間に現われた。一瞬、あたりはしんとしたが、突拍子もない形で沈黙を破ったのは、銀行家だった。彼はしゃがれた、喉を絞められたような声で、こう叫んだのである。「奪《と》られた! 奪られてしまった!」

「何を言ってるんです」息子がびっくりして大声を上げた。「二千ポンド奪られたのは、何時間も前じゃありませんか」

「二千ポンドの話じゃない」銀行家は急に、おそろしく落ち着き払って言った。「小壜のことを言ってるんだ」

灰色の皇帝髭を生やした警察官が、緑の窪地を大股に歩いて来た。途中で盗賊王に出会うと、撫でるとも叩くともつかないやり方で肩をポンと叩き、それから相手を小突《こづ》いたので、モンターノはよろけてうしろへ退がった。「おまえも面倒に巻き込まれるぞ」と警察官は言った。「こんな悪戯《いたずら》をしてるとな」

芸術家ムスカリの目には、これも追い詰められた大悪党の逮捕劇には見えなかった。警察官はそのまま歩いて行って、ハロゲイト家の人々の前で立ちどまると、言った。「サミュエル・ハロゲイト、ハル・アンド・ハッダーズフィールド銀行の資金を横領したかどで、法の名に於いて逮捕する」

大銀行家は仕事で同意するような奇妙な態度でうなずき、一瞬、考え込むようだったが、あっという間もないうちに横を向いて一歩踏み出し、崖っ縁《ぷち》に立った。そして、馬車から飛び降りた時とまったく同じように、両手を振り上げて跳んだ。しかし、今度は真下の小さな草地には落ちなかった。千フィート下へ落ちて行って、谷底でぺしゃんこの骨となった。

イタリアの警察官はブラウン神父に向かって怒りを冗舌に表わしたが、それには大分称賛の念も混じっていた。「ついに我々から逃げおおせるとは、あの男らしい」と彼は言った。「言ってみれば、あいつこそ偉大な山賊ですよ。この最後のぺてんは、まったく前代未聞でしょう。やつは会社の金を持ってイタリアへ逃げ、贋物の山賊を雇って、自分をつかまえさせたんです。そうすれば、金が消えたことと本人が消えたことの説明になりますからな。あの身代金の要求は、警察でもたいていの者が本気にしましたよ。しかし、あいつはもう何年も、ああいうことをやって来たんです。あれに劣らないことをです。御家族にとっては大きな痛手《いたで》でしょう」

ムスカリは不幸な娘をその場から連れ去ろうとしていた。娘はその後何年もそうしたように、彼にひたと縋《すが》りついていた。しかし、こうした悲劇的な状況のうちにあっても、彼は弁護のしようのないエッツァ・モンターノに微笑みかけ、からかい半分の友情を込めて握手せずにいられなかった。「この次はどこへ行くんだい?」ムスカリは肩ごしにたずねた。

「バーミンガムだ」役者は煙草をふかしながら、こたえた。「僕は未来派だと言ったろう? 何かを信じるとしたら、ほんとにああいうものを信じてるんだ。変化があって、活気があって、毎朝新しいことが起こるというのをね。行先はマンチェスター、リヴァプール、リーズ、ハル、ハッダーズフィールド、グラスゴー、シカゴ——要するに、開化した、活力に満ちた文明社会だよ!」

「要するに」とムスカリは言った。「本物の〝盗賊の楽園〟だな」

イルシュ博士の決闘

THE DUEL OF DR. HIRSCH

モーリス・ブラン氏とアルマン・アルマニャック氏は、陽のあたるシャンゼリゼ通りを、一種快活な紳士らしさで横切っていた。二人共背が低く、キビキビしていて、大胆だった。どちらも黒い顎鬚を生やしていたが、本物の毛を人工物《つくりもの》のように見せる奇妙なフランスの流儀に従っているので、他人の顔から借りて来たように見えるのだった。ブラン氏は下唇の下に、付髭のような黒い逆三角形の鬚を生やしていた。アルマニャック氏は、目先を変えるために顎鬚を二つ生やしていて、立派な顎の左右の角から鬚が一つずつ突き出していた。二人共若かった。二人共無神論者で、物の見方はうんざりするほど頑《かたくな》だったが、理屈を言わせると、じつに融通無碍《ゆうずうむげ》だった。かれらは二人共、科学者にして政治評論家、道徳家である偉大なイルシュ博士の弟子だった。

ブラン氏は一般に使われる「アデュー」という言葉[1]をフランスの全古典から抹消し、日常生活で使った場合は些少《さしょう》の罰金を科すべきだと提案したことで有名になった。「そうすれば」とブラン氏は言った。「これを最後に、架空の神の名が人間の耳に響くことはなくなるだろう」。アルマニャック氏はどちらかというと軍国主義への反対が専門で、ラ・マルセイエーズの合唱の歌詞を「武器を取れ、市民たちよ」から「ストをせよ、市民たちよ」に変えたがっていた。しかし、彼の反軍国主義は独特の、いかにもガリア人的なものだった。かつて有名な金満家でクエーカー教徒でもあるイギリス人が、全地球から軍備を撤廃《てっぱい》する相談のため、彼に会いに来たことがあった。ところが、アルマニャック氏は（まず手始めに）兵士に将校を射殺させるべきだと言い出したので、相手はいささか困惑した。

そして、まさしくこの点で、二人は哲学の師であり父でもあるイルシュ博士と決定的に異なっていたのである。イルシュ博士はフランスに生まれ、フランス教育のもっとも輝かしい恩恵を身に受けたが、気質としてはべつのタイプであった。温和で、夢想的で、人間味があり、懐疑論を奉じてはいるが先験哲学的な考えがなくもなかった。要するに、フランス人よりドイツ人に近かったのである。二人の弟子は師を敬ってはいたものの、師があまりに平和的なやり方で平和を説くことに対して、ガリア人の潜在意識のどこかに苛立ちをおぼえていた。しかしながら、ヨーロッパ中にいるかれらの徒党にとって、ポール・イルシュは科学の聖者だった。その雄大で思いきった宇宙理論は、氏の謹厳な生活と、多少冷淡かもしれないが、純粋無垢な道徳観を世に宣伝していた。いわばイルシュは、ダーウィンとトルストイを兼ね合わせたような地位にいたのである。とはいえ、無政府主義者でも反愛国主義者でもなかった。軍備縮小に関する彼の意見は穏健で漸進的《ぜんしんてき》だった――共和国政府は種々の化学的改良に関して、博士に相当の信頼を寄せていた。彼は最近、何と無音の爆発物を発見し、政府はその秘密を細心の注意を以て守っていた。

1　「さらば」の意味のフランス語で、原義は「神の御許へ」「神と共に」。

博士の家はエリゼ宮[2]に程近い瀟洒《しょうしゃ》な通りにあった——その暑い夏、通りには木の葉が生い茂って、まるで公園そのもののようだった。栗の並木が日光を遮《さえぎ》っていたが、一箇所だけ隙間があり、そこに大きなカフェが通りまで店を広げていた。そのほぼ真向かいに、大科学者の邸宅の白い巨きな建物と緑の鎧戸《よろいど》があり、やはり緑に塗った鉄のバルコニーが二階の窓の前についていた。その真下に入口があり、植込みとタイルによって華やかに彩られた一種の中庭に通じていた。二人のフランス男はそこへ、さかんにおしゃべりをしながら入って行った。

ドアを開けたのは博士の老僕シモンだった。この男は博士本人だと言っても通っただろう。きちんとした黒いスーツに身をかため、眼鏡をかけ、白髪《しらが》頭で、親しげな物腰だった。実際、主人のイルシュ博士よりもよほど立派な科学者に見えたのである。当の博士はといえば、まるで歩く二股大根のような男で、胴体がちっぽけに見えるほど大きい真ん丸な頭がついていた。シモンは偉い医者が処方箋を渡す時のような厳粛な面持で、アルマニャック氏に一通の手紙を渡した。くだんの紳士はこの民族特有のせっかちさで封を破り、次のような文面を走り読みした。

「話をしに下へ降りて行くことができない。絶対に会いたくない男が家にいるんだ。狂信的愛国者の軍人で、デュボスクという男だ。今、階段に坐り込んでいる。部屋という部屋で家具を蹴とばしてまわっていた。私はカフェの向かいの書斎に鍵をかけて、閉じ籠っている。私を思ってくれるなら、カフェへ行って、外の席で待っていてもらいたい。何とかして、あの男をそちらへ行かせる。あいつの言うことに答えて、上手くあしらって欲しい。私自身があいつに会うことはできない。会えないし、そのつもりもない。ドレフュス事件[3]のようなことがまた起こりそうだ。

P・イルシュ」

アルマニャック氏はブラン氏の顔を見た。ブラン氏は手紙を借りて読むと、アルマニャック氏の顔を見た。二人はそれから、向かいの栗の木の下にある小さなテーブルの一つへキビキビと歩いて行き、背の高いグラスに入った恐るべき緑のアプサントを二杯注文した。かれらはどんな天候でも、どんな時間でも、この酒を飲めるらしかった。カフェは空《す》いていたが、一つの席で兵隊が独りコーヒーを飲んでいた。べつの席には水で割ったシロップを飲む大男と、何も飲んでいない神父がいた。

モーリス・ブランが咳払《せきばら》いをして言った。「何としても先生を助けなければならないのは、もちろんだが——」

二人は急に押し黙り、それからアルマニャックが言った。「御自分でその男に会われな

2　パリ市内の宮殿。十九世紀末以降は大統領官邸として使われる。
3　一八九四年、ユダヤ系大尉ドレフュスが機密漏洩のかどで終身刑になるも冤罪が証明される。反ユダヤ主義者による陰謀事件。

いのは、立派な理由があるのかもしれないが——」

二人とも言いかけたことを最後まで言わないうちに、向かいの家から侵入者が追い出されたようだった。拱道《きょうどう》の入口の下の植込みが揺れてサッと二つに分かれ、そこから例の歓迎されざる客が大砲弾《たいほうだま》のように飛び出して来たのである。

男はがっしりした体格で、小さなフェルトのチロル帽を斜めにかぶり、実際、全体にチロル風の感じがする人物だった。肩は広く逞《たくま》しいが、半ズボンに毛糸の靴下を履いた脚は、小ぎれいで敏捷《びんしょう》だった。顔は胡桃《くるみ》のように茶色く、きらきら光る落ち着きのない鳶色《とびいろ》の目をしていた。黒い髪は前髪をうしろにきっちりと撫でつけ、襟足を短く刈っていたので、角ばった頑丈な頭蓋骨の輪郭がよくわかった。そして野牛の角のような、巨きくて黒い口髭を生やしていた。こういうしっかりした頭は普通猪首《いくび》の上にのっているものだが、その点はわからなかった。大きな色つきスカーフを耳まで巻いて、前の方ではそれをお洒落なチョッキのように上着にたくし込んでいるため、首が隠れていたからである。濃い艶消しのスカーフで、臙脂色《えんじいろ》に古びた金色、紫という色合いからすると、たぶん東洋の布なのだろう。男には全体としてどこか野蛮な雰囲気があり、ふつうのフランス士官よりはハンガリーの大地主に似ていた。それでも話すフランス語は明らかにフランス人の言葉で、フランス的な愛国心は、いささか馬鹿馬鹿しいほど直情的だった。彼が拱道から飛び出して来て、最初にやったことは、朗々とした声を通りの先まで響かせ、「ここにフランス人はいないのか？」と、まるでメッカでキリスト教徒を呼び求めるかのように叫ぶことだった。

アルマニャックとブランはすぐに立ち上がったが、もう遅かった。早くも街の辻々から男たちが駆けつけ、小さいが、しだいに数の増える人だかりが出来た。街頭政治に対するフランス人の機敏な本能で、黒い口髭の男は早くも通りを渡り、カフェの一角へ走って来てテーブルに飛び乗ると、栗の木の枝につかまって身体を支えながら叫んだ。かつてカミーユ・デムーラン[4]が、民衆の上に樫の葉を撒《ま》き散らしながら叫んだ時のようだった。

「フランス人諸君！」と彼はまくしたてた。「おれはしゃべることができない！　だからこそ、こうしてしゃべってるんだ！　汚ならしい議会にいる連中は、演説も学ぶが、黙ることも学ぶ――あの向こうの家で縮み上がっているスパイのように、だんまりを決め込むこともな！　おれが寝室のドアを叩くと、あいつが黙り込んじまうように！　あいつは今も黙っているが、この通りの向こうでおれの声を聞きながら、坐り込んで震えてるんだ！　ああ、やつらは雄弁に沈黙することができるんだ――政治屋どもは！　だが、しゃべることのできない我々が、どうしてもしゃべらなければならない時が来た。諸君はプロシア人に売られたんだ。今この瞬間にも売られている。あの男に売られているんだ。おれはベルフォール[5]の砲兵大佐で、ジュール・デュボスクという。昨日、ヴォージュの山の中でドイツ人のスパイを捕まえたら、そいつは一枚の紙を持っていた――今おれが手に持っている、

4　フランス革命時に「武器を取れ」と群衆を扇動したジャーナリスト、政治家。
5　フランス東部の地域。アルザス地方の一部で、普仏戦争で激しく抵抗しドイツ割譲を免れた。

この紙だ。もちろん、やつらはこの一件を揉《も》み消そうとしたが、おれはこいつを書いた本人のところへ直接持って行った――あの家にいる男だ！　これはあいつの筆跡だ。あいつの頭文字で署名してある。新しい〃無音火薬〃の秘密を見つけるための指示書きだ。イルシュがそれを発明した。イルシュがその火薬について、この手紙を書いたんだ。この手紙はドイツ語で書いてあって、ドイツ人のポケットから出て来た。「あの男に伝えよ。火薬の製法は、赤いインクで書いて灰色の封筒に入れてある。封筒は陸軍大臣の机の左側にある一番上《てっぺん》の抽斗《ひきだし》に入っている。慎重を要す、と。P・H」

彼は速射砲のように短い言葉をまくしたてたが、明らかに狂人か正義漢のどちらかだった。群衆の大半は国家主義者で、すでに不穏などよめきを上げていた。アルマニャックとブランが率いる少数派の知識人も同じように怒っていたが、かれらは多数派の戦闘心を煽《あお》るだけだった。

「もし、それが軍の機密なら」ブランが叫んだ。「どうして往来で、大きな声を張り上げて言い触らすんだ？」

「その理由を教えてやろう！」デュボスクは群衆のどよめきにも負けない声で、怒鳴った。「おれは真正面から礼儀正しく、この男を訪ねた。あいつに何か言い分があるのなら、誰にも内緒で言うことができたんだ。ところが、あいつは説明しようとしない。カフェにいる二人の見ず知らずの男に、おれを押しつけるんだ。従僕にでも押しつけるみたいにな。あいつはおれを家から放り出したが、もう一度踏み込んでやるぞ。今度はパリの群衆を味方にしてな！」

わっと大きな声が上がって、家々の家表《やおもて》さえも揺るがすようだった。石が二つ飛んで行って、一つがバルコニーの上の窓を割った。怒れる大佐はふたたび拱道へ飛び込んで行き、中の方で叫んだり怒鳴ったりする声が聞こえた。人波は刻々と広がり、裏切り者の家の柵や石段へ押し寄せた。バスチーユ監獄のように押し破られるのはもはや時間の問題だった。と、その時、割れたフランス窓が開いて、イルシュ博士がバルコニーに出て来た。一瞬、怒りは半ば笑いに変わった。こうした場面に登場するには、あまりに馬鹿馬鹿しい格好をしていたからである。露《あら》わになったひょろ長い首と撫肩《なでがた》は、シャンパンの壜にそっくりだったが、お祭気分を漂わせているのはそこだけだった。上着は掛鉤《かけくぎ》に引っ掛けたように身体からぶら下がり、人参色の髪は長く、ぼうぼうに伸びていた。頰と顎はすっかり髭に覆われていたが、それは口からいやに離れたところから生えはじめる、何とも目障りな髭だった。顔は真っ青で、青い眼鏡をかけていた。

顔色は悪かったが、きっぱりした調子で話したので、二言三言しゃべるうちに群衆は静まり返った。

「……ただ今、みなさんに申し上げたいことは二つだけです。一つはわたしの敵に、もう一つは友に向かって。敵に対してはこう言いたい。わたしがデュボスク氏に会おうとしないのは事実です。彼は今もこの部屋の外で騒いでおりますがね。わたしの代わりにデュボスク氏の相手をしてくれ、とべつの二人に頼んだのも事実です。その理由をお話ししましょう！　わたしはデュボスク氏に会うつもりもないし、会ってはならぬからです――彼に会うことは、名誉と尊厳のあらゆる掟に反するからです。わたしが法廷で晴れて潔白を証明される前に、この紳士には、紳士として、べつのやり方でわたしと決着をつける義務があります。そこで、この男をわたしの介添人に紹介するにあたり、わたしは厳格に――」

アルマニャックとブランは帽子を勢い良く振りまわし、博士の敵方でさえも、この予期せぬ挑戦にやんやの喝采を送った。またも言葉がいくらか掻き消されたが、博士がこう言うのは聞こえた。「わたしの友に言いたい――わたし自身はいつでも純粋に知的な武器を選びたいし、進歩した人類は必ずやこれのみを用いるようになるでしょう。しかし、我々のもっとも貴《たっと》ぶべき真理は、物質と遺伝の持つ根源的な力です。わたしの著書は評判が良く、わたしの理論は反駁《はんばく》されておりませんが、政治的には、フランス人の体質とも言うべき偏見に苦しめられております。わたしにはクレマンソー[6]やデルレード[7]のような演説はできません。かれらの言葉は、かれらが持った拳銃の残響のようなものだからです。イギリス人がスポーツマンを求めるように、フランス人は決闘者を求める。ならば、自分で証明しましょう――わたしはこの野蛮な賄賂《まいない》を支払い、そのあとは一生、理性に立ち帰ることにします」

群衆の中からデュボスク大佐の介添人をするという男が二人、ただちに名乗りを上げ、ほどなく大佐本人も満足げに外へ出て来た。一人はコーヒーを飲んでいた兵卒で、あっさりとこう言った。「あなたの介添を務めましょう。わたしはヴァローニュ公爵です」もう一人は例の大男で、連れの聖職者は初めは止《と》めようとしていたが、やがて一人で帰ってしまった。

夕方まだ早い頃、カフェ・シャルルマーニュの奥に、一人分の軽い食事が用意された。屋根はガラス張りでも金塗りの漆喰《しっくい》でもなかったが、ほとんどの客は木の葉が繊細かつ不規則に織りなした自然の屋根に被《おお》われていた。テーブルのまわりや、よそのテーブルとの間に装飾用の木が所狭しと立っていたため、小さい果樹園のような仄暗《ほのぐら》さと光彩が感じられた。中央のテーブルの一つに、ずんぐりした小柄な神父がぽつんと一人きりで坐って、白魚《しらうお》の山をいともおごそかに賞味していた。この神父は日々の生活がごく質素なので、たまに思いがけぬ贅沢をするのが、ことのほか嬉しかった。節度のある美食家だったのである。俯《うつむ》いて皿をずっと見ていたが、その皿のまわりには粉唐辛子や、レモンや、黒パンや、バターなどが整然と並んでいた。やがて背の高い人影がテーブルに落ち、友人のフランボーが向かいの席に坐った。フランボーは鬱《ふさ》ぎ込んでいた。

「今度の一件からは手を引かなきゃいけないようです」彼は重々しく言った。「おれは断然デュボスクみたいなフランス軍人の味方で、イルシュみたいなフランスの無神論者には断然反対します。でも、今度はどうも早まったみたいなんです。公爵とおれは大佐の言う

6　ジョルジュ・クレマンソー。フランスの政治家、勇猛果敢な政治姿勢により「虎」の異名を得る。一九〇六年に首相に就任。

7　ポール・デルレード。フランスの作家。愛国的な詩や文章を発表。のちに政界に転身。

ことを調べてみた方が良いと思ったんですが、そうして良かったと言わなきゃなりません」

「それじゃ、あの書面は偽造だったのかね?」神父はたずねた。

「そこが妙なんです」とフランボーは答えた。「筆跡はイルシュの字にそっくりで、誰もおかしな点を指摘することはできません。でも、イルシュが書いたんじゃないんです。もしあいつがフランスの愛国者なら、あんなものを書くはずはありません。ドイツに情報を与えるものですからね。それに、もしドイツのスパイなら、やっぱりあんなものは書かないでしょう。なぜって——あの手紙は、ドイツに何の情報も与えないんですからね」

「間違った情報だというのかね?」とブラウン神父がたずねた。

「そうです」と相手は答えた。「しかも、イルシュ博士なら間違えるはずのないところが間違ってるんです——自分の秘密の製法を自分の役所に隠す、その隠し場所が違っているんですよ。イルシュと当局に許しをもらって、公爵とおれはイルシュの製法が保管してある陸軍省の秘密の抽斗《ひきだし》を調べてみました。発明者本人と陸軍大臣を除けば、そのことを知っているのはおれたち二人だけなんですが、大臣はイルシュに決闘をさせないために、許可してくれたんです。その結果、デュボスクの味方をするわけにはいかなくなりました。あいつの告発が嘘っぱちだとなりますとね」

「そうなのかね?」とブラウン神父がたずねた。

「ええ」彼の友人は暗い声で言った。「あれは本当の隠し場所を知らない誰かによる、お粗末な偽造です。あの手紙には、大臣の机の右側の戸棚に書類が入れてあると書いてあります。でも、実際には、秘密の抽斗がついている戸棚は、机の左側にあるんです。それから、灰色の封筒に赤インクで書いた長い文書が入っているとありますが、実際には赤インクじゃなくて、ふつうの黒インクで書いてありました。イルシュが自分だけしか知らない書類のことを間違えるなんて、まったく理屈に合いませんよ。外国の泥棒を手引きするのはいいが、間違った抽斗をゴソゴソやらせるなんてね。おれたちはもう手を引いて、あの人参頭の爺さんに謝らなきゃいけないと思ってるんです」

ブラウン神父は考え込んでいる様子だった。フォークで小さな白魚を取り上げた。「灰色の封筒は、たしかに左の戸棚に入っていたんだね？」

「間違いありません」フランボーは答えた。「灰色の封筒は——実際には白い封筒でしたけどね——そいつは——」

ブラウン神父は銀色の小さい魚とフォークを置いて、テーブルごしに相手をまじまじと見た。「何だって？」と声の調子を変えて、言った。

「何だって、とは？」フランボーは料理をムシャムシャ食べながら、言った。

「灰色じゃなかったのか」と神父は言った。「フランボー、わたしは恐ろしくなってきたよ」

「一体、何が恐ろしいんです？」

「白い封筒が恐ろしいんだ」神父は真剣に言った。「もし灰色であってくれたら！　くそっ、灰色であっても良かったのに。しかし、白だったのなら、この事件は真っ黒だ。やはり、博士は良からぬことに手を染めているんだ」

「でも、博士があれを書いたはずはないと言ったじゃありませんか!」フランボーは声を上げた。「あの手紙は事実に関して、すっかり間違ってるんです。無罪であれ有罪であれ、イルシュ博士は事実を全部知っていたんですよ」

「あの手紙を書いた人間は、事実をすべて知っていたんだ」連れの聖職者は冷静に言った。「知らなければ、あんな風に間違えることはできない。あらゆる点を間違えるためには、恐ろしくたくさんのことを知らなければならんのだ——悪魔のように」

「といいますと——?」

「つまり、出鱈目《でたらめ》に嘘をついていれば、多少は真実を言ったろうということだ」フランボーの友人は自信ありげに言った。「たとえば、誰かが君に家を探させるとしよう。緑のドアと青い鎧戸があって、前庭はあるが裏庭はなく、犬を一匹飼っているが猫は飼っておらず、コーヒーを飲むが紅茶は飲まない家だ。そういう家が見つからなかったら、君は全部つくりごとだったんだと言うだろう。だが、そうじゃない。もしも青いドアに緑の鎧戸があって、裏庭はあるが前庭はなく、猫はふだん飼っているが、犬はすぐに射殺されてしまい、お茶はがぶがぶ飲むがコーヒーは禁じられている、そういう家があったら——その時、君は目当ての家を見つけたことに気づくだろう。ここまで正確に不正確であるためには、その家を知っていなければならないんだ」

「でも、それは何を意味するんです？」向かい合って夕食を食べている客は質問した。

「想像がつかん」とブラウンは言った。「このイルシュの事件は、まったく理解できんね。右の抽斗を左と、黒インクを赤インクと書いただけなら、君の言うように、手紙を偽造した人間がたまたま間違えたのだと、わたしも考えただろう。しかし、三というのは神秘数だ。物事にけりをつける。この事件にもけりをつける。抽斗の方向、インクの色、封筒の色――この三つがすべて偶然に間違っているとすれば、それは偶然ではあり得ない。そうではなかったんだ」

「じゃあ何です？　叛逆ですか？」フランボーはまた食事をつづけながら、言った。

「それもわからん」ブラウンは途方に暮れたようなポカンとした顔で、答えた。「考えられるのはただ……そういえば、あのドレフュス事件もわたしにはついに理解できなかった。わたしはいつも、ほかの証拠よりも道徳的な証拠をつかむ方が得意なんでね。わたしは人間の目つきや声で判断する。それから、家族は幸せそうにしているか、どんな話題を好むか――そして避けるかといったようなことでね。あのドレフュス事件には、頭を悩ましたものだ。双方がやったという恐ろしいことのためじゃない。（こんなことを言うのは当世風じゃないが）人間はどんな高い地位にあっても、チェンチ[8]やボルジア[9]になれることを知っているからね。そうじゃなくて、わたしには両派の誠実さが不可解だったんだよ。両派といっても、政治的な党派ではない。有象無象《うぞうむぞう》の連中はつねにおおむね正直で、しばしば騙《だま》されるものだからね。わたしが言っているのは劇中人物のことだ。仮に陰謀家だったとすれば陰謀家、裏切り者だったとすれば裏切り者のことだ。つまり、真実を知っていたはずの男たちのことだ。さて、ドレフュスは自分が濡衣《ぬれぎぬ》を被《き》せられたことを知っている人間のように振舞った。しかし、フランスの政治家や軍人たちは、ドレフュスが濡衣を被せられたのではなくて、たしかに悪者だということを知っているように振舞った。立派に振舞ったと言うんじゃない。確信があるかのように振舞ったと言っているんだ。どうも、こういうことはうまく説明できんな。自分ではわかっているんだがね」

「おれにもわかればいいんですがね」と神父の友人は言った。「それと、あのイルシュとどういう関係があるんです?」

「仮に責任ある地位についた者が」神父は語り続けた。「贋《にせ》の情報だからといって、敵に情報を流しはじめたとする。その男は外国人を欺《あざむ》くことによって、祖国を救っているのだとさえ思っていると仮定したまえ。そのうちスパイ仲間に取り込まれて、少しばかり借りができたり、しがらみができたりするとしたまえ。外国のスパイにけして真実は話さないが、少しずつ匂わせるという面倒なやり方で、矛盾した立場を取りつづけるとしたまえ。善い方の自分(そんなものが残っていたとして)は、その期《ご》に及んでも、こう言うだろう、「わたしは敵を助けてはいない。左の抽斗だと教えたんだから」と。卑劣な方の自分はすでにこう言っているだろう。「しかし、連中にも、それを右だと解するくらいの知恵はあるかもしれない」とね。こういうことは心理的にあり得るじゃないか――啓蒙された時代なんだからね」

「心理的にはあり得るかもしれませんね」とフランボーは答えた。「ドレフュスが濡衣を確信していて、裁判官が彼の有罪を信じていた理由も、それでたしかに説明がつくでしょう。でも、歴史的には通りませんね。ドレフュスの書類は（それが彼の書類だとすればですが）、逐一《ちくいち》正しかったんですから」

「ドレフュスのことを考えて言ったんじゃないよ」とブラウン神父は言った。

テーブルから人がしだいにいなくなり、静けさが二人をつつんでいた。もう遅い時間だったが、日の光はまるで木々にうっかり絡《から》みついてしまったかのように、まだそこかしこに残っていた。静寂の中でフランボーが椅子を急に動かすと、その音だけがあたりに響き渡った。フランボーは椅子の角に肘を投げかけて、「じゃあ」といささか乱暴に言った。「もしイルシュが気の小さい売国奴にすぎないとしたら……」

「連中をあまり悪く思ってはいけないよ」ブラウン神父は穏やかに言った。「本人だけの罪じゃないんだが、連中には直感が欠けているんだ。女がダンスの申し込みを断ったり、男が投資に手を出すのを断ったりする時に働く直感だよ。かれらは何事も程度問題だと教

8　中世イタリアの貴族の一家。極悪非道な父を家族らと共謀して殴り殺し、それにより斬首刑にされたベアトリーチェの悲劇は、レーニの絵画『ベアトリーチェ・チェンチの肖像』、シェリーの詩劇『チェンチ家』をはじめ多くの芸術作品の題材となった。

9　中世のローマ教皇一族。毒殺等で政敵を排除しバチカンに君臨したとされ、同家の名前には好色、残忍、強欲といったイメージが付きまとう。

わっているんだよ」

「何にしたって」フランボーが苛立たしげに言った。「イルシュは、おれが介添を引き受けた男には歯が立ちませんよ。こうなったら、とことんやりましょう。デュボスクはちっとばかり狂ってるかもしれないが、一種の愛国者に違いありませんからね」

ブラウン神父は白魚を食べつづけた。

神父が黙々と食べる様子が何か気になって、フランボーは猛々《たけだけ》しい黒い目で、ふたたび相手を見た。「どうしたんです。デュボスクは、その点じゃ問題はないでしょう。あの男を疑ってるんじゃないでしょうね?」

「友よ」小柄な神父は一種冷ややかな絶望をあらわにして、ナイフとフォークを置いた。「わたしはすべてを疑ってるんだ。すべてというのは、今日起こったことすべてだよ。目の前で演じられたことだけれども、一から十まで疑っている。今朝からこの目で見たものすべてを疑っている。この事件には、ふつうの警察事件の謎とはまったく違う何かがある。ふつうは、一方がなにがしかの嘘をついて、もう一方はなにがしかの真実を語っているものだ。ここでは双方が……やれやれ! わたしはさっき、人が納得しそうな理屈として、考えつく唯一の説を言った。しかし、自分では納得できんのだよ」

「おれもです」フランボーは眉を顰《ひそ》めてそうこたえたが、相手はすっかり匙《さじ》を投げた様子で、魚を食べつづけた。「あなたが思いつく唯一のことが、逆を言って何かを伝えるという考えならばですね、そりゃあ随分利口だとは思いますが、でも……その、何と言いますかね」

「わたしなら見え透《す》いていると言うね」神父は即座にこたえた。「非常に見え透いていると。しかし、それがこの事件の妙なところなんだ。あんな嘘は、まるで学校の子供がつきそうじゃないか。解釈は三つしかない――デュボスクの話、イルシュの話、それにわたしの想像だ。あの手紙はフランスの将校がフランスの役人を破滅させるために書いたのか、それともフランスの役人がドイツの将校たちを助けるために書いたのか、はたまた、フランスの役人がドイツの将校たちを惑《まど》わすために書いたのかだ。それは良いとしよう。しかし、軍人であれ役人であれ、ああいう連中が取り交わす密書は、あんな文面とは違うんじゃないかな。暗号かもしれないし、もちろん略語は使うだろう。科学的な専門用語もきっと使うに違いない。ところが、あの手紙ときたら、念の入った単純さで書かれていて、まるで三文恐怖小説《ペニー・ドレッドフル》[10]みたいじゃないか。「紫の洞窟に金の小箱がある」といった具合だ。まるで……まるで一目で見透かされるために書いたみたいだ」

二人がほとんど気づかないうちに、フランスの軍服を着た背の低い男が、風のようにかれらの席まで来て、ドスンと音を立てて腰を下ろした。

「とんでもない報《しら》せです」とヴァローニュ公爵が言った。「僕はたった今、大佐のところ

10　ヴィクトリア朝に流行した大衆向けの読み物の一ジャンル。一部一ペニーという安い値段と、どぎつい挿絵が特徴。代表作に『吸血鬼ヴァーニー』など。

から来たんです。大佐はこの国を出るために荷造りしていて、自分の代わりに決闘場で謝罪してくれと言うんです」

「何だって！」フランボーは腰を抜かしそうに驚いて、叫んだ。「謝罪だって？」

「そうです」公爵はぶっきら棒に言った。「その場で——みんながいる前で——剣が抜かれる時に。あなたと僕がそうしている間に、大佐は国を出るというんです」

「でも、こいつは一体どういうことなんだ？」フランボーは怒鳴った。「まさか、あのチビのイルシュに恐れをなしたわけじゃあるまい！　くそったれめ！」彼は一種の理性的な怒りに駆られて叫んだ。「イルシュを怖がるやつなんか、いるはずがない！」

「これは陰謀だと思います！」ヴァローニュが鋭い口調で言った——「ユダヤ人とフリーメイソンの陰謀ですよ。イルシュに箔《はく》がつくように仕組まれたんだ……」

ブラウン神父の顔はいつもと変わらなかったが、妙に満足げだった。その顔は知恵に輝くこともあれば、無知に輝くこともある。しかし、愚かな仮面が落ちて、賢い仮面がぴったりと嵌《は》まる一瞬がつねにある。友を良く知っているフランボーは、神父が突然理解したのだと悟った。ブラウンは何も言わずに、皿の魚を片づけた。

「見上げた大佐殿とどこで別れたんです？」フランボーは苛々《いらいら》して言った。

「大佐なら、エリゼ宮のそばのオテル・サン＝ルイにいますよ。そこまで車で一緒に行ったんです。荷造りをしてるところですよ」

「まだそこにいると思いますか？」フランボーは顰《しか》め面《つら》でテーブルを見ながら、訊いた。

「まだ出られないでしょう」と公爵はこたえた。「長旅の支度をしてるんですから……」

「いやいや」ブラウン神父はあっさりとそう言ったが、急に立ち上がった。「うんと短い旅ですよ。最短の旅と言ってもいい。しかし、タクシーに乗って行けば、まだつかまえられるかもしれませんよ」

神父の口からはそれ以上何も聞き出せないでいるうちに、タクシーはオテル・サン＝ルイのそばの角を曲がった。一同はそこで車を降りると、神父が先頭に立って、脇道を入って行った。夕闇が垂れこめて、道はもう真っ暗だった。一度、公爵が痺《しび》れを切らして、イルシュは叛逆罪を犯したのかと問うと、神父はどこか上《うわ》の空で答えた。「いいえ、ただ野心の罪を犯しただけです――カエサルのように」。それから、いささか唐突にこうつけ加えた。「あの男はまことに淋しい人生を送っている。何でも一人でやらねばならなかった」

「野心家なら、今頃は満足しているでしょうよ」フランボーがやや辛辣《しんらつ》に言った。「あの忌々《いまいま》しい大佐が尻尾を巻いて逃げたとなりゃ、パリ中が喝采を送るでしょう」

「そんなに大声を出さないでくれ」ブラウン神父が声を落として言った。「忌々しい大佐がすぐ前にいるよ」

あとの二人はぎょっとして、壁際の影に身を隠した。逃げ出した決闘者の逞しい姿が、両手に鞄を下げて、前方の暗がりをのし歩いていたからである。最初見た時とおおよそ同じ格好をしていたが、山登りに穿《は》くような風変わりな半ズボンだけは、ふつうのズボンに穿き替えていた。早くもホテルから逃げ出すところであることは、明白だった。

三人が大佐を追って入って来た細道は、まるで世界の裏側にあるかのような道の一つで、舞台装置を背後《うしろ》からながめているようだった。片側には単調な塀がのっぺりと続き、ところどころに燻《くす》んだ色の汚れた扉があったが、どれも固く閉ざされていて、通りがかりの悪戯小僧《ギャマン》がチョークで落書きをしているほかは、これといった特徴はなかった。ところどころ塀の上から、樹々の梢《こずえ》が――多くはいささか鬱陶《うっとう》しい常緑樹だった――のぞいていて、その奥には、灰色と紫の薄闇の中に、長く連なった家々の裏側が見えた。そこにあるパリ風の高い家々は、実際にはさほど離れていなかったが、なぜか大理石の山脈のように近づき難く見えた。道の反対側には、暗い公園を囲む、金塗りの高い柵が続いていた。

フランボーは薄気味悪そうにあたりを見まわしていた。「どうも、この場所には何か――」

「やっ！」公爵が鋭い叫び声を上げた。「あいつが見えなくなったぞ。消えちまった、ろくでもない妖精みたいに！」

「鍵を持ってるんですよ」聖職者の友人が説明した。「どこか庭の裏口から中へ入っただけです」そう言うそばから、すぐ目の前で、燻んだ色の木戸の一つがバタンと閉まる音がした。

フランボーはほとんど鼻先で閉められた木戸にスタスタと歩み寄り、しばらくその前に立ちながら、燃えさかる好奇心に駆られて、黒い口髭を噛んでいた。やがて、長い両腕を振り上げると、猿のように宙に飛び上がって、塀の上に立った。巨きな身体が、紫の空を背景にして、木々の黒い梢さながら黒々と浮かび上がった。

公爵は神父を見た。「デュボスクの逃走は、思っていたより手が込んでいますね。しかし、あいつはフランスから逃げようとしているんだと思いますよ」

「あらゆるものから逃げようとしているんです」とブラウン神父は答えた。

ヴァローニュ公爵の目は輝いたが、声は沈んだ。「自殺するとおっしゃるんですか」

「死体は見つかりますまい」と相手は答えた。

塀の上のフランボーが妙な大声を上げた。「何てこったい」とフランス語で叫んだ。「ここがどこか、やっとわかったぞ！　イルシュの爺さんが住んでる通りの裏じゃないか。おれは人の後姿と同じに、家の後姿だって見分けられると思ってたんだがなあ」

「それで、デュボスクはここに入ったのか！」公爵は自分の尻を思いきり叩いて、言った。「何だ。結局、二人は顔を合わせるんじゃないか！」そう言うと、急にガリア人らしい元気を出して、塀にひょいと跳び上がり、フランボーの隣に坐ると、興奮して足をしきりにばたつかせた。神父は一人下に残って、事件の舞台に背を向けた格好で塀に凭《もた》れ、向かいの公園の柵と、宵闇にチラチラ光る木々を物寂しそうにながめていた。

公爵はいかに勢いづいても貴族の本能を持っていたから、家の中を覗きに行くより、じっと見張っていることを望んだ。だが、泥棒（と探偵）の本能を持つフランボーは、早くも塀からひらりと飛んで、生い茂る木の股に移っていた。そこから枝伝いに這《は》って行って、真っ暗な高い建物の裏側で、唯一明かりの灯っている窓に近づくことができた。窓には赤い日除《ひよ》けが下りていたが、斜めに引いてあったので、片方に隙間があった。フランボーは首の骨を折る危険を冒して、小枝のように頼りない枝を伝ってゆくと、デュボスク大佐が煌々《こうこう》と照らされた豪華な寝室を歩きまわっているのが見えた。フランボーは家の近くにいたが、塀のところの仲間たちの話し声が聞こえたので、小声で鸚鵡《おうむ》返しに言った。

「うん、結局、今から顔を合わせますよ！」

「顔を合わせることはけしてあるまいよ」とブラウン神父は言った。「イルシュは言ったね、こういう事態では、決闘の当事者同士が会ってはならないと。あの言葉は正しかったんだ。ヘンリー・ジェイムズの風変わりな心理小説を読んだことがあるかね？　二人の人物がたまたま掛けちがって年中会いそこねているうちに、だんだん相手が恐ろしくなって、これは宿命だと考えるようになるんだ。今度の事件もそれに似たものだが、もっと奇妙だ」

「パリにはそういう病的な妄想を治してくれる人がいますよ」ヴァローニュは執念深く言った。「我々があの二人をつかまえて無理やり闘わせれば、嫌でも御対面ということになります」

「あの二人は最後の審判の日にも、顔を合わせませんよ」と神父は言った。「全能の神が決闘場で采配を振ろうと、聖ミカエルが剣を交《まじ》える合図の喇叭《らっぱ》を吹き鳴らそうと――それでも、一人は身構えて立っているかもしれないが、もう一人はけっして現われますまい」

「謎のようなことをおっしゃいますが、結局何が言いたいんです？」ヴァローニュ公爵は焦《じ》れて言った。「どうして、あの二人は、ほかの人間のように顔を合わせることがないんですか？」

「かれらは互いの裏面だからです」ブラウン神父は奇妙な微笑を浮かべて、言った。「相矛盾するんです。相手を打ち消す、とでも言いましょうか」

神父はしだいに暗くなる向こう側の木々をなおも見つめていたが、ヴァローニュはフランボーの押し殺した叫びを聞いて、クルリとふり返った。明かりのついた部屋を覗いていた探偵は、大佐が二、三歩歩いてから上着を脱ぎはじめるのを、たった今見たのだった。これはいよいよ決闘らしくなって来たな、とフランボーは最初そう思ったのだが、すぐに考え直した。デュボスクの胸や肩ががっしりと四角く盛り上がっていたのは、すべて強力な詰め物だったので、上着を脱ぐとそれも取れたのである。シャツとズボンだけになると、大佐は割合に身体つきの細い紳士だった。寝室を突っきって浴室へ歩いて行ったが、それは闘いのためではなく、顔を洗うためだった。洗面台にかがみ込んで、タオルで水のしたたる手や顔を拭《ふ》き、ふり向いた顔にちょうど強い光があたった。褐色の肌の色は消え、大きな黒い髭も消えていた。髭はきれいに剃《そ》ってあり、顔はひどく青白かった。鷹の目のように光る茶色い瞳をべっとすれば、大佐の面影は何も残っていなかった。塀の下ではブラウン神父が深い黙想に沈み、独り言のようにつぶやいていた。

「フランボーに言った通りですよ。ああいう正反対のものはうまく行かんのです。働きもしないし、決闘もしません。黒が白で、液体が固体で、といった具合にどこまでも続くなら——それは、どこかがおかしいんですよ。ムッシュー、どこかがおかしいんです。二人のうちの一方は金髪で、一方は黒髪、一方はがっちりしていて、一方は細く、一方は強くて、一方は弱い。一方は口髭があって頬髯はなく、口元が見えない。一方は頬髯があって口髭はなく、顎が見えない。一方は髪を短く刈って頭の形を見せているが、スカーフで首を隠している。一方はシャツの襟は低いけれども、髪を伸ばして頭を隠している。あまりに見事に食い違っていて、ムッシュー、どこかおかしいんです。ここまで正反対にできているものは、喧嘩のしようがありません。一方が出っ張れば、一方が引っ込む。まるで顔と仮面、錠と鍵です……」

フランボーは紙のように真っ白な顔で、家の中を覗いていた。部屋の中の人物はこちらに背を向けていたが、姿見の前に立って、顔のまわりにぼさぼさの赤毛の枠のようなものを付けていた。その毛は乱れて頭から垂れ下がり、頬と顎にまとわりついていたが、薄笑いを浮かべた口はむきだしだった。こうして鏡に映ったところを見ると、その白い顔は、恐ろしい笑い声を上げるユダの顔で、めらめらと燃える地獄の炎につつまれているかのようだった。一瞬、フランボーは獰猛《どうもう》な赤茶色の目が躍るのを見たが、それはすぐ青い眼鏡に隠された。その人物はゆったりした黒い上着を羽織《はお》ると、家の正面の方へ消えた。ほどなく向こうの通りから、群衆の喝采が沸き起こった。イルシュ博士がふたたびバルコニーに現われたのだった。

通路の男

THE MAN IN THE PASSAGE

アデルフィのアポロ劇場のわきを抜けて行く一種の通路の両端に、二人の男が同時に姿を現わした。街には夕暮れの光が、オパール色の空虚《うつろ》な輝きであたりを一杯に満たしていた。通路は割合に長く暗かったので、どちらの男にも、向こうの端にいる相手は黒い影法師にしか見えなかった。しかし、そんな真っ黒な輪郭だけでも、互いに相手が誰かわかった。二人共特徴のある風貌の持主で、互いに憎み合っていたからである。

屋根に蔽われたその通路の一方はアデルフィの急な坂道に、もう一方は夕陽に染まったテムズ川を見晴《はや》らす高台に通じていた。通路の片側はのっぺりした壁だった。その壁が支えている建物は繁盛らぬ劇場レストランだったが、今は閉鎖されていたのだ。通路の反対側には、両端に一つずつ扉があった。どちらも普通に言う楽屋口ではなかった。ごく特別な出演者が使用する特別な専用の楽屋口で、今はその日のシェイクスピア劇に出る花形の男優と女優が使っていた。そういう大物になると、友人と会ったり、友人を避けたりするために、こうした専用の出入口をしばしば欲しがるのである。

二人の男は間違いなくそういった類《たぐい》の友人で、出入口を知っており、自分が行けば扉を開けてくれると思っているようだった。二人とも同じように落ち着き払い、自信ありげに上手《かみて》の扉へ近づいて行った。もっとも、足取りは同じでなく、トンネルの向こう端から来る男の方が早足で、二人はほとんど同時に秘密の楽屋口の前に到着した。礼儀正しく挨拶を交わし、一瞬躊躇《ためら》っていたが、早足の男の方が気も短いらしく、扉を叩いた。

この点でも他のすべての点でも二人は正反対で、どちらが劣っていると決めつけることは出来なかった。私人としてはいずれも美男子で、有能で、人気者だった。公人としては、いずれも一流の公的地位にあった。しかし、二人は栄誉から男ぶりに至るまで、あらゆる点が種類を異《こと》にしていて、較べようがなかったのである。ウィルソン・シーモア爵士は知る人ぞ知る重要人物だった。政治組織や職業の内輪に入り込めば入り込むほど、ウィルソン・シーモア爵士と顔を合わせる機会も増えた。彼は二十の愚鈍な委員会に於ける、ただ一人の聡明な男だった――英国王立美術院の改革から大英帝国のための金銀複本位制計画に至るまで、あらゆる物事に通じていた。とりわけ芸術の分野に於いては万能だった。あまりに特異な存在であるために、美術をはじめた偉大な上流人士なのか、上流社会が拾い上げた偉大な美術家なのか、誰にも判別がつかなかった。しかし、ものの五分間も彼と一緒にいると、じつは生まれからずっとこの男に支配されていたのだと、誰もが気づくのだった。

その風貌もまったく同じ意味で「際立って」いた。月並であると同時に特異だったのである。彼の高いシルクハットは、流行という観点からすると非の打ちどころがなかったけれども、ほかの誰の帽子にも似ていなかった――たぶん少し高めで、それをかぶると、実際の身長よりもいくらか背が高く見えた。すらりとした長身で幾分猫背だったが、弱々しさとは逆の印象を与えた。髪の毛は銀白だが、老《ふ》けては見えなかった。髪はふつうより長く伸ばしていたが、柔弱には見えなかった。毛は巻いていたが、巻毛には見えなかった。念入りにピンと尖《とが》らせた顎鬚は、彼をどちらかというと男らしく、争いを好む風に見せた。彼の家にはベラスケスが描いた老提督たちの黒ずんだ肖像画がかかっているが、その肖像の鬚と同じであった。人々が劇場やレストランでひらめかせたり振りまわしたりしている多くの手袋や杖に較べると、彼の灰色の手袋は心持ち青みが濃く、銀の握りのついた籐《とう》の杖は心持ち長めだった。

もう一人の男はさほど長身ではないが、誰の目にも小柄には見えず、ただ逞しい美男子という印象を与えた。髪の毛はやはり巻いていたが、金髪で短く刈り込んであり、頑丈な大きい頭は——チョーサーが粉屋の頭について言ったように、[1]それで扉を叩き壊せる頭だった。軍人風の口髭や肩の怒らせ方は陸軍兵であることを示していたが、むしろ水兵にありがちな、独特の、包み隠しのない、射抜くような真っ青な眼をしていた。顔はいくらか四角張っていて、顎も四角く、肩も四角く、上着まで四角だった。実際、当時流行っていた戯画《カリカチユア》の奔放な流派に属するマックス・ビアボウム氏は、[2]ユークリッドの『幾何学原論』第四巻[3]の命題の一つとして、彼の姿を描いたことがあった。

というのは、この男も有名人だったからである。ただし、まったく別種の成功をおさめた人物だった。カトラー大尉の噂は、彼の香港攻略や支那大陸大進軍の話は、べつに上流社会にいなくとも聞こえて来た。どこへ行っても、彼の話題からは逃《のが》れられなかった。絵葉書の二枚に一枚は彼の肖像画を載せていたし、絵入り新聞の二紙に一紙は、彼の進軍地図や戦闘の絵を載せていた。ミュージックホールの演《だ》し物の二つに一つ、手回しオルガンの二つに一つは、彼の栄誉を称える歌を流していた。この男の名声は、もう一人の名声ほど長続きしないかもしれないが、十倍も幅広く大衆に訴え、自《おのずか》ら湧き上がるものだった。彼は英国の幾千もの家庭で、ネルソンのごとく英国の巨人として聳《そび》え立っているようだった。しかし、英国に於ける権勢は、ウィルソン・シーモア爵士に遠く及ばなかった。

二人のために扉を開いたのは、年老った使用人ないし「衣裳方」で、老いぼれた顔と身体、黒い薄汚れた上着とズボンは、大女優の楽屋のきらびやかな内部と奇妙な対照をなしていた。その部屋には到る所に、あらゆる屈折角で鏡が嵌《は》め込んであり、まるで――もしもダイヤモンドの中に入り込めるなら――一個の巨大なダイヤモンドの百のカット面を見ているようだった。花や色鮮やかなクッション、舞台衣裳の端《はし》くれといったほかの贅沢なものが、すべての鏡に映されて数を増し、アラビア夜話のような狂った光景をつくり出して、世話係がのそのそと歩きながら鏡を外へ動かしたり、壁に向けたりするたびに、絶え間なく躍って、位置を変えるのだった。

1　チョーサーによる物語集『カンタベリー物語』の登場人物。総序において、頭をぶつけて壊せない扉はないと紹介される。
2　十九世紀末から二十世紀に活躍したイギリスの文人・劇評家、風刺画家。
3　紀元前三世紀頃にエウクレイデスが編纂した数学書。第四巻は多角形を扱う。

二人の男はこのみすぼらしい衣裳方をパーキンソンと名前で呼び、オーロラ・ローム嬢にお目にかかりたいと言った。今はあちらの部屋にいらっしゃいますが、行って、そう伝えましょうとパーキンソンは答えた。二人の訪問客の眉間《みけん》を影がよぎった。あちらの部屋というのは、オーロラ嬢と共演している名優の専用の楽屋で、オーロラ嬢は賛美の念を掻き立てると同時に、嫉妬も掻き立てずにはおかない種類の女性だったのである。しかし、三十秒もすると奥の扉が開いて、彼女はいつものように部屋へ入って来た。この女優は私生活に於いても、舞台に登場するように入って来るので、その場の沈黙さえもまるで大喝采のように——受けるのが当然の大喝采のように思えるのだった。彼女は孔雀の羽を思わせる緑と青のサテン地で出来た、一風変わった衣裳をまとっていて、その服は子供や審美家連が喜びそうな、青と緑の金属さながらに光っていた。あざやかな茶色の豊かな髪が縁《ふち》どっているのは、すべての男にとって危険だが、とりわけ少年や髪が白くなりかけた男にとって危険な魅力のある顔だった。彼女はアメリカの名優イジドー・ブルーノと『夏の夜の夢』に出演していたが、その演出は詩的で幻想的なもので、オベロンとティーターニア、言いかえればブルーノとオーロラ嬢自身に芸術的焦点があてられていた。美しい夢のような舞台で神秘的なダンスを踊っている時、つやつやした甲虫の羽に似た緑の衣裳は、妖精女王のとらえがたい個性をあますところなく表現していた。しかし、まだ明るい昼の陽光《ひかり》の中で面と向かうと、男にはこの女の顔だけしか目に入らなかった。

オーロラ嬢は明るい不思議な笑顔で二人の男を迎えたが、その笑顔は大勢の男を、同じ危険な距離に置いたのである。彼女はカトラー大尉から花を受けとった。それは彼の戦功と同様、熱帯が生んだ高価な花だった。それからウィルソン・シーモア爵士からも別種の贈り物を受けたが、くだんの紳士はそれをあとから、もっとさりげなく手渡した。情熱をせっかちに表わすのは彼の育ちにふさわしくないし、花束のような見え透《す》いたものを贈るのは、紋切り型の型破りを好む彼の趣味に反したからである。ささやかなものだけれども、ちょっと珍品を見つけたんです、と彼は言った。それはミケーネ期の古代ギリシアの短剣で、ひょっとするとテーセウスやヒッポリュテー[4]の時代に使われたものかもしれなかった。英雄時代の武器はみなそうであるように、これも真鍮《しんちゅう》で出来ていたが、不思議なことに、今でも人を刺せるほど鋭かった。彼はその木の葉のような形がすっかり気に入ってしまった。それはギリシアの壺のように非の打ちどころがなかった。もしローム嬢に興味がおありか、劇のどこかで使えるようでしたら、どうぞ――

奥の扉が勢い良く開いて、大柄な人物が現われた。その男はカトラー大尉にもまさって、短剣の説明をしているシーモアとは対照的だった。六フィート六インチ近く上背《うわぜい》があり、役者にしては筋骨隆々たるイジドー・ブルーノは、豪華な豹皮と金褐色のオベロンの衣裳をまとい、蛮人の神のように見えた。狩猟に使う槍らしきものに凭れていて、これは観客

4　ギリシア神話に登場する英雄とアマゾンの女王。『夏の夜の夢』にシーシアス、ヒッポリタとして登場する。

席から見ると細い銀色の杖に見えたが、狭くて割合に混《こ》みあったこの部屋では、じつに野暮ったい――そして物騒《ぶっそう》なものに見えた。生き生きした黒い目は激しくぎょろついて、褐色の顔は端整だったが、この時は高い頬骨と食いしばった白い歯の組み合わせが目立ち、南部の農場の出ではないかという、アメリカでの噂が思い出された。「オーロラ」彼は大勢の観客の心を揺さぶった、情熱の鼓動のような深い声で語りかけた。「君にお願いが――」

そう言いかけてやめたのは、六人目の人物が突然戸口に姿を現わしたからだった――ほとんど喜劇的なくらい、この場面にそぐわない人物だった。たいそう背の低い男で、ローマ・カトリックの在俗神父の黒い制服を着ており、その姿は（とりわけブルーノやオーロラがいる場所では）箱舟から出て来たノアの木彫り人形のように見えた。しかし、本人はそんなことに少しも気づかないらしく、のろまな口調で丁寧に言った。「ローム嬢がわたしをお呼びになったと思うのですが」

目敏《めざと》い観察者なら気づいたかもしれないが、このように感情を欠いた邪魔が入ったために、この場の感情の温度はかえって上がったのである。職業的独身者の超然とした様子が、ほかの男たちに気づかせたのだ――かれらはまるで恋敵が輪になったように、一人の女性を取り囲んでいることを。それはちょうど、上着に霜をつけた見知らぬ人間が入って来たため、部屋が竈《かまど》のように熱いことに気づくようなものだった。自分に関心を持たぬ一人の男の出現によって、ローム嬢はほかのみんなが自分に惚れており、しかも、それぞれ危険な形で思いつめていることをいっそう強く感じた——俳優は野蛮人か駄々っ子のような貪欲さで、軍人は頭脳より意志の人間にありがちな単純な身勝手さで、ウィルソン爵士は昔の快楽主義者が道楽に耽った時のような、日々に深まる熱心さで。あの惨めなパーキンソンさえ例外ではなかった。成功する前から彼女を知っているこの男は、犬のように黙ったまま魅せられて、目か足で部屋中彼女を追いまわすのだった。

目敏い人間なら、もっと奇妙な点にも気づいたかもしれない。黒い木彫りのノアのような男は（彼にもまったく目敏さがなかったわけではないので）それに気づき、いささか面白がったが、表には出さなかった。偉大なオーロラ嬢は異性の賛美にけして無関心ではなかったけれども、この時は明らかに自分を賛美する男たちをみんな追い払って、自分を賛美しない——少なくとも、そのような意味では賛美しない——男と二人きりになりたがっていた。というのも、小柄な神父は、彼女が決然とした女性らしい外交術を用いて目的を達成しようとする手際に感心し、それを楽しんでさえいたのである。オーロラ・ロームには巧みにあしらうことができるものが、たぶんたった一つだけあり、それは人間の半分——異性であった。小柄な神父はナポレオンの戦争でも見物するように、彼女が誰も追い出さずに全員を出て行かせるあざやかな早業を見守っていた。巨漢の俳優ブルーノは幼稚な男なので、むかっ腹を立て、乱暴に扉を閉めて出て行くように仕向けるのは造作《ぞうさ》もなかった。英国士官のカトラーは観念に対しては鈍感だったが、行動に関しては几帳面だった。仄《ほの》めかしはことごとく無視するけれども、淑女からはっきりと頼まれたことを無視するくらいなら、死んだ方がましというくちだった。年のいったシーモアはべつの扱いをしなければならず、一番後まわしにする必要があった。この男を動かす唯一の方法は、古い友人として内緒で頼み、人払いする理由を打ち明けることだった。神父は、ローム嬢が選び抜いたたった一つの行動によってこの三つの目的を達したことに、ほとほと感心した。

彼女はカトラー大尉に近づいて、愛嬌たっぷりにこう言ったのである。「このお花、有難く思いますわ。あなたのお好きなお花でしょうから。でも、わたしの好きな花も入っていなければ、完璧とはいえませんわね。どうか、あの角のお店へ行って、鈴蘭を少し買って来てくださらない。そうすれば、ほんとに素敵な花束になりますわ」

彼女の外交術の第一目的、怒れるブルーノの退場という目的は、ただちに達せられた。彼はすでに王笏《おうしゃく》でも手渡すように堂々とした態度で、哀れなパーキンソンに槍を手渡し、クッションを置いた椅子に、玉座に就くごとく坐ろうとしていた。ところが、彼女がこうして恋敵にあからさまな頼みごとをすると、彼のオパールのような目玉に、奴隷の過敏な傲慢さがギラリと光った。彼は巨きな褐色の拳を一瞬握りしめると、勢い良くドアを開けて、その向こうにある自分の部屋に姿を消した。一方、英国陸軍を動員せんとするローム嬢の試みは、思ったほど簡単には成功しなかった。たしかにカトラーは、命令を受けたようにしゃちこばってすっくと立ち上がり、帽子もかぶらず扉の方へ歩いて行った。しかし、姿見の一つに寄りかかったシーモアの気怠《けだる》げな姿に、何かこれ見よがしな優雅さがあったためだろうか、戸口で急に立ちどまると、まごついたブルドッグのように首を左右に振った。

「あのお間抜けさんに行先を教えてあげなくてはね」オーロラはシーモアの耳にそうささやいて、去る客を追い立てるため、戸口へ走り寄った。

シーモアは優雅で何気ない姿勢をしながら、聴き耳を立てているようだった。ローム嬢が大声で大尉に最後の指図をし、それから踵《くびす》を返して、笑いながら通路の反対の端へ、テムズ川を見下ろす高台の側へ走ってゆく足音を聞くと、ホッとした様子だった。しかし、一、二秒すると、シーモアの顔はふたたび曇った。彼のような立場の者には競争相手が多い。通路の向こう端には、ちょうどこちらの入口と対《つい》になった、ブルーノ専用の楽屋の入口があることを思い出したのだ。彼は威厳を失わなかった。ブラウン神父に丁寧な言葉をかけ、ウェストミンスター大聖堂でビザンチン様式の建築が復活されることについて話すと、ごく自然にぶらりと部屋を出て、通路の先の方へ歩いて行った。ブラウン神父とパーキンソンだけがあとに残されたが、どちらも無駄口の好きな男ではなかった。衣裳方は部屋を歩きまわって、姿見を引き出したり押し込んだりしたが、手には今もオベロン王の華やかな妖精の槍を持っていたので、みすぼらしい黒い上着とズボンがいっそう陰気に見えた。彼が新しく鏡の枠を引き出すたびに、ブラウン神父の黒い姿が一つ新しく現われた。この馬鹿げた鏡の間《ま》はブラウン神父で一杯になり、その姿は天使のように宙に逆立ちしたり、曲芸師のようにとんぼ返りを打ったり、ひどく無作法な人間のように人に背中を向けたりしているのだった。

ブラウン神父はこの雲のような証人の群をまったく意識していない様子で、パーキンソンの姿をそれとなく目で追っていたが、やがてパーキンソンは滑稽な槍と共に、向こうのブルーノの部屋へ消えて行った。それから、神父はいつものようにぼんやりと物思いに耽った——鏡の角度や、それぞれの屈折の角度、それぞれが壁にぴったり嵌まる角度を計算していると……その時、激しい、しかし喉の詰まったような悲鳴が聞こえて来た。神父は跳ね起き、棒立ちになって耳を澄ました。同時に、ウィルソン・シーモア爵士が象牙のように真っ白い顔で、部屋に飛び込んで来た。「通路にいるあの男は誰なんだ？」と彼は叫んだ。「わたしの短剣はどこだ？」

重い深靴を履いたブラウン神父がふり返るよりも早く、シーモアは部屋中を動きまわって武器を探した。そして、その武器も他の武器も見つからないうちに、外の舗道を急いで走って来る音がして、カトラーの四角い顔が同じ戸口から覗き込んだ。彼は滑稽にも鈴蘭の花束を握ったままだった。「何だ、これは？　通路の先にいるやつは何者だ？　あなたの悪戯ですか？」

「わたしの悪戯だって？」青ざめた恋敵は言い返し、つかつかと相手に近寄った。

こういうことの起こった短い間に、ブラウン神父は通路の端に出て向こうまで見通した。すると、そこに何かがあったので、足早に歩み寄った。

二人の男も諍《いさか》いをやめ、走ってあとを追いかけた。「何をしているんだ？　あなたは何者だ？」とカトラーは叫んだ。

「わたしはブラウンと申します」神父は悲しげにそう言いながら、何かの上にかがみ込んで、また身を起こした。「ローム嬢に呼ばれて、できるだけ急いでやって来たのです。来るのが遅すぎましたな」

三人の男は下を向いた。その時、暮れかけた午後の光の中で、少なくとも一人にとっては、人生が終わったのだった。光は黄金の道のように通路を走り、その真ん中に、オーロラ・ロームが緑と金の輝く衣裳をまとい、死に顔を仰向けにして横たわっていた。ドレスは揉《も》み合ったかのように破れ、右肩が露《あら》わになっていたが、血がどくどくと流れ出している傷口は左側にあった。一ヤードほど離れたところに、あの真鍮の短剣が落ちていて、光っていた。

呆然とした沈黙がしばらく続き、遠くチャリング・クロス駅の外で花売り娘が笑う声や、誰かがストランド街の外れの道で、タクシーをとめようと口笛をしきりに吹いているのが聞こえた。やがて大尉が激情に駆られたか、芝居でも演じているかのような唐突な動作で、ウィルソン・シーモア爵士の喉元につかみかかった。

シーモアは争いもせず、恐れる様子もなしに、相手をじっと見つめた。「君が殺すには及ばない」と冷然たる声で言った。「わたしが自分でやる」

大尉はためらい、手を離した。相手はやはり氷のように冷たい率直さで言い足した。

5　ヘブル人への手紙十二章一節を踏まえた表現。

「あの短剣でやる勇気がなくても、一月もあれば酒で死ねる」

「酒なんかじゃおれの気は済まない」とカトラーが答えた。「死ぬ前に、血で償わせてやる。あなたの血じゃない——だが、誰の血か、わかっているつもりだ」

ほかの者が彼の心を測りかねているうちに、カトラーは短剣を拾い上げると、通路の下《しも》手《て》の扉に飛びかかって、閂《かんぬき》ごと押し破り、楽屋にいたブルーノに面と向かった。その間に、パーキンソン老人が例によってよろよろと戸口から出て来て、通路に横たわる死体を目にとめた。彼は震えながら近寄り、顔をヒクヒクさせて、力なく死体を見ていたが、やがて、また震えながら楽屋に戻ると、豪華なクッションを置いた椅子の一つにいきなり腰を下ろした。ブラウン神父はすぐさま彼のもとへ駆け寄った。楽屋では早くも殴り合う音がして、短剣の奪《と》り合いがはじまっていたが、神父はカトラーと巨漢の俳優のことは意に介さなかった。シーモアは現実的な判断力がまだ残っていたので、通路の端で口笛を吹いて警察を呼んでいた。

警察が来ると、まず最初にしたのは、猿のように取っ組み合う二人の男を引き離すことだった。そして二、三の形式的な尋問が行われたあと、怒り狂った喧嘩相手の告発によって、イジドー・ブルーノを殺人容疑で逮捕した。今を時めく偉大な国民的英雄がその手で悪者を捕まえたということは、警察の態度にも明らかに影響した。かれらにもジャーナリストの要素が全然なくはないからである。警察はカトラーを丁重に扱い、手に軽い切り傷を負っていることを注意した。ブルーノは倒れた椅子やテーブルの向こうへ押しやられた時、カトラーの手から短剣をもぎ取って、手首の下に傷を負わせたのだった。傷はごく浅かったが、半ば野蛮人のような囚人は、部屋から連れ出されるまで、ずっとニヤニヤ微笑《わら》いながら流れる血を見つめていた。

「人食い人種みたいなやつじゃありませんか」巡査はカトラーに親しげに耳打ちした。

カトラーは答えなかったが、少し間を置いて唐突に言った。「それより……死んだ人を何とかしなければ……」そう言いかけて、声が詰まった。

「死人は二人です」部屋の奥から神父の声が聞こえた。「この可哀想な人は、わたしが駆け寄った時には、もう事切れていました」神父は、黒い塊《かたまり》のようになって豪華な椅子に坐っているパーキンソン老人を見下ろしていた。このパーキンソンという男もまた、それなりの雄弁さで、死んだ婦人に敬意を表したのだった。

最初に沈黙を破ったのはカトラーだった。荒っぽい男だが、胸を打たれたらしい。「この男がうらやましい」彼はかすれた声で言った。「そういえば、この男は彼女がどこへ行くにも見守っていた――誰よりも熱心にね。彼女はこの男にとって空気だったんだ。だから、干上がってしまった。死んでしまったんだ」

「我々はみんな死んだんだよ」シーモアが通りの先を見ながら、奇妙な声で言った。

二人は道の角でブラウン神父に別れを告げ、何か失礼な振舞いがあったならお許しいただきたいと言った。二人とも悲痛だが謎めいた顔をしていた。

小柄な神父の頭の中はいつも兎の巣のようになっていて、そこには突飛《とっぴ》な考えが跳ねまわっているが、それを捕まえようとしても、すばしこくてつかまらないのだ。この時、兎の白い尾のようにフッと浮かんで消え失せたのは、あの二人が悲しんでいるのは間違いないが、潔白かどうかはわからないという考えだった。

「それでは、お別れしましょう」とシーモアが重い口調で言った。「我々は、できるだけ協力したんですから」

「こう申し上げたら、わたしの言いたいことをわかっていただけるでしょうかな」ブラウン神父が静かにたずねた。「あなた方は、できるだけ害をなした、と申し上げたら？」

二人は、まるで疚《やま》しいことがあるかのようにハッとした。カトラーが鋭く言い返した。

「誰に害をなしたんです？」

「あなた方御自身にです」と神父は答えた。「御忠告しておくのが筋でなければ、お悩みの種を増やすようなことは申し上げたくないんですがね。あなた方は、あの役者が無罪放免になった場合に御自分の墓穴を掘るようなことを、ほとんど全部おやりになりましたね。わたしはきっと召喚されます。そうすれば、こう証言せざるを得ないでしょう——悲鳴が聞こえたあと、お二人が血相を変えて部屋に飛び込んで来て、短剣のことで喧嘩をはじめたと。わたしが宣誓して語る内容からすれば、お二人のうちのどちらかがやったとしても、おかしくはありません。あなた方はそうやって御自分に害をなしたんです。それからカトラー大尉は、あの短剣で御自分を害したに違いありません」

「自分を害しただって！」カトラーは嘲るように大声で言った。「ただのかすり傷じゃないか」

「それで血が出ました」神父は頷《うなず》いて答えた。「御承知の通り、あの真鍮の刃には今、血がついています。ですから、それ以前に血がついていたかどうか、わからなくなってしまいました」

沈黙があった。やがて、シーモアがふだんの口調とはまるで違う、強い調子で言った。

「しかし、わたしは通路に男がいるのを見ましたよ」

「知っています」ブラウン神父は木彫りの像のような顔で言った。「カトラー大尉も御覧になっています。そこがどうも、ありそうもない点なのです」

二人がその意味を解しかねて何も答えないでいるうちに、ブラウン神父は丁重に暇乞《いとまご》いをすると、ずんぐりした古い蝙蝠傘を手に、道をトボトボと歩き去った。

現代の新聞の紙面に於いて、もっとも正直で重要な記事は警察の記事である。二十世紀には、政治よりも殺人に多くの紙面が割《さ》かれているというのが本当なら、それは殺人の方が真剣な話題だという、結構な理由があるからにほかならない。しかし、「ブルーノ事件」あるいは「通路の謎」が、ロンドンや地方の新聞紙上にいっせいに取り上げられて、その詳細が大々的に報じられたことは、こうした理由を以てしても説明がつかないだろう。反響があまりに大きかったため、新聞は数週間、本当に真実を語った。尋問と反対尋問の報道は長々しく、読むに耐えなかったかもしれないが、少なくとも信用の置けるものだった。このような興奮の渦を引き起こした真の理由は、むろん、偶然そろった顔ぶれである。被害者は人気女優だったし、被告は人気俳優だった。しかも被告は現行犯で、愛国心の盛り上がった時節に一番人気のある軍人によって捕らえられたのである。かかる異常な状況におかれて、新聞は麻痺《まひ》してしまい、正直かつ正確な報道をするに至った。従って、このいささか特異な事件のその後については、ブルーノ裁判の記事によって大体を示すことができる。

裁判を主管したモンクハウス判事は、おどけた判事と揶揄《やゆ》されるけれども、概して真面目な判事よりもずっと真面目な人々の一人だった。かれらがはしゃいだような振舞いをするのは、職業的なしかつめらしさにどうにも我慢出来ないからであり、他方、真面目な判事は虚栄心に満ちているため、実は軽薄さに満ちているのである。この裁判の主役はいずれも名士であるが、法廷に出る弁護士たちも相応の面々がうちそろった。訴追側代理人のウォルター・カウドレー爵士は鈍重だが有力な代理人で、自分を英国人らしい信頼出来る人物に見せる術《すべ》や、不承不承《ふしょうぶしょう》雄弁に語る術を心得ていた。被告の弁護にあたったのは勅撰弁護人パトリック・バトラー氏で、アイルランド人気質を理解せぬ人——そして、氏に尋問されたことのない人たちには、ただのぐうたらと誤解されていた。医学的証拠に関しては何の矛盾もなく、シーモアが現場で呼んだ医師と、のちに検屍をした高名な外科医の見解は同じだった。オーロラ・ロームはナイフか短剣《ダガー》のような鋭利な道具、ともかく刃の短い道具で刺されたのだ。傷は心臓の真上で、即死だった。最初の医師が見た時には、死後二十分も経過していなかった。従って、ブラウン神父が彼女を発見した時には、死んでから三分と経っていなかったはずである。

その後、公式の捜査証拠が提示されたが、主として格闘した証拠があるかないかに関するものだった。格闘があったことを暗示する唯一の点は、衣裳が肩のところで裂けていたことであるが、これは刺創《しそう》の向きやそれが致命傷となった事実と、今一つ辻褄《つじつま》が合わなかった。こうした詳細が示され、しかし解明はされないうちに、最初の重要証人が呼ばれた。

ウィルソン・シーモア爵士は、ほかのどんなことをやらせてもそうだったが、証言も上手というだけではなく完璧に行った。彼は判事よりもずっと名の知れた人物だったが、法廷では程良く神妙に振舞った。人々はみな首相かカンタベリー大主教でも見るような目で彼を見ていたが、彼が法廷で演じた役割は、私人たる一紳士――紳士の方を強調した――のそれであったと誰もが認めざるを得なかったろう。彼はまた委員会に出る時と同様、爽々《すがすが》しいほど明快だった。彼はローム嬢を劇場に訪ねた。そこでカトラー大尉と会い、被告人もほんのしばらくその席に加わったが、すぐに自分の楽屋へ戻って行った。そのあと、ローマ・カトリック教の神父がやって来て、故人に会いたいと言い、ブラウンと名乗った。ローム嬢はそれから劇場のすぐ外に出て、通路の入口まで歩いて行った。カトラー大尉に花をもっと買って来させるために、花屋の場所を教えたのだった。証人は部屋に残り、神

6　イギリスにはごく近年まで検察官制度がなく、法廷での弁論等を専門とするバリスタ（法廷弁護士）が被告人のみならず訴追側の弁論も引き受けた。刑事訴訟は形式上、国王対被告人という扱いになる。

父と二言三言、話をした。やがて大尉を使いに出した故人が笑いながら引き返して、通路の反対の端へ駆けて行く音がはっきり聞こえて来たが、そちらには被告人の楽屋があった。証人は友人たちの慌《あわ》ただしい動きに何となく興味を惹かれ、自分も通路の端に出て、被告人の楽屋口がある方を見やった。その時、通路に何かが見えましたか？　はい、通路に何かが見えました。

ウォルター・カウドレー爵士は証人に一時《いっとき》の印象的な沈黙を許した。証人はその間目を伏せていて、平生《ふだん》通り落ち着いてはいたけれども、平生より顔色が青ざめていた。やがて訴追側代理人は低い声で言った。同情するようでもあり、薄気味の悪い声でもあった。

「はっきりと見えたのですか？」

ウィルソン・シーモア爵士はいかに動揺しても、優れた頭脳を十分回転させることが出来た。「輪郭はじつにはっきりと見えたんですが、輪郭の中の細かい点になると、ぼんやりと――というより、まったく見えませんでした。あの通路は長いので、真ん中にいる人間は、向こう側の光を背にして、真っ黒に見えるんです」証人は落ち着いた目をふたたび伏せて、こう言い添えた。「カトラー大尉が最初にあそこへ入ってきた時から、そのことには気づいていました」またしても沈黙があり、判事は身をのり出してメモを取った。

「では」とウォルター爵士は辛抱強く言った。「その輪郭はどんな風でしたか？　たとえば、殺された女性の姿に似ていましたか？」

「いいえ、全然」シーモアは静かに答えた。

「あなたには、どんな風に見えましたか？」

「わたしには」と証人は答えた。「背の高い男のように見えました」法廷にいた全員が、ペンなり、傘の柄《え》なり、本なり、靴なり、その時たまたま見ていたものに目を釘づけにした。人々は全力を上げて被告人から目をそむけているようだったが、被告人席にいる彼の姿を感じ、それも巨大な姿として感じていた。ブルーノは見た目に長身だったが、誰もが目をそらしている間に、ますます背が伸びて行くようだった。

カウドレーは例の厳かな顔で、黒い絹の法服と白い絹糸のような頰髯を撫でつけながら、席に戻ろうとした。ウィルソン爵士は、ほかにも大勢の証人がいる二、三の細かい事柄について、最後に答えたのち、証人席を去ろうとした。その時、被告側の弁護人がいきなり席を立って、彼を止めた。

「ほんの少しだけ、お引きとめします」とバトラー氏は言った。彼は眉毛の赤い野暮ったい男で、半分眠ったような表情をしていた。「どうして男とわかったのか、教えていただけませんか」

上品な微笑が、かすかにシーモアの顔をよぎったようだった。「はしたないことを申し上げますが、ズボンでわかりました。長い両脚の間に日の光が見えたので、結局、男だろうと思ったんです」

バトラーの眠そうな目が、音もなく爆発したかのように、突然開いた。「結局、ですって！」彼はゆっくりと相手の言葉を繰り返した。「それでは、最初は女だと思ったんですね?」

シーモアは初めて困った表情をした。「客観的事実とは申せませんが、わたしの受けた印象を述べよとおっしゃるのなら、もちろん、そういたしましょう。わたしが見たものには、女とは言いきれないけれども、完全に男でもない何かがありました。身体の線がどことなく違ったんです。それに、長い髪の毛のようなものが見えました」

「有難うございました」とバトラー勅撰弁護人は言って、望みのものを得たとばかりに、いきなり腰を下ろした。

カトラー大尉は、ウィルソン爵士に較べると、物言いもずっと下手で落ち着きのない証人だったが、事件に至る経緯《いきさつ》については説明がぴたりと一致した。ブルーノが自分の楽屋に戻ったこと、大尉自身が鈴蘭の花束を買いに行ったこと、通路の上手に戻って来たこと、通路で何かを見たこと、シーモアを疑ったこと、ブルーノと揉み合いになったことをつぶさに話した。しかし、彼とシーモアが目撃した黒い人影については、ほとんど芸術的な助言が出来なかった。輪郭についてたずねられると、自分は美術の批評家ではないので、と――あからさまにシーモアをあてこすって言った。男だったか、女だったかと訊かれると、むしろ獣のようだったと――あからさまに被告人に吠えついて言った。しかし、この男は悲しみと心からの怒りに動揺していることが見て取れたので、カウドレーは、すでにほぼ明らかになった事実の確認を早々と切り上げた。

被告側弁護人による反対尋問もやはり手短かに終わった。もっとも、(彼のいつもの流儀で）短くても、長い時間をかけているように見えたのである。「あなたは聞き捨てならない表現をお使いになりました」弁護人はそう言いながら、眠そうにカトラーを見た。「男や女というより、獣のように見えたというのは、どういう意味です？」

カトラーはひどく興奮したようだった。「あんな風に言うべきではなかったかもしれません。しかし、あの獣はチンパンジーみたいに丸まった大きな背中をしていて、豚みたいに、頭に剛毛が逆立っていて――」

バトラー氏はカトラーの妙にせっかちな発言を途中で遮《さえぎ》った。「髪の毛が豚のようだったかどうかは、どうでもよろしい。それは女性の髪のようでしたか？」

「女の髪だって！」軍人は声を上げた。「とんでもない！」

「さきほどの証人はそうだったと言われました」弁護人は無遠慮にたたみかけた。「それでは、その人影にはさきほどの雄弁な説明にあったような、くねくねした、半ば女性的な曲線が少しでもありましたか？　なかった？　女性的な曲線はなかったのですね？　その姿は、あなたのお話からすると、むしろ逞しくて、がっしりしていたのですね？」

「あの男は前かがみになっていたのかもしれません」カトラーはかすれた、いささか力ない声で言った。

「あるいは、そうではなかったかもしれませんね」バトラー氏はそう言って、また唐突に腰を下ろした。

ウォルター・カウドレー爵士に呼ばれた三人目の証人は、背の低いカトリックの僧侶だった。ほかの二人に較べるとあまりにも背が低くて、証人席から顔がやっとのぞいているだけだったから、まるで子供相手に尋問しているようだった。ところが、不運なことに、ウォルター爵士は（主として家庭に信仰上の不和があったため）ブラウン神父は被告人の味方だという先入観を何となく抱いていた。被告人が悪人で、外国人で、その上、黒人の血さえも混じっていたからである。だから、彼はブラウン神父が何か説明しようとするたびに、この高慢な大司祭の言葉を遮って、質問には「はい」か「いいえ」で答え、詭弁を用いずに明白な事実を述べるよう注意した。ブラウン神父がいつもの率直さで、通路の男が誰だと思うか自分の考えを述べようとすると、訴追側代理人はあなたの理屈は聞きたくない、と言った。

「通路で黒い人影が目撃されました。あなたはその黒い人影を見たとおっしゃる。では、どんな形をしていましたか？」

ブラウン神父は叱られたように目をパチクリさせたが、従順とは、文字通りに従うことであるのを昔から承知していた。「形は」と神父は言った。「背が低くずんぐりしていましたが、頭といいますか天辺の両側から、とんがった黒いものが二本、上向きに反《そ》って突き出していました。それは角のような形で——」

「何と！　角の生えた悪魔ですな、間違いない」カウドレーはそう叫ぶと、勝ち誇ったように道化《おどけ》て、席に着いた。「悪魔がプロテスタントを食いに来たんでしょう」

「違います」神父は淡々と言った。「わたしはそれが誰だったか、知っています」

法廷にいる人々はこのやりとりに興奮して、何か奇怪なものがあるという、不合理だが生々しい感覚を抱きはじめていた。もはや被告人席にいる人物のことは忘れて、通路の人影のことばかり考えていた。しかも、その通路の人影は、それを見た三人の有能で立派な人々が語るところによると、変幻自在の悪夢のような怪物なのだ。一人は女だと言い、一人は獣だと言い、もう一人は悪魔だと……

判事はブラウン神父を射るような眼差しでまっすぐ見つめていた。「あなたはまことに変わった証人だ」と判事は言った。「しかし、御様子から察するに、真実を話そうとしておられるようです。うかがいますが、あなたが通路で見た男とは何者だったのですか？」

「わたし自身です」とブラウン神父は言った。

バトラー勅撰弁護人はいとも静かにスッと立ち上がって、穏やかに言った。「判事閣下、反対尋問をお認めくださいますか？」と言うと、そのままブラウン神父に一見無関係な質問をぶつけた。「この短剣のことはお聞きになりましたね。犯行は短い刃で行われた、と専門家が言っているのは御存知でしょう？」

「短い刃です」ブラウン神父は梟《ふくろう》のようにおごそかに頷《うなず》いた。「けれども、長い柄がついていました」

この神父は、長い柄のついた短剣（それはなぜか犯行をいっそう恐ろしく思わせた）で人を殺している自分の姿を、本当に見たのだ――傍聴人の頭の中にはそんな考えが浮かび、それを追い払うひまもないうちに、ブラウン神父は急いで説明を続けた。

「わたしが申し上げたいのは、短い刃がついているのは短剣だけではないということです。槍だって刃は短い。しかも、槍は短剣のように鋼鉄の刃の先端《さき》で相手をとらえます。劇場に置いてある小道具の槍でも、同じでしょう。気の毒なパーキンソン老人が妻を殺した槍も同じでした。夫人は家庭のゴタゴタを解決したくて、わたしを呼んだところだったんです――けれども、一足遅すぎました。神よ、お許しください！　しかし、老人は罪を悔いて死にました――悔いたために死んだのです。自分のしたことに耐えられなかったのです」

法廷にいた人々の大半が受けた印象は、何やらペチャクチャしゃべっている小柄な神父は、証人席で文字通り気が変になってしまったというものだった。しかし、判事はなおも目を輝かせて、神父を興味深げにじっと見ていたし、被告側の弁護人も動じずに質問を続けた。

「もしパーキンソンがパントマイムに使う槍で犯行に及んだのなら」とバトラーは言った。「四ヤードも離れたところから突いたことになります。そうすると、服が肩のところから引き裂けていたというような格闘の形跡について、どう御説明なさいますか？」彼はいつのまにか、単なる証人にすぎないこの人物を専門家のように扱っていたが、今は誰もそのことに気づかなかった。

「気の毒な御婦人の服が裂けていたのは」と証人は答えた。「背中のうしろに滑り出て来た板に引っかかったからです。外《はず》そうと藻掻《もが》いているところへ、パーキンソンが被告人の楽屋から出て来て、槍で突き刺したのです」

「板ですと？」弁護人は興味深げな声で、鸚鵡返しに言った。

「裏は鏡になっていました」ブラウン神父は説明した。「楽屋にいる時、鏡のうちの何枚かは通路に滑り出る仕掛けなんだと気づきました」

またしても異様な沈黙があたりをおおったが、次に口を開いたのは判事だった。「では、通路の先を見た時、そこに見えたのはあなた御自身だった――鏡に写った自分の姿だった、と本当にそうおっしゃるのですか？」

「さようです。それを言おうとしていたんです」とブラウン神父は言った。「でも、形はどうだったかと聞かれたものですから。わたしたちが被る帽子には、角《つの》のようなかどがあって、ですから――」

判事は身をのり出し、老いた瞳をさらに輝かせて、とりわけはっきりした口調で言った。

「では、ウィルソン・シーモア爵士が見たという、曲線があり、女の髪をして、男のズボンを穿いていた得体《えたい》の知れぬものは、じつはウィルソン・シーモア爵士自身だったと、そうおっしゃるのですか？」

「さようです」とブラウン神父は言った。

「それから、カトラー大尉は肩が丸くて豚のような剛毛を生やしたチンパンジーを見ましたが、それも自分の姿を見ただけだとおっしゃるのですな？」

「さようです」

判事は椅子にゆったりと背を凭せたが、その態度には皮肉と称賛とが分かちがたく混じっていた。「もう一つお聞きしますが」と判事は言った。「なぜあなたは、鏡に写った御自分の姿がおわかりになったんです？　あの二人の立派な方々が気づかなかったというのに」

ブラウン神父はこれまでにも増して心苦しそうに目をしばたたき、やがて訥々《とつとつ》と言った。

「それは、わたしにもわかりません……ですが、日頃、鏡をあまり見ないからかもしれません」

機械の誤り

THE MISTAKE OF THE MACHINE

フランボーと友人の神父は、夕暮れのテンプル庭園[1]で腰かけていた。場所柄のせいか、何かそういう偶然のきっかけから、法律の手続きに関することが話題になった。反対尋問に於ける裁量の問題から、ローマ時代や中世の拷問、またフランスの予審判事やアメリカの過酷な取調べ《サード・ディグリー》といった事柄に、話はとりとめもなく移って行った。

「じつはね、今」とフランボーは言った。「この新しい心理測定法に関する本を読んでいるんです。近頃、とくにアメリカで評判になっているやつですよ。知ってるでしょう――手首に脈搏計《みやくはくけい》をつけて、特定の言葉を聞かせた時の心臓の反応を調べるんです。あれをどう思いますか?」

「じつに興味深いね」とブラウン神父は答えた。「殺人者が死体に触れると、死体から血が流れ出すという暗黒時代の興味深い考えを思い出すな」

「まさか」と友人はたずねた。「どっちの方法も同じくらい有益だというんじゃないでしょうね」

「同じくらい無益だと思うのさ」とブラウンは答えた。「血というものは、死人だろうと生きた人間だろうと、我々には知り得ない無数の理由によって、速く流れたり、ゆっくり流れたりする。よっぽどおかしな流れ方をしない限り、マッターホルンの上にでも逆流しない限り、わたしが血を流す前兆《しるし》だとは思わないね」

「この方法には」と相手は言った。「アメリカ屈指の大科学者が何人もお墨付きを与えていますぜ」

「科学者というのは、何という感傷家だろう！」ブラウン神父は叫んだ。「しかも、アメリカの科学者はとりわけ感傷家に違いない！　心臓の鼓動から何かを証明しようだなんて、ヤンキー以外の誰が思いつくかね？　女性が顔を赤らめたら、自分に恋していると思い込む男と同じくらい、おセンチじゃないか。そんなのは不滅のハーヴェー[2]が発見した血液循環に基づく試験にすぎんよ。しかも、ろくでもない試験だ」

「でも」フランボーは食い下がった。「何かをはっきり指し示すことはあるでしょう」

「ステッキが何かをはっきり指し示した場合には、一つ不都合な点がある」と相手は答えた。「それは何か？　つまり、ステッキの反対の端は、つねに逆の方向を示すということだよ。問題はステッキの正しい端を握っているかどうかだ。わたしは前にそういう試験が行われるのを見て、それ以来、けして信じないんだ」神父はそう言うと、幻滅の物語を語りはじめた。

1　ロンドン、テムズ河岸にある歴史的な法曹院に付属する庭園。
2　ウィリアム・ハーヴェー。イギリスの解剖学者。一六二八年に血液循環説を発表した。

二十年近く前のことだった。当時、ブラウン神父はシカゴでカトリック信者の囚人のための刑務所付き神父をつとめていた——この街では、アイルランド系住民が犯罪と懺悔《ざんげ》と、その両方の才能を大いに示したので、神父は中々忙しかった。刑務所の副所長はグレイウッド・アッシャーという刑事あがりの男で、青白い顔の、口の重いヤンキー哲学者だったが、ふだんはひどくしかつめらしい顔に、時々、妙にすまなさそうな顰《しか》め面を交えるのだった。この男はブラウン神父のことを、多少見下しながらも気に入っていた。ブラウン神父も彼が好きだったが、彼の持論は心底嫌いだった。アッシャーの持論はこの上なく複雑で、それをこの上なく単純に信じ込んでいたのである。

ある晩、アッシャーに呼ばれた神父は、いつものように書類が山と散らかっている机の前に腰かけ、黙って待った。役人は書類の中から新聞の切抜きを取り出して渡し、神父はそれを真剣に読んだ。アメリカの社交界新聞の中でも一番ピンク色の濃い新聞からの切抜きらしく、次のように書いてあった。

「社交界随一の奇抜屋の鰥男《やもめおとこ》が、ふたたび〝酔狂晩餐会〟を開催する。当市の高尚なる市民諸兄は、どなたも〝乳母車パレード晩餐会〟を御記憶であろう。あの時、〝奥の手〟トッドはピルグリムズ・ポンドにある自らの豪邸を舞台にして、社交界にデビューした大勢の良家の子女を年齢《とし》よりもなお若く見せたのであった。社交的見地からして、それにも劣らず優雅であり、いっそう多彩で太っ腹だったのが、〝奥の手〟氏の前年の会、人気を博した〝人食い大昼食会〟である。この時、会場でまわされた菓子は、皮肉をこめて、人間の腕や脚の形につくられていた。とくに陽気な精神的豪傑の中には、自分のパートナーを食べようと言い出した者が一人ならずいたそうである。今宵の催しがいかなる趣向で行われるのかは、いまだトッド氏の素敵に寡黙な頭の中にあるか、あるいは当市きっての粋人《すいじん》たちの宝飾つきの胸にかたく仕舞い込まれているが、上流社会とは対極にある社会の質素な風俗習慣を乙《おつ》に真似たものらしいという話も洩れ聞こえる。もてなし好きのトッド氏は、有名な旅行家フォールコンロイ卿を招待していることからして、これはひとしお興味深いものとなるであろう。卿は英国の樫《かし》の森からやって来たばかりの、血統《ちすじ》の正しい貴族である。フォールコンロイ卿の旅が始まったのは、封建時代に源を発する卿の由緒古い称号が復活される以前のことであった。卿は若い頃合衆国にいたことがあり、社交界には、このたびの再訪に何やら裏の理由があるらしいとささやく向きもある。エッタ・トッド嬢は情《じよう》の深いニューヨーク娘の一人で、十二億ドル近い収入を継ぐことになっている」

「さて」とアッシャーがたずねた。「興味があるかね？」

「いや、どうもうまく言えませんが」ブラウン神父は答えた。「今、世界中でこれほど興味を持てないものは思いつきませんね。それに、アメリカの正義の怒りが、こんなものを書く記者をとうとう電気椅子に送るというのでもない限り、あなたが興味をお持ちになる理由もわかりません」

「そうか」アッシャー氏はそっけなく言って、べつの切抜きを差し出した。「では、こいつなら興味が持てるかね？」

その記事は、「残忍な看守殺し。囚人は逃走」という見出しで、内容は以下の如くだった。「本日未明、当州シークアの囚人収容所で助けを求める悲鳴が聞こえた。所員が声のした方へ駆けつけると、刑務所北側の塀の上を巡回する看守が、死体となって発見された。しかるに、この不幸な看守は高い塀から投げ落とされ、棍棒《こんぼう》のようなもので殴られて脳が飛び出し、持っていた銃は消えていた。その後の調べで、監房の一つが空《から》になっていることが判明した。そこに入っていたのはオスカー・ライアンと自称する、いささか陰気な無法者だった。比較的軽微な暴行をはたらいたかどで一時拘留されていただけだったが、暗い過去と危険な未来を持つ男という印象を誰にも与えた。さらに、朝になって殺人現場の様子がすっかり明らかになると、死体のそばの塀に、指を血にひたして書いたとおぼしい走り書きがしてあるのが見つかった。「これは正当防衛だ。この男は銃を持っていた。誰も傷つけるつもりはなかった。ただ一人だけは例外だ。銃弾はピルグリムズ・ポンドのためにとっておく──O・R」。武装した監視がいるにもかかわらず、このような塀を越えて行くとは、よほど悪魔的な詐術《さじゅつ》を以てしたか、あるいはよほど野蛮な、驚嘆すべき腕力を発揮したに相違あるまい」

「まあ、文体はこちらの方がいくらかましですね」神父は快く認めた。「でも、わたしがどんなお役に立てるのか、まだ呑み込めません。この短い脚で、そんな運動家の殺人犯を追って、この州を駆けまわったら、良い《い》お笑い種《ぐさ》です。この犯人が見つかるかどうかは疑問だと思いますね。シークアの収容所はここから三十マイル離れています。収容所からこまでの一帯は荒地で藪《やぶ》だらけですし、その向こうは――犯人は当然、そちらへ行く分別を持ち合わせているでしょうが――完全な無人地帯で、大草原《プレーリー》に続いています。どんな穴にでも隠れられるし、どの木にでも登れますよ」

「穴の中にはいない」と副所長は言った。「木の上にもいない」

「どうしておわかりになるんですか？」ブラウン神父は目をパチクリさせてたずねた。

「その男と話してみたくないかね？」アッシャーはたずねた。

ブラウン神父は無邪気な目を大きく見開いた。「ここにいるんですか？　あなたの部下はどうやって捕まえたんです？」

「わたしが自分で捕まえたんだよ」アメリカ人は気取った悠長な調子でそう言うと、立ち上がって、暖炉の前でひょろ長い脚を大儀《たいぎ》そうに伸ばした。「ステッキの曲がった先で捕まえたんだ。そんなに驚いた顔をすることはない。本当なんだ。知っての通り、わたしは時々この陰気な場所を抜け出して、外の田舎道を散歩する。それで、今日も夕方早くに、とある坂道を登っていた。両側には暗い生垣と灰色の畑が広がっていた。三日月が上って、道を銀色に照らしていた。その月明かりで見えたんだが、一人の男が畑を横切って、道の方へ駆けて来るじゃないか。身体を折り曲げて、マイル競走のような駆け足でね。疲れきっているようだったが、こんもり茂った黒い生垣のところへ来ると、蜘蛛《くも》の巣でも破るように難なく通り抜けた。いや、むしろ（丈夫な枝が銃剣みたいにパキパキいって、折れるのが聞こえたから)、そいつ自身が石でできているようだったと言った方が良かろう。男が月を背にして道路を渡ろうとしたその瞬間、わたしは曲がったステッキを男の足元に投げつけて、すっ転《ころ》ばせた。それから呼子《よぶこ》を大きな音で長々と吹いて、駆けつけてきた部下があいつを捕らえたという次第だ」

「ひとつ間違えれば、まずいことになったでしょうな」とブラウンは言った。「もしも、それがマイル競走の練習をしている有名な運動選手だったりしたら」

「そうじゃなかった」アッシャーは陰険に言った。「男の正体はすぐに明らかになった。だが、月が最初にやつを照らした時から、わたしには察しがついていたんだ」

「脱走した囚人だとお思いになったのは」神父は淡々と言った。「その朝、囚人が脱走したという新聞の切抜きをお読みになったからでしょう」

「それ以上の根拠があった」副所長は冷ややかにこたえた。「第一の根拠は単純すぎて、ことさら言い立てるまでもない——要するに、人気のある運動選手は畑を走ったり、棘《とげ》のある生垣で目を引っかいたりしないということだ。それに、うずくまった犬みたいに、身体を折って走ったりもしない。細かいことだが、訓練された目には見える、もっと決定的な事実があったんだ。あの男は粗末な襤褸《ぼろ》を着ていたが、単に粗末な襤褸というだけではなかった。グロテスクと言って良いほど、身体に合っていなかったんだ。夕月を背に黒い輪郭を浮かび上がらせた時でさえ、上着の襟に頭が埋《うず》もれて、傴僂《せむし》男のようだったし、袖はダブダブで、手がないように見えた。わたしにはピンと来た。やつは自分の囚人服を共謀者の服ととりかえたが、そいつが身体に合っていないんだとね。第二に、やつはかなりの向かい風を受けて走っていた。だから、髪の毛がなびくのが見えたはずなんだ。髪をうんと短く刈り込んでいるのでなければね。その時、男が突っ切っている畑の先にはピルグリムズ・ポンドがあることを思い出した。（君も憶えているだろうが）囚人がそのために弾を取っておくと言った、あの場所だ。そこで、わたしはステッキを投げた」

「鮮やかな推理の早業ですね」とブラウン神父は言った。「でも、その男は銃を持っていましたか？」

歩きまわっていたアッシャーがはたと立ちどまると、神父はすまなそうに言い添えた。

「銃がなければ、弾丸はちっとも役に立たないと聞いているものですから」

「銃は持っていなかったよ」と相手は重々しく言った。「しかし、それは何かごく自然な手違いが起こったか、計画を変更したからに違いない。おそらく、服を着替えたのと同じ狙いで銃を棄てたんだろう。殺した相手の血溜まりに上着を置いて来たのを、後悔していたんだ」

「ふむ、それもあり得ない話ではありませんね」と神父は答えた。

「それに、あれこれ考える必要はない」アッシャーはほかの新聞に目を移して言った。「あの男が犯人であることはもうわかっているんだからな」

聖職者の友人は弱々しくたずねた。「でも、どうしてです？」グレイウッド・アッシャーは新聞を放り出し、ふたたび二枚の切抜きを取り上げた。

「君がそれほどしつこいなら、最初からおさらいするとしよう。この二つの切抜きには一つだけ共通点がある。ピルグリムズ・ポンドが出て来るということで、知っての通り、そこは億万長者アイアトン・トッドの所有地だ。トッド氏が並々ならぬ人物であることも、知ってるだろう。成り上がるための踏み台に——」

「死せる己を踏み台にして、高きものに登ったん[3]ですね」神父はうなずいた。「ええ、知っています。たしか石油でしたね」

「ともかく」とアッシャーは言った。「この奇妙な事件には〝奥の手〟トッドが深く関わってるんだ」

アッシャーはもう一度暖炉の前で伸びをし、いつもの滔々《とうとう》とした、輝くばかりに説明的な口調で語り続けた。

「第一に、表面上、ここには謎は存在しない。囚人がピルグリムズ・ポンドへ銃を持って行ったところで、不思議でもないし、奇妙ですらない。我々アメリカ人はイギリス人と違って、人が金持ちになっても、病院や馬に金をつかえば許すわけではない。〝奥の手〟トッドは自分のたいそうな手腕で成り上がった。あいつが腕を見せつけた連中のうちには、鉄砲で自分の腕を見せてやりたいと思う者が大勢いることだろうよ。トッドが名前を聞いたこともない相手から殺されたって、不思議はないんだ。あの男が閉鎖した工場の労働者とか、潰《つぶ》した会社の事務員などだ。〝奥の手〟は精神的資質に恵まれた男だし、れっきとした名士だ。だが、この国では労使の関係がたいそう緊張しているんでね。

もしもこのライアンという男が、トッドを殺しにピルグリムズ・ポンドへ向かったのだとすれば、事情はそんなところだろう。初めのうちはわたしもそう思っていたんだが、その後小さな発見があって、心の中の探偵の部分が目覚めたんだ。わたしは囚人が無事確保されると、ステッキを拾って、また田舎道をぶらぶら歩いて行った。道を二、三べん曲がると、トッドの邸地《やしきじ》の横門に出た。あの場所の名前の由来になっている池か湖に一番近い門だ。今から二時間ばかり前のことで、もう七時頃だったろう。月がいっそう輝きを増して、神秘的な池の上に、月光が長く白い条《すじ》を幾本も引いていた。あの池の岸は灰色のヌルヌルした半分液状の泥だが、昔、我々の先祖は魔女たちにあそこを歩かせて、最後には溺れ死にさせたという。[4]詳しい話は忘れてしまったが、わたしの言う場所は知ってるだろう。トッドの家から見て北側の、荒地の方にあって、皺《しわ》だらけの奇妙な木が二本生えている。あれはじつに無気味な木で、まともな葉が茂っているというよりも、茸《きのこ》のお化けに見える。霧の立ち籠めたこの池をのぞき込んでいると、屋敷の方からかすかな人影がやって来るのが見えたような気がしたが、暗くて遠かったから、本当に人影かどうかさだかではなかったし、まして細かい様子などわかるはずもなかった。それに、わたしの注意はもっとすぐ近くの物に強く惹かれたんだ。わたしは柵の蔭にしゃがみ込んだ。その柵はあの大きな屋

3　親友の死を悼むテニスンの長詩『イン・メモリアム』第一節への言及。
4　ピルグリムズ・ポンドは〝巡礼の池〟の意。この文章は宗教的迫害によりアメリカにわたってきた清教徒団ピルグリム・ファーザーズや、入植地で行われた魔女狩りを連想させる。

敷の一翼から二百ヤードと離れていなくて、うまい具合にところどころ途切れていたから、覗き見するにはお誂《あつら》え向きだった。屋敷の左翼の黒々した建物の扉が開いていて、屋内《なか》の明るい光を背に、真っ黒な人影が現われた——服を着込み、前かがみになって、外の暗闇を窺っているようだった。そいつはうしろの扉を閉めたが、ランタンを手にさげているのが見えた。ランタンはそれをさげている人の服と姿形を弱々しい光で照らした。その姿は女のようで、ぼろぼろのマントにくるまり、人目を避けるために変装しているのは明らかだった。その襤褸《ぼろ》といい、コソコソした挙動といい、金ぴかの部屋から出て来た人間にしては、何とも奇妙じゃないか。女は曲がりくねった庭の小径を用心深く歩いて、わたしから五十ヤードと離れていないところまでやって来た。それから一瞬、どろどろした池を見晴らす芝生の高台に立つと、明々と燃えるランタンを頭上にかかげて、信号を送るように三度ゆっくりと左右に振った。二度目に振った時、光が一瞬、彼女自身の顔にあたった。わたしはその顔を知っていた。異様に蒼ざめ、借り物らしい安物のショールを頭に巻きつけていたが、億万長者の娘、エッタ・トッドに間違いなかった。

彼女は出て来た時と同じようにこっそり引き返して、家の中へ入ると、扉が閉まった。わたしは柵を乗り越えて随《つ》いて行こうとしたが、その時、ふと気づいたんだ。探偵熱にうかされて冒険に乗り出したけれども、こんなことをするのは少しみっともないとね。それに、わたしはもっと正当な権限を行使して、すべてのカードを手に握っているのだ。引き返そうとすると、暗闇でまたべつの物音がした。屋敷の上階《うえ》の窓の一つが開いたんだが、ちょうど建物の裏側だったため、わたしのいる場所からは見えなかった。それから、おそろしくはっきりした声で、フォールコンロイ卿はどこにいるか、と叫ぶ声が暗い庭ごしに聞こえて来た。家の中のどの部屋にも姿が見あたらない、というんだ。その声は聞き間違えようがなかった。政治の演説会や経営者の集会で、何度も聞いていたからだ。それはアイアトン・トッド氏その人だった。すでにほかの者が何人か、一階の窓辺や玄関の石段へ出ていたらしく、フォールコンロイは一時間前にピルグリムズ・ポンドへ散歩に出かけたきり、行方《ゆくえ》が知れない、と大声で言い返した。すると、トッドは「殺人事件だ！」と叫んで、乱暴に窓を閉めた。階段をバタバタと駆け下りる音が聞こえた。わたしはさいぜんの、もっと賢明なやり方を肝に銘じていたから、大々的な捜索が行われるであろうこの場所からさっさと逃げ出して、八時をまわった頃にはここへ帰って来た。

さて、お願いするが、あの社交界新聞の記事を思い出してくれたまえ。君にはまるでつまらなかったようだがね。囚人がトッドのために銃弾を取っておいたのでないとすると――それは状況から明らかだが――フォールコンロイ卿のために取っておいた可能性が一番高い。そして、どうやらやつは約束を果たしてしまったらしい。人を撃つのに、あの池のまわりの特異な地理環境ほど都合の良い場所はない。死体を投げ込めば濃い泥をもぐって、事実上底なしの深みに沈んでしまうからな。さて、そこで、髪を短く刈った例の男は、トッドではなくフォールコンロイを殺しに来たと仮定してみよう。しかし、前にも言った通り、多くのアメリカ人がトッドを殺したがるとすれば、それには多くの理由がある。アメリカへ来たばかりのイギリス貴族をアメリカ人が殺したがる理由はない。唯一考えられるのは、あのピンク新聞に仄《ほの》めかしてあった理由だ――フォールコンロイ卿が億万長者の娘に関心を持っているということだ。われらが短髪の友は、ブカブカの服を着ちゃあいるが、高望みをしてお嬢さんに恋しているに違いない。

こんな話は君には耳障りで、滑稽にさえ聞こえるだろう。しかし、それは君がイギリス人だからだ。カンタベリー[5]大主教の娘が、ハノーヴァー広場の聖《セント》ジョージ教会[6]で、仮出獄中の道路掃除人と結婚するような話に聞こえるだろう。君はこの国の優れた市民の、栄達し、望みをかなえる力をわかっていないからだ。銀髪の風采《ふうさい》の良い男が夜会服に身をつつんで、偉そうな様子をしていたら、君はその人物が国家の柱石《ちゅうせき》であることを知り、立派な父親がいたと思うだろう。それは間違っている。その男がつい最近まで安い借家か牢獄にいたかもしれないこと（あり得る話だ）に気づいていない。わが国民の浮力と向上心を見落としているんだ。我々の中でうんと有力な市民の多くは、つい最近成り上がっただけではなくて、比較的晩年に出世した。トッドの娘は、父親が最初に一山《ひとやま》あてた時は、十八歳になっていた。だから、いかがわしい男がつきまとっていることも、あり得ない話ではないし、娘の方が男につきまとっていることもあり得る。あのランタンの一件から判断すると、わたしはそうだと思っている。だとすれば、ランタンを持っていた手は、銃を持っていた手と無関係ではないかもしれない。この事件は、こりゃあ大騒ぎになるぞ」

「なるほど」神父は辛抱強く言った。「それで、あなたは次にどうなさったんですか？」

「君はショックを受けるだろう」とグレイウッド・アッシャーはこたえた。「こういう方面の科学が発展するのは、面白くないだろうからね。わたしはここじゃかなりの自由裁量を認められているし、認められている以上のことも多少はしているかもしれん。それでわたしは、君にも以前話した例の〝心理測定機械〟を試す絶好の機会だと思ったんだ。わたしの考えるに、あの機械は嘘をつかない」

「どんな機械も嘘はつきません」ブラウン神父は言った。「真実を告げることもできません」

「今回は真実を告げたんだ。説明しよう」アッシャーは自信満々に話を続けた。「わたしはブカブカの服を着た男を坐り心地の良い椅子に坐らせて、黒板に単語をひたすら書いていった。機械は男の脈搏の変化をひたすら記録し、わたしはひたすら男の様子を観察した。その仕組はどんなものかというと、問題の犯罪に関係のある単語を、それとはまったくべつのことに関係のある一連の単語の中に混ぜておくんだ。といっても、ごく自然な形で差し挟むようにする。わたしは〝鷺《さぎ》〟〝鷲《わし》〟〝梟《ふくろう》〟と書きつらねて、〝隼《フォールコン》〟と書いた時、あの男はおそろしく動揺した。そのあと〝ロ〟の字を書きかけると、機械はまさにとび跳

5　英国国教会の総本山がある。

6　十八世紀初頭に建設されたロンドン、メイフェアにある教会。上流階級の婚礼に多く利用される。

ねたんだ。一体、フォールコンロイみたいな、近頃来たばかりのイギリス人の名前を見てとび上がる理由が、この国の誰にあるかね？　あるとすれば、そいつは彼を撃った男だ。証人たちの好き勝手なおしゃべりよりも、よっぽどましな証拠じゃないかね。信頼できる機械による証拠だよ」

「忘れがちなことですが」と相手は言った。「信頼できる機械は、いつでも信頼できない機械が動かさねばならないのですよ」

「それは、一体どういう意味だね？」と探偵はたずねた。

「〝人間〟のことを言ってるんです」とブラウン神父は言った。「わたしの知る限り、一番信頼できない機械です。失礼なことを申し上げるつもりはありませんし、あなたは〝人間〟とお聞きになっても、御自分のことを不愉快に、あるいは不正確に表現されたとはお考えにならないでしょう。その男の様子を観察したとおっしゃいますが、観察が正しかったと、どうしてわかるのですか？　単語を自然な形で並べなければいけないとおっしゃいますが、自然だったとどうしてわかるのですか？　それを申せば、相手があなたの様子を観察していなかったとどうしてわかるのですか？　あなた自身がおそろしく動揺していなかったと、誰に証明ができます？　あなたの脈には機械が取りつけられていませんでしたからね」

「言っておくが」アメリカ人はすっかり興奮して叫んだ。「わたしは至って冷静だったよ」

「犯罪者も至って冷静になれます」ブラウンは笑顔で言った。「あなたと同じくらいに」

「だが、この男はそうじゃなかった」アッシャーはそう言って、書類を投げ散らした。「まったく君と話していると疲れるな！」

「すみません」と相手は言った。「ただわたしは、そういうことも物の道理としてあり得ると指摘しているだけです。男を絞首刑にできる単語が出て来たことが、男の様子からわかるとおっしゃるなら、向こうだって、自分を絞首刑にできる単語がこれから出て来るのだと、あなたの様子から察してもおかしくないじゃありませんか？　わたしなら、人を絞首刑にする前に単語以上のものを求めます」

アッシャーはテーブルを叩いて、怒りながらも勝ち誇ったように立ち上がった。

「まさに、そいつをこれから見せてやろうというんだ。最初にあの機械を使ってみたのは、あとでべつの方法で機械を試験するためだった。そして、君、あの機械は正しいんだよ」

彼はちょっと間をおいて、幾分興奮を抑えた調子で語り続けた。「言っておくが、証拠ということになれば、その時点まで、あの科学実験以外に頼れるものはほとんどなかった。あの男の不利になる証拠は全然なかったんだ。さっきも言った通り、あいつの服は身体に合っていなかったが、あの男が明らかに属している底辺階級の服にしては上等だった。それに、あいつは畑を駆け抜けたり、埃《ほこり》だらけの生垣をくぐったりして汚れていたが、その割に清潔だった。もちろん、脱獄したばかりだからかもしれないが、わたしが思い出したのはむしろ、比較的上品な貧乏人が精一杯きれいな格好をしようとすることだ。あの男の態度も、そういう連中と同じだったことは認めなきゃなるまい。やつはあの連中と同じように寡黙《かもく》で、威厳があった。連中と同じように、大きな不満を隠しているようだった。犯罪のことも何も知らないと言い張って、むっつりしながら焦《じ》れた様子を見せるだけだった。何か然《しか》るべきことが起こって、自分をこの無意味な窮地から救ってくれるのを待つといった風にね。昔、商売のいざこざで助けてもらった弁護士に電話をしても良いか、とわたしに再三たずね、あらゆる意味に於いて、無実の人間がやりそうな行動をした。あの男の不利益になる証拠は、脈搏の変化を示した目盛り板の小さな針以外、何一つなかったんだ。

そこで、君、今度は機械の方が試される番になった。そして、機械は正しかった。わたしはあの男と部屋を出て、ほかのいろんな連中が尋問を待っている玄関ホールへ移ったんだが、その頃には、どうやらあの男も、告白か何かをして梟《けり》をつけてしまおうと、多少腹を決めていたらしい。わたしの方を向いて、低声《こごえ》で話しはじめた。「ああ、これ以上我慢できない。どうしてもわたしのことをすっかり知りたいというなら――」

その時、長いベンチに坐っていた貧しい女の一人が立ち上がって、金切り声を上げながら、男を指差したんだ。あんな悪魔みたいにはっきりした言葉は、生まれてこの方、聞いたことがないよ。女の痩せ細った指は、豆鉄砲で狙うように、あいつを指差していた。ただ一言叫んだだけだったが、音節の一つ一つが、時計が鐘を打つようにはっきり聞き分けられた。

「ドラガー・デイヴィス！」と女は叫んだ。「ドラガー・デイヴィスが捕まったよ！」

そこにいたのは、おおむね泥棒や淫売といった惨めな女たちだったが、そのうち二十の顔が、喜びと憎しみに口をあんぐり開《あ》いて、こちらをふり返った。たとえその名前を聞いたことがなかったとしても、男の顔のハッとした表情を見ただけで、オスカー・ライアンと名乗っていた男が自分の本名を聞いたのだと気づいただろう。しかし、こう言うと驚くかもしれないが、わたしはそこまで無知ではないんだ。ドラガー・デイヴィスは、我々の警察を悩ました犯罪者のうちでも、もっとも手に負えない悪党の一人だった。今回看守を殺すずっと前にも、一度ならず人殺しをしているのは間違いない。しかし、妙なことに、あいつは一度も殺人罪に問われたことがなかった。なぜなら、もっと穏やかな——ケチな——犯罪と同じようにやったからだ。そちらの方では、年中訴えられていた。あいつは今でもそうだが、中々の美男子で、いかにも育ちの良さそうな悪人だった。たいていはバーの女給や店屋の売り子を引っかけて、金を巻き上げていた。しかし、もっとひどいこともよくやった。女たちは煙草やチョコレートに一服盛られて、全財産を持って行かれたんだ。そのうち、女が死体となって見つかる事件が起こったけれども、他殺とはっきり証明することはできず、さらに実際的な問題として、犯人も見つからなかった。噂によると、あいつは今度はそれまでと正反対の人間になって、どこかに姿を現わしたらしい。人に金を借りるんじゃなくて、貸したんだ。それでも、貸す相手は奴がたらし込めそうな未亡人ばかりで、同じようなひどい目にあわせたという。さあ、これが君の言う潔白な男で、これがそいつの潔白な過去だ。その後も、四人の罪人と三人の看守があの男の正体をたしかめて、これが話を裏づけた。さあ、これでも、わたしの哀れな機械について言うことがあるかね？　あの機械がやつを追い詰めたんじゃないかね？　それとも、あの女とわたしが追い詰めたと言った方が良いかね？」

「あなたが彼にしたことといえば」ブラウン神父は立ち上がって、ゆるゆると身体を揺すりながら、こたえた。「彼を電気椅子から救ったんです。毒を盛ったという昔の曖昧な話だけでは、ドラガー・デイヴィスを死刑にはできないでしょう。それから、看守殺しの囚人について言うと、あなたが彼を捕まえていないことは明らかだと思います。いずれにしろ、デイヴィス氏はその件では無実です」

「どういうことだね？」相手は詰め寄った。「なぜ、その件では無実なんだ？」

「なぜですって！」小柄な男はめったに見せない活気づいた様子で、声を上げた。「なぜって、ほかの罪で有罪だからですよ！　あなた方が何から出来ているのかわかりませんが、あなた方はどうも、あらゆる罪が同じ袋にまとめて入れてあるとお思いのようですね。お話をうかがっていますと、月曜日に守銭奴だった男が、火曜日には必ず浪費家になるようです。ここにつかまっている男は何週間も何カ月もかけて、貧しい女たちからなけなしの金を騙《だま》し取ったとおっしゃいましたね。良い時は麻薬を、悪い時は毒薬を使ったとおっしゃる。そのあと最下等の金貸しになって、やはり前と同じように、辛抱強く、穏やかなやり方で、もっと大勢の貧乏人を騙したとおっしゃる。仮に、そうだとしましょう――議論を進めるために、あの男がそういうことを全部やったと認めましょう。だとすると、わたしは彼がやらなかったことを申し上げましょう。あの男は、弾を込めた銃を持つ相手と闘って、忍び返しのついた塀を乗り越えはしませんでした。その塀に自分の手で、おれがやったと書いたりはしませんでした。さっさと逃げずに、正当防衛だから仕方がないと主張したりはしませんでした。気の毒な看守に恨みはない、と弁明もしませんでした。これから銃を持って襲いに行く金持ちの家を名指ししたりもしませんでした。人の血で自分の頭文字を書いたりもしませんでした。いやはや！　良《あ》きにつけ悪しきにつけ、性格が全然違うことがわかりませんか？　あなたはわたしとは全然似ていないようです。いまだかつて御自分の悪徳を持ったことがないようですね」

呆気《あっけ》に取られたアメリカ人は言い返そうとして口を開いたが、その時、彼専用の副所長室の扉をドンドン叩く者があった。いまだかつてそんな風に無作法に叩く者を、彼は知らなかった。

扉が大きく開いた。グレイウッド・アッシャーはその直前に、ブラウン神父はたぶん気が狂っているのだという結論に達しかけていたが、次の瞬間には、自分の方が狂っているのだと思いはじめた。彼の私室に勢い良くとび込んで来たのは、世にも汚ならしい襤褸を着た男だった。頭には脂じみたひしゃげた帽子を斜《なな》めにかぶったままで、片方の目には薄汚い緑の隈《くま》が出来、どちらの目も虎のようにギラギラ光っていた。顔のほかの部分は顎も頬ももじゃもじゃの髭に覆われて、鼻がかろうじて突き出しているだけだった上に、みすぼらしい赤のスカーフかハンカチーフを巻いているので、ほとんど見えなかった。アッシャー氏はこの州の荒くれ男ならたいがい見尽くしたと自負していたが、こんな案山子《かかし》のような格好をした猩々《ひひ》を見るのは初めてだと思った。だが何よりも、アッシャー氏の静かな科学的生活に於いて、このような男が向こうから話しかけて来ることはたえてなかった。

「おい、アッシャーのおやじ」赤いハンカチーフにくるまれた人物は怒鳴った。「もううんざりしたぞ。隠れんぼはこれきりにしてくれ。馬鹿にすると、許さんぞ。おれのお客さんを返すんだ。そうすりゃ、玩具の機械仕掛けのことは勘弁してやる。これ以上ちっとでもあの男を引きとめたら、痛い目に遭わせるぞ。おれだって、これで顔が利《き》かないわけじゃないんだ」

お偉いアッシャー氏は吠え立てる怪物を見つめていたが、驚きのあまり、ほかの感情はすべて消え失せてしまった。目に受けた衝撃のために、耳もほとんど聞こえなくなっていた。しまいに彼は乱暴な手で呼鈴を鳴らした。鈴がまだけたたましく鳴っているうちに、ブラウン神父の穏やかな、しかし、はっきりとした声が聞こえた。

「一つ申し上げたいことがあります。でも、少しややこしい話なんです。わたしはこちらの紳士を知りません——しかし——しかし、知っていると思います。さて、あなたはこの方を知っている——良く知っていますが——しかし、知らないのです。当然のことですがね。これでは逆説のように聞こえるでしょう」

「宇宙に罅《ひび》が入ったらしい」アッシャーはそう言うと、大の字になって、丸い事務椅子に身を沈めた。

「おい、いいか」見知らぬ男はテーブルを叩きながら喚《わめ》いたが、その声は部屋中に響くわりには、穏やかで理性的だったので、なおさら不可解だった。「よけいなことをするんじゃない。おれの望みは――」

「一体あんたは何者だ？」アッシャーはいきなり身体を起こして叫んだ。

「この紳士のお名前は、トッドだと思いますよ」と神父が言った。

彼はそれから、新聞のピンク色の切抜きを取り上げた。

「あなたは社交界新聞をちゃんとお読みにならないようですね」ブラウン神父はそう言って、淡々と記事を読み上げた。「『当市きっての粋人たちの宝飾つきの胸にかたく仕舞い込まれているが、上流社会とは対極にある社会の質素な風俗習慣を乙《おつ》に真似たものらしいという話も洩れ聞こえる』。今夜、ピルグリムズ・ポンドでは〝貧民窟晩餐会〟が盛大に行われていました。そして、お客の一人がいなくなってしまったんです。アイアトン・トッド氏は親切な主人役ですから、そのお客をここまで追いかけて来たんです。仮装を脱ぐ閑《ひま》も惜しんでね」

「誰のことを言ってるんだ？」

「あなたが御覧になった、滑稽なほどブカブカな服を着て、畑を走っていた男のことです。行って、お調べになった方が良いんじゃありませんか？　あの方はそろそろシャンパンを飲みに戻りたがっておいででしょう。銃を持った囚人がいきなり現われたので、そこから大慌てで逃げて来たんです」

「君は本気で――」と役人は言いかけた。

「いいですか、アッシャーさん」ブラウン神父は静かに言った。「機械は間違えない、とあなたはおっしゃったでしょう。ある意味で、その通りだったんです。しかし、もう一つの機械は間違えました。機械を動かす機械が、です。あの襤褸を着た男がフォールコンロイ卿の名前を聞いてとび上がったのは、フォールコンロイ卿を殺したからだとあなたはお考えになりました。ところが、フォールコンロイ卿の名前を聞いてとび上がったのは、彼がフォールコンロイ卿だからなんです」

「それなら、何でそう言わなかった?」アッシャーは目を剝《む》いてたずねた。

「自分がこんな状況に陥ったことや、慌てふためいたことを貴族らしくないと思ったんでしょう。それで、初めのうちは名前を隠そうとしていたんです。ところが、名前を言おうとしたちょうどその時」――ブラウン神父は自分の靴に視線を落とした――「ある女が、彼のもう一つの名前を言ってしまったんです」

「しかし、まさか」グレイウッド・アッシャーは真っ蒼《さお》になって言った。「フォールコンロイ卿がドラガー・デイヴィスだったと言い出すほど、あんたの頭は狂っちゃいまい」

神父はアッシャーを真剣な目で、しかし、何を考えているのかわからぬ表情で見た。

「それについては何も申しません。あとはすべてあなたにおまかせします。こちらのピンク新聞によると、あの爵位は最近になって彼のために復活されたそうですが、ああいう新聞はあてになりませんからね。彼は若い頃アメリカにいたとも言っていますが、何とも奇妙な話じゃありませんか。デイヴィスとフォールコンロイはどちらも相当の臆病者ですが、と、犬一匹たりと臆病者はほかにも大勢います。この件に関しては、わたしの意見を根拠に、考え込むようにして先を続けた。絞首刑にしたくありません。でも」神父は穏やかに、考え込むようにして先を続けた。

「あなた方アメリカ人は、謙遜しすぎると思います。イギリス貴族を理想化しているんです――それがたいそう貴族的だと思い込んでいることからしてね。風采の良いイギリス人が夜会服に身をつつんでいるのを見て、その男が貴族院にいると聞かされると、きっと立派な父親がいるんだと想像します。あなた方は我々イギリス国民の浮力と向上心を見落としているんです。わが国でうんと有力な貴族の多くは、最近成り上がっただけではなくて――」

「おい、やめるんだ！」グレイウッド・アッシャーは相手の顔に微《かす》かな皮肉が浮かんだのに苛立《いらだ》ち、痩せた片手を握りしめながら叫んだ。

「いつまでこのイカレポンチと話してるんだ！」トッドが乱暴に言った。「おれの友達のところへ連れて行け」

翌朝、ブラウン神父はいつものように澄ました顔で、またべつのピンク新聞の記事を持って来た。

「社交界の新聞をあまりお読みにならないのではないかと思いましてね」と彼は言った。「でも、この切抜きには興味を惹かれるかもしれませんよ」

アッシャーが見出しを読むと、「〝奥の手〟氏のさまよえる酔客たち――ピルグリムズ・ポンド近辺の愉快な椿事《ちんじ》」とあった。記事にはこう書いてあった。「昨夜、ウィルキンソンズ自動車修理工場の外で笑うべき事件が起こった。パトロール中の警官が不良少年たちに注意をうながされて、囚人服を着た男を見つけたのである。その男は素敵な高級車パナール[7]の運転席に悠然と乗り込もうとしていた。ぼろぼろのショールをまとった若い女が一緒だった。警官に制止されると、若い女はショールを取ったので、億万長者トッド氏の令嬢であることが明らかになった。彼女はピルグリムズ・ポンドの〝貧民窟酔狂晩餐会〟から抜け出して来たところで、その会には、よりぬきの客が、めいめい同様の略装で集まっていた。令嬢と囚人服を着た紳士は、いつものドライブに出かけるところだったのである」

アッシャー氏はピンク色の切抜きの下に、それよりも新しい新聞の切抜きを見つけたが、その見出しはこうだった。「億万長者の娘と囚人の驚くべき逃走劇。酔狂晩餐会を計画したのは彼女だった。二人は今無事に――」

グレイウッド・アッシャー氏は面を上げたが、ブラウン神父はもういなかった。

7　フランスの老舗自動車メーカー。現代の乗用車に通じる先駆的技術を生み出した。

カエサルの首

THE HEAD OF CAESAR

ブロンプトンかケンジントン[1]のどこかに、高い家々が軒を連ねる、果てしなく長い通りがある。家々は豪華だが、おおむね空家《あきや》で、墓石が並んでいるようにも見える。暗い正面玄関へ上がる石段からしてピラミッドの斜面のようにそそり立ち、ミイラが扉を開けはしないかと思われて、ノックすることも躊躇《ためら》われる。しかし、この灰色の家並《やなみ》のさらに気の滅《め》入《い》る特徴は、望遠鏡で覗いたように果てしなく一様に続いていることだ。そこを歩く旅人は、もう道の切れ目や曲がり角にはけして出られないのではないかと思いはじめる。しかし、一箇所だけ例外がある――ささやかな例外だが、旅人が大声を上げて喜ぶ場所だ。二軒の背の高い邸宅の間に、厩《うまや》の路地のようなものがあるのだ。通りに較べると、まるで扉の割れ目のような細長い隙間にすぎないが、それでも、ちっぽけな居酒屋か食堂が一軒、その隅に店を開いている。そこは厩の馬丁たちが今も金持ち連中に許されて、出入りする店なのだ。そこのみすぼらしさにはかえってどこか楽しげなものがあり、ちっぽけなだけに自由で妖精めいたところがある。灰色の石で出来た巨人たちの足元にあって、まるで明かりのついた小人の家のように見えるのである。

それ自体が御伽話めいたある秋の夕暮れにここを通りかかった人なら、ひょっとすると御覧になったかもしれない――（白い大きな文字と共に）窓半分をおおって、店の中を通りから半分隠している赤い日除けを一つの手が引き開け、無邪気な小鬼《ゴブリン》に似ていなくもない顔が覗くのを。実は、そいつはブラウンという無害な人間の名前を持つ男の顔で、彼は以前エセックスのコボウルで司祭を務めていたが、今はロンドンで働いていた。半ば公式の捜査員である友人フランボーが向かいの席に坐って、この界隈で解決した事件の最後の覚え書きをしたためていた。二人は窓辺の小さなテーブルに陣取り、神父はその窓のカーテンを引いて、外を見たのだった。神父は見知らぬ通行人が窓を通り過ぎるのを待って、カーテンをもとに戻した。それから、真ん丸い目をキョロリと上に向けて、頭上の窓に書いてあるべた塗りの白い文字を見、次に隣のテーブルへ視線をさまよわせた。そこにはビールとチーズを目の前に置いた人夫と、牛乳を取った赤毛の若い娘が坐っているだけだった。やがて神父は（フランボーが手帳を仕舞うのを見て）物静かに言った。

「十分ほど閑があったら、あの付け鼻の男のあとをつけてくれないかね」

フランボーは驚いて顔を上げた。ところが、赤毛の娘も顔を上げ、その様子には驚きというよりも、もっと強い何かがあった。娘は薄茶色の粗麻布の服を、地味に、少しだらしなく着ていたが、れっきとした良家の娘だったし、良く見ると、少し不必要にお高くとまっていた。「付け鼻の男！」とフランボーは繰り返した。「そいつは何者です？」

「さあ、わからん」とブラウン神父は答えた。「君に探り出してもらいたいんだ。これは

1　ロンドン中西部のそれぞれ隣接した閑静な地区。

お願いだ。男はあっちへ行ったよ」——そう言いながら、この人特有の目立たぬ仕草で、親指を肩のうしろに向けた——「まだ街灯を三つも越していないだろう。どちらの方向へ行ったかだけ、知りたいんだ」

フランボーは当惑と愉快さの相半《あいなか》ばする表情で、しばらく友をじっと見つめていたが、やがて席を立ち、小人のような居酒屋の小さなドアから巨体を無理やりひねり出して、夕闇の中に溶け込んだ。

ブラウン神父はポケットから小型の本を出し、落ち着いて読みはじめた。例の赤毛の貴婦人が自分の席を立って、彼の向かいに腰を下ろしたが、気づく様子は少しも見せなかった。しまいに娘は身をのり出し、低い、しっかりした声で言った。「どうして、あんなことをおっしゃったんですか？　どうして付け鼻だとわかるんですか？」

ブラウン神父はやや重たげな目蓋を上げると、いささか恥ずかしそうに目ばたきをした。それから、彼の訝《いぶか》しげな目はふたたびウロウロとさまよって、居酒屋の正面のガラスに書いてある白い文字に向かった。若い女も神父の視線を追って同じところに目を留めたが、まったく理解に苦しんでいるようだった。

「いや」ブラウン神父は彼女の考えていたことに答えた。「あれは「Ｓｅｌａ」じゃありませんよ。似たような言葉が詩篇に出て来ますがね[2]。さっきはわたしもぼんやりしていて、そう読みました。でも、あれは「Ａｌｅｓ《エール》」ですよ」

「それで？」若い婦人はまじまじと相手を見ながら、聞き返した。「そう書いてあるから、何だとおっしゃるんです？」

　思いに耽るような神父の目が、娘の薄い粗布の袖に留まった。袖口に凝《こ》った模様がごく細い糸で刺繡してあり、ふつうの女の仕事着とは違うことがわかった。むしろ、美術学校に通う良家の女生徒の仕事着のようだった。神父はここに色々と考える材料を見つけたようだったが、しごくゆっくりと躊躇いがちに返事をした。「お嬢さん。外から見ると、この店は――いや、いたって上品な店には違いありませんが――しかし、あなたのような御婦人は――ふつう、そう思わないでしょう。こういう場所に好きこのんで入ることは、まずありません。ただ――」

「ただ？」と女は繰り返した。

「ただ稀《まれ》に不運な方がいて、牛乳を飲む以外の目的で入るんです」

「あなたは、ずいぶん変わったお方ね」と若い貴婦人は言った。「何のつもりで、そんなことをおっしゃるの？」

「あなたを困らせたいのではありません」神父はいとも優しくこたえた。「助けて差し上げるために、事情を良く知りたいんです。あなたが御自分の意思でわたしに助けを求められるなら、ですが」

「でも、わたしがどうして助けを求めなければならないんです？」

2　旧約聖書の詩篇等に出てくる意味不明のヘブライ語。休止を表す音楽記号と考えられる。

ブラウン神父は夢見るような独り語りを続けた。「あなたがここへ入って来られたのは、誰か目をかけている身分の低い友達などにお会いになるためではないはずです。それなら、奥の個室へ入ったでしょう……具合が悪くなってお入りになったのでもない。それならば、上品そうな、この店のおかみさんに声をかけたでしょうから……それに、具合が悪そうには見えません。ただ、不幸せそうです。……この通りは、世にも稀な曲がり角のない長い道[3]で、両側の家はどこも閉めきっています。……わたしには、こんなふうにしか思えなかったんです。つまり、あなたは誰か会いたくない人間がやって来るのを見たけれども、この石の曠野《あれの》では、居酒屋が唯一の避難場所だと気づいた。……わたしはあなたが入って来られたすぐあとに店の前を通りすぎた、たった一人の男をちらりと見ましたが、見ず知らずの人間でも、それくらいのことはしても失礼にあたらないでしょう。……それに、どうも性質《たち》の悪い男のように見えましたし……あなたは良さそうなお人柄に見えましたので……もしあの男が困らせているなら、助けてさしあげようと心構えをした、それだけです。わたしの友人はすぐに戻って来ます。こんな道を歩いて行っても、何も見つからないでしょう。……見つけられるとは初端《はな》から思っていません」

「それなら、どうしてあの方を行かせたんですか?」娘はそう言って、ますます興味深そうに身をのり出した。マリー・アントワネットのように、赤味がかった髪の毛の色とローマ鼻が似合う、誇り高く、気性の激しそうな顔をしていた。

神父は初めて相手の顔をまっすぐに見て、言った。「あなたに話しかけてもらいたかったからですよ」

娘は興奮した顔で、しばらく神父を睨《にら》み返していた。その顔には怒りの赤い影がさしていたが、やがて、不安はありながらも目や口元から愉快そうな表情がこぼれ、まるで詰《なじ》るように答えた。「そう。そんなにわたしとお話がなさりたいんでしたら、わたしの質問にもお答えくださるでしょうね」一息置いて、さらに続けた。「謹んでおたずねいたしますが、あの男の鼻が作り物だとどうしてお思いになったんですか？」

「こういう陽気だと、蠟細工は大抵あんなふうに、少し染《し》みができるんです」ブラウン神父はいたって素直に答えた。

「でも、ずいぶん曲がった鼻でしたわ」赤毛の娘は異をとなえた。

今度は神父がニッコリした。「お洒落《しゃれ》のために付けるような鼻だとは言えませんな。あの男は、きっと本当の鼻が立派すぎるので、あれをつけているんでしょう」

「でも、どうして？」娘は食い下がった。

「あの童謡は、何といいましたっけね？」ブラウン神父は上の空な様子で言った。「曲がった男がおりまして、曲がった道を一マイル……あの男はきっと、ずいぶん曲がった道を歩いて来たことでしょう――自分の鼻を追いかけてね」

「あの人が何をしたというんですの？」娘は少し身震いして、たずねた。

3　ことわざ「曲がり角のない道はない」（「待てば海路の日よりあり」の意）にかけている。

「無理に話をうかがおうとは、毛頭思っておりません」ブラウン神父は静かに言った。「ですが、それについては、わたしよりもあなたの方が良く御存知でしょう」

娘は不意にとび上がると、ごく静かに、しかし、今にも出て行きたそうに、両手を握りしめて立っていた。やがて両手はしだいに緩《ゆる》み、また腰を下ろした。「ほかの誰よりも、あなたの方がよっぽど謎だわ」と彼女は捨鉢《すてばち》に言った。「でも、あなたの謎には芯《しん》がありそうな気がします」

「わたしたちが一番恐れるのは」と神父は低い声で言った。「中心のない迷路です。だからこそ、無神論は悪夢にすぎないんですよ」

「すっかりお話しいたしますわ」と赤毛の娘は勝気《かちき》に言った。「でも、なぜお話しするかは申し上げません。それはわたしにもわからないんですから」

彼女はテーブルクロスの綻《ほころ》びをかがったところをいじりながら、話し続けた。「お見受けしたところ、あなたは上流気取りとそうでないものとの違いがおわかりのようです。ですから、我が家が古い名家だと申し上げても、それが話に欠くことのできない部分だとわかってくださいますでしょう。じっさい、わたしの一番の危険は、「高貴なる者の義務《ノブレス・オブリージュ》」とか何とかいう、兄のお高くとまった、つまらない考えにあるんです。わたしの名前はクリスタベル・カーステアズと申します。父のことは、きっとお聞き及びかと思いますが、ローマ貨幣を集めた有名なカーステアズ・コレクションのカーステアズ大佐です。父の人となりについては、どうにも上手く説明ができません。本人がローマ貨幣に良く似ていたと言えば、一番あたっているでしょう。ローマ貨幣と同じように整った顔立ちで、本物で、価値があって、金属的で、時代遅れの人だったんです。父は家の紋章よりも、自分のコレクションを誇りにしていました——それ以上のことは誰にも言えないと思います。父の常軌を逸《いっ》した性格は、遺書にもっとも良く表われていました。父には息子二人と娘が一人おりました。父は片方の息子、わたしの兄のジャイルズと喧嘩をして、わずかな手当を与えてオーストラリアへやってしまいました。それから遺言状を書いて、カーステアズ・コレクションを、もっとわずかなお金と共に、もう一人の兄アーサーに相続させました。父にしてみれば、これは褒美のつもりで、できる限りの名誉を与えるつもりだったんです。アーサーは忠実で品行も良いし、ケンブリッジで数学と経済学の優秀な成績を修めていましたから。わたしには、相当あった財産を事実上すべて遺《のこ》してくれましたが、これはきっと、軽蔑の意味だったに違いありません。

アーサーは当然文句を言ったろうとおっしゃるかもしれませんね。でも、アーサーは父とそっくりなんです。若い頃は多少意見が異なるところもありましたが、コレクションを引き継いだとたん、神殿に身を捧げた異教の僧のようになってしまいました。あんなローマの小銭《こぜに》をカーステアズ家の誇りと一緒にして、その点では父そのままに頑固で盲信的なのでした。まるでローマ人のお金は、ローマ人のあらゆる徳目で守らねばならないといわんばかりだったんです。遊びもせず、自分のことにはお金を使わず、コレクションのためだけに生きていました。質素な食事をするのに、着替えの手間さえかけないこともよくあって、古い茶色の部屋着のまま、（他人は誰も手を触れてはならない）紐をかけた茶色い紙包みの間をぶらぶらしているんです。その部屋着の紐や房《ふさ》といい、青白くて痩せた上品な顔といい、まるで昔の禁欲主義の修道僧さながらでした。でも、時々は、お洒落な紳士のようにめかし込むこともありましたが、それもカーステアズ・コレクションに新たな一品を加えるため、ロンドンの競売や商店に出かけて行く時だけでした。

ところで、あなたが若い人間を御存知なら、わたしがこういうことに少し厭気《いやけ》がさしたと申し上げても、驚きはなさらないでしょう。古代ローマ人も結構だけど、と言いたくなる気分だったんです。わたしは兄のアーサーとは似ておりません。楽しいことを楽しまずにはいられないんです。この赤い髪の毛を受けついだ母方の血筋から、冒険心や何かをたくさん受けついでおりますの。可哀想な兄のジャイルズも同じでした。兄がああなったのも、一つには古銭だらけの雰囲気が悪かったのかもしれません。もっとも、あの人は本当に悪いことをして刑務所に行きかけたんですけど。でも、兄の行いは、わたしより悪かったわけではありません。それについては、これからお聞かせいたしますわ。

今から申し上げるのは、この話の愚かな部分です。あなたのように御聡明な方ならおわかりになると思いますが、十七歳のわがまま娘がそんな立場に置かれれば、退屈をまぎらすためにろくでもないことをやりだすものです。けれども、今のわたしはそれよりももっと恐ろしいことで動揺してしまって、自分で自分の気持ちがわからないんです。あのことを恋のおふざけとして蔑《さげす》んでいるのか、失恋の痛手として耐えているのかさえわかりません。当時、わたしたちは南ウェールズの小さな海辺の行楽地に住んでいました。家から数軒先のところに、引退した船長さんが住んでいて、わたしより五歳年上の息子がいました。その息子はジャイルズが植民地へ行くまで仲良くしていました。名前はこの話とは関係ありませんが、あなたには何もかもお話しするつもりですから、フィリップ・ホーカーだと申し上げておきましょう。わたしたちはよく一緒に小蝦《こえび》を捕《と》りに行って、好き合っていると言ったり、思ったりしました。少なくとも、あの人はたしかにそう言いましたし、わたしはたしかにそう思ったんです。あの人の髪は青銅色の巻毛で、隼《はやぶさ》のような顔も潮風にあたって青銅色に日焼けしていましたが、このことを申し上げるのはあの人のためではなく、話をわかっていただくためなんです。それが何とも妙な偶然の一致の原因となったからです。

ある夏の午後、わたしはフィリップと海岸へ蝦捕りに行く約束をしたので、正面の客間で少しイライラしながら機会をうかがっていました。目の前では、アーサーが買って来たばかりの貨幣の包みを開けて、ゆっくりと一、二個ずつ仕分けて、家の奥にある、書斎と博物館を兼ねた暗い部屋へしまっていました。最後に兄が奥へ入って、重い扉の閉まる音が聞こえると、わたしは大急ぎで蝦捕り網とベレー帽を取り、こっそり家を抜け出そうとしました。その時、兄が一つだけ置いていった硬貨が、窓際の長椅子の上にキラキラ光っているのが目に留まりました。青銅の硬貨で、ローマ皇帝の顔が刻印してありましたが、色といい、ローマ鼻の曲線といい、長くて引きしまった首をツンと伸ばした様子といい、フィリップ・ホーカーの肖像そのものに見えたんです。そういえば、ジャイルズは君に似た硬貨があるとフィリップに言っていましたし、フィリップはそれを欲しがっていました。そのことをふと思い出した時、わたしの頭の中をどんな愚かな考えが駆けめぐったか、きっと御想像になれるでしょう。わたしには、それが妖精の贈り物のように思われたんです。これを持って走って行って、奇抜な結婚指輪のようにフィリップにあげれば、二人は永遠に結ばれるような気がしました。そういったことが、いっぺんに千も頭に浮かんだのです。その時、自分がしようとしていることの途方もない恐ろしさが、足下に奈落のような黒い口をぱっくりと開けました。何よりも、熱い鉄に触ったように耐え難かったのは、アーサーがどう思うかということでした。カーステアズ家の者が泥棒をする——しかも、カーステアズ家の宝物を盗むなんて！　そんなことをしたら、わたしが魔女のように火炙《ひあぶ》りにされても、兄は平気で見ているでしょう。ですが、そういう凝《こ》りかたまった冷酷さを考えると、そのこと自体に腹が立ってきました。兄が薄汚い骨董品に大騒ぎするのは前々から厭でしたが、その気持ちと、海からわたしに呼びかける青春と自由への憧れが、高まって来ました。外には陽が燦々《さんさん》と射し、風が吹いて、庭の針金雀枝《はりえにしだ》の黄色い先っぽが窓ガラスをトントン叩いていました。わたしは、あの生きて成長する黄金が、世界中の荒野から自分を呼んでいることを思いました——そして、兄の持っている、死んでくすんだ黄金や青銅や真鍮が、歳月を経るにつれてますます埃《ほこり》にまみれてゆくことを。自然とカーステアズ・コレクションとが、とうとうぶつかり合ったんです。

古いということでは、自然の方がカーステアズ・コレクションに勝っています。あの硬貨をかたく握りしめて、海までの街路《とおり》を駆けて行った時、わたしは背にカーステアズ家の系図だけでなく、ローマ帝国のすべてがのしかかって来るのを感じました。古い紋章の銀の獅子が耳元で吼《ほ》えていただけではなく、歴代ローマ皇帝の鷲がすべてわたしを追いかけて羽ばたき、鳴き叫んでいるようでした。それでも、わたしの心は子供の凧《たこ》みたいに高く高く舞い上がって、とうとうわたしはさらさらに乾いた砂丘を過ぎ、濡れた平らな砂浜へやって来ました。フィリップはもう何百ヤードも沖へ出て、きらめく浅瀬に踝《くるぶし》までつかって立っていました。大きい真っ赤な夕日が沈むところで、半マイル先まで踝ほどの深さしかない広々とした遠浅の海は、ルビー色に燃える焔の湖のようでした。わたしは靴と靴下を脱いで、岸からはだいぶ離れたフィリップのいるところまで、水の中をじゃぶじゃぶ渡って行くと、初めてうしろをふり返って、あたりをながめました。海の水と濡れた砂に囲まれて、わたしたちは二人だけでした。そして、わたしはフィリップに皇帝《カエサル》の首をあげたんです。

その瞬間、急に変な考えが浮かんで、わたしはぞっとしました。遠くの砂丘に立っている一人の男が、こちらをじっと見ているような気がしたんです。それでもすぐに、気まぐれな神経の錯覚だと片づけてしまいました。その男は遠くの黒い点にすぎませんでしたし、じっと立ったまま首をわずかに傾《かし》げて見つめているのが、かろうじて見分けられただけでしたから。わたしを見ているのだという論理的な根拠は、一つもありませんでした。その男が見ていたのは船かもしれないし、夕陽や鷗《かもめ》かもしれないし、手前の浜辺のあちこちにまだ残っていた人たちの誰かかもしれません。それでも、わたしがハッとしたのはやはり虫の知らせだったんです。見ていると、男は広い濡れた砂浜を横切って、こちらへ一直線にずんずん歩いて来たんですから。そばへ寄って来るにつれて、肌の浅黒い、鬚を生やした男で、黒眼鏡をかけていることがわかりました。頭に被った古ぼけた黒い山高帽から、足に履いた真っ黒い靴まで全身黒ずくめの、みすぼらしいけれども、あらたまった服装をしていました。それなのに何の躊躇いもなく海へ入って、狙いを定めた弾丸のように、こちらへ向かって来たんです。

男がそうして声も立てずに陸と水の境を越えた時の、異様な、奇蹟でも見たような感覚は説明のしようがありません。まるで人が崖っぷちからまっすぐに歩きつづけて、そのまま空中を進んで行くのを見るようでした。家が空へ飛び上がったり、人の首がポロリと落ちるのを見るようでした。あの男は靴を濡らしていただけなのですが、自然の理法を無視する魔物のような気がしたんです。水際で一瞬でも躊躇っていたら、べつにどうということはなかったでしょう。ところが、あの男はわたしだけを見ていて、海に気づかないようでした。フィリップは何ヤードか離れたところにいて、こちらに背を向け、網の上にかがみ込んでいました。見知らぬ男は歩きつづけ、わたしから二ヤードほどのところまでやって来ると、立ちどまりました。臑《すね》の半ばまで波に洗われていました。そして、明らかなつくり声で、少し気取った調子でこう言いました。「少々変わった銘のある硬貨を一枚、よそへ寄付していただきたいと申し上げたら、御迷惑でしょうかな？」

たった一つの点を除けば、男には際立って異常なところはありませんでした。色眼鏡は不透明ではなくて、よくある青いものでしたし、その奥に見える目はキョロキョロするわけでもなく、わたしをしっかり見据えていました。黒い顎鬚も、それほど長くボウボウだったわけではありませんが、顔のずいぶん上の方から、頬骨のすぐ下から生えていたので、ちょっと毛むくじゃらには見えました。顔色は青黄色でも土色でもなくて、それどころか、むしろ綺麗な若々しい肌でしたけれども、そのためにどこかピンクと白の蠟人形みたいな感じがして、（なぜかわかりませんが）なおさら恐ろしく思われました。はっきりと言える奇妙な点は、ただ一つ、鼻だけでした。形は良いのですが、先が少しだけ横に曲がっているんです――まるで、まだ柔らかいうちに玩具の槌で片側をちょっと叩いたようでした。奇形というほどではありませんでしたが、わたしにとっては何という悪夢だったことでしょう。夕陽に染まった水の中に立っているあの男は、たった今、血のような海から吼《ほ》えたけりながら出て来た、恐ろしい海の怪物のように見えたんです。鼻の些《さ》細《さい》な曲がり具合が、どうしてそんなにわたしの想像を掻き立てたのかはわかりません。あの男は鼻を指みたいに動かせるような気がしたんだと思います。そして、まさにその瞬間、動かしたように見えたんでしょう。

「少々御協力いただくだけでよろしいのです」男は相変わらず変な、固苦しい調子で言いました。「そうすれば、わたしが御家族に連絡する手間も省けるというもので」

　その時、わたしははっと気づきました——青銅の硬貨を盗んだために脅迫されているんだ、と。そして、ただの迷信的な恐怖や不安は、一つの圧倒的な、現実的な疑問にすっかり呑み込まれてしまいました。この男は、どうしてあのことを知ったんでしょう？ わたしがあれを盗んだのは、とっさの出来心でした。あの時、わたしは間違いなく一人きりでした。こうしてフィリップに会いに来る時は、いつも人に見られないように気をつけているんです。通りであとをつけられた様子はありませんでしたし、たとえ、つけて来た者がいたとしても、わたしの手に握った硬貨を「X線」で透視することはできないでしょう。砂丘に立っていたあの男に、わたしがフィリップに渡した物が見えたはずはありません。そんなことは、御伽話の男[4]のように蠅の片目を撃ち抜くよりも無理な話です。わたしはどうしようもなくて叫びました。「フィリップ、この人に何が望みなのか聞いてちょうだい」

　網を直していたフィリップがやっと面を上げた時、その顔は不機嫌なのか、恥ずかしいのか、少し赤くなっていました。もっとも、一生懸命かがみ込んでいたのと赤い夕陽のために、そう見えただけかもしれません。それもまた、わたしのまわりで踊りをおどっていた病的な空想の一つにすぎなかったのかもしれません。フィリップは男に向かって、無愛想にこう言っただけでした。「ここからさっさと失《う》せろ」そして、わたしについて来るように合図をして、男にはもう目もくれず、浅瀬を岸へ向かって歩きだしました。彼は砂丘の麓から続いている石の防波堤にのぼって、家の方へ進みました。防波堤の粗い石は海藻がからんで緑になり、つるつる滑ります。こちらは若くて、それに慣れていましたけれども、わたしたちに取り憑いた夢魔は、そこを歩くのにもっと苦労すると考えたのでしょう。けれども、追っ手はしゃべるのと同じように、優雅に歩いて来ました。足場を選び、言葉を選びながら、なおも追いかけて来たのです。お上品で不愉快な声が肩ごしにわたしに呼びかけるのが聞こえましたが、砂丘の上まで来た時、とうとうフィリップが（たいていの場合、けして我慢強い方ではありませんでした）堪忍袋の緒《お》を切らしたようでした。いきなりふり返って、「失せろ。今は話はできない」と言いました。そして、男がためらって口を開けると、フィリップはその口に拳骨をお見舞いしたので、相手は一番高い砂丘の天辺からすっ飛んで行きました。見ると、下の方で砂まみれになって藻掻《もが》いていました。

こんなことをすればわたしの危険は増すかもしれませんが、この一撃でわたしはいくらか気がすっきりしました。ところが、フィリップは、ふだんなら勇ましいところを見せて大得意になるのですが、この時は違いました。相変わらず優しくしてくれましたが、やはり鬱《ふさ》ぎ込んでいるようなんです。そうして、話をちゃんと聞く閑もないうちに彼の家の前で別れたのですが、その時、フィリップは二つばかり妙なことを言いました。色々考えてみたけれども、あの硬貨はコレクションに返すべきだ、でも、「当分は」僕が預かってお

4　グリム童話『六人男、世界じゅうを歩く』に登場する、二マイル先の蠅の片目を狙えるという猟師。

く、と言ったんです。それから、唐突に無関係なことを言いだしました。「ジャイルズがオーストラリアから帰って来たのは、知ってるね？」と」

居酒屋のドアが開いて、フランボー探偵の巨人のような影がテーブルの上にさした。ブラウン神父はいつもの飾らない、説得力のある話し方でフランボーを御婦人に紹介し、こういう事件に関しては知識もあるし、思いやりもある男だと言った。やがて娘は二人を相手に、ふたたび自分の物語を語っていた。しかし、フランボーはお辞儀をして席に着く時、神父に小さな紙切れを渡した。ブラウンは少し驚いた様子でそれを受け取ると、目を通した。紙には「車を拾って、パトニー区マーフィキング通り三七九　ワッガ・ワッガへ[5]」と書いてあった。娘は自分の話を続けた。

「わたしは頭がクラクラしながら、坂道をのぼって、自分の家に向かいました。眩暈《めまい》がまだ治まらないうちに家の玄関に辿り着いたんですが、そこには牛乳の罐《かん》が置いてあって——あの鼻の曲がった男がいたんです。牛乳罐がそこにあるということは、召使いが出払っているということです。もちろん、アーサーは例の茶色い部屋着を着て茶色い書斎で本を読んだりしていますから、呼鈴が鳴っても聞こえませんし、出て来ることもありません。従って、家にはわたしを助けてくれる人が誰もいないのです。兄はいても、兄に助けてもらえば身の破滅です。わたしは切羽《せっぱ》詰《つ》まって、恐ろしい男の手に二シリング押しつけ、二、三日したらまた来るように、それまでに良く考えておくから、と言いました。男は不服そうでしたが、思いのほか大人しく引き下がりました——たぶん、殴り倒されて気弱になっていたんでしょう――わたしは良い気味だと思いながら、男の背中についた砂がキラキラ光って、道を遠ざかって行くのを見とどけました。男は六軒ほど先の角を曲がりました。

それからわたしは家に入り、自分でお茶をいれて、良く考えようとしました。庭に面した客間の窓辺に腰かけていたのですが、外はまだ夕焼けの光に明るく輝いていました。けれども、わたしは夢うつつで、ぼんやりしていたものですから、芝生や植木や花壇を良く見ていませんでした。そのために、あれが目に入るのも遅くて、いっそう激しいショックを受けたんです。

追い返したあの男、あの怪物が、庭の真ん中にじっと立っていたんです。青白い顔の幽霊が暗闇に現われる話は、わたしたちみんな本で色々読んでいますが、これはその種のどんな幽霊よりも恐ろしく感じられました。なぜといって、その男は夕暮れの長い影を落としてはいましたが、まだ暖かい陽射しを浴びて立っていたんですから。それに、顔も青白くはなくて、床屋の人形みたいな、蠟のような色つやをしていたからです。男はわたしに顔を向けてじっと立っていました。チューリップや何かの背の高い、派手な、温室のような花々の中で、その姿がどんなに恐ろしく見えたかは言いようもありません。まるで庭の真ん中に、彫像ではなくて蠟人形を据えたかのようでした。

けれども、男はわたしが窓辺で動くのを見たとたんに、ふり返って、庭の裏木戸から庭

5　パトニーはロンドン南西部の、テムズ川の南側の一地区。残りの住所は架空。

の外へ駆け出して行きました。木戸は開けっぱなしで、そこから入って来たに違いありません。この臆病さは、海にザブザブと歩いて来た時の厚かましさとは大違いだったので、わたしは何となくホッとしました。きっと、アーサーに出くわすことを、わたしが思った以上に怖がっているんだと想像しました。ともかく、わたしはやっと人心地《ひとごこち》がついて、一人静かに夕食を取りました（アーサーがコレクションの整理をしている時は、邪魔をしない決まりでしたから）。少し気が楽になって、フィリップのことを思い、考えに耽っていたのでしょう。ともかく、わたしはぼんやりと、しかし、どちらかといえば楽しい気分で、べつの窓をながめていました。まだカーテンは引いていませんでしたが、その頃にはとっぷりと日が暮れて、窓は石板のように真っ黒でした。その窓ガラスの外側に、何か蝸牛《かたつむり》みたいなものがくっついているようでした。ところが、目を凝《こ》らして見ると、それはむしろ人間の親指をガラスに押しつけたようでした。親指のように丸まった形をしていたんです。恐ろしさと勇気とがいちどきに戻って来て、わたしは窓へ駆け寄りましたが、アーサーでなければ誰にでも聞こえたはずの押し殺した悲鳴を上げて、後退《あとずさ》りました。

それは親指ではなかったんです。もちろん、蝸牛でもありません。曲がった鼻の先がガラスにぺったり押しつけられていたんです。その鼻は押しつぶされて白っぽくなり、うしろからこちらをじっと睨んでいる顔と目は、最初は見えませんでしたが、やがて幽霊のように灰色に浮かび上がって来ました。わたしはどうにかこうにか鎧戸をぴしゃりと閉めて、自分の部屋へ駆け上がり、扉に鍵をかけました。けれども、通り過ぎる時、べつの黒い窓にやはり蝸牛のようなものが見えたことは、誓っても良いくらいでした。

こうなると、やはりアーサーのところへ行くのが一番かもしれません。怪しい物が猫のように家のまわりをうろついているとすれば、脅迫よりももっと性質《たち》の悪い目的があるのかもしれません。兄はわたしを家から追い出して永久に呪うかもしれませんが、紳士ですから、その場では守ってくれるはずです。わたしは十分間もあれやこれや考えた末、下へおりて扉をノックし、中に入りました。すると、これ以上はない最悪の光景を見たんです。

兄の椅子は空っぽで、出かけているのは明らかでした。ところが、あの鼻の曲がった男が、坐って兄の帰りを待っていたんです。図々しく帽子をかぶったまま、兄のランプの下で兄の本を読んでいました。落ち着いた顔をして読み耽っている様子でしたが、鼻の先は、その顔の中で一番よく動く部分だという感じを残していました。たった今、象の鼻のように左から右へ向いたようでした。わたしを追いまわしたり、見張ったりしている時も、厭な男だと思いましたけれど、わたしのいることに気づかずにいたその時の様子の方が、もっと恐ろしかったように思います。

わたしは大声で長々と悲鳴を上げたと思いますが、それはどうでも良いんです。問題は、その次にしたことです。わたしは持っていたお金を全部男に渡しました。紙幣や手形で、わたしのものではあっても、手をつけてはいけないようなものもたくさんやってしまいました。男はかしこまった言葉遣いで、憎たらしい、如才ない言い訳をして、やっと立ち去りました。わたしはあらゆる意味でもうおしまいだと感じて、坐り込みました。ところが、ほかならぬその晩、思いがけない出来事があって、救われたんです。アーサーは、例によって、掘出し物を買うため急にロンドンへ出かけていたのですが、遅い時間に上機嫌で帰って来ました。それを買えば、わが家のコレクションにもいっそうの光彩を添える宝物が、もう少しで手に入るというのでした。兄がたいそう浮かれていたので、わたしも気強くなり、それに較べればささやかな宝物を失敬したことを打ち明けようとしました。でも、兄は自分の大計画に夢中で、ほかのことはしゃべらせませんでした。その取引はいつ何時《なんどき》流れるかわからないので、問題の骨董屋のそばにいた方が良い。フラムに部屋を借りたから、今すぐ荷造りして一緒に来いというんです。そんなわけで、もう真夜中だというのに、わたしは心ならずも自分の敵から——そしてフィリップからも逃げ出しました……。兄はよくサウス・ケンジントン博物館へ出かけて行き、わたしはいわば第二の人生を求めて、美術学校にお金を払い、二、三の授業に出ることにしました。この夕方も、学校からの帰りに、あの荒らす憎むべき者[6]が生身の姿で、長い一本道を歩いて来るのが見えたんです。そのあとのことは、こちらの紳士がおっしゃった通りです。

わたしの申し上げたいことは一つだけです。わたしは助ける値打ちのない人間です。罰せられて当然ですし、文句も言いません。それは正当なことで、なるべくしてそうなったのです。でも、いまだにわからなくて、考えると頭が割れそうになるのは、あんなことがどうして起こり得たのか、ということです。わたしは奇蹟によって罰せられているんでしょうか？ そうじゃないとしたら、海の真ん中でフィリップに小さな硬貨を渡したことを、彼とわたし以外の人間がどうして知り得たんでしょう？」

「これは、とんでもない問題ですね」とフランボーが言った。

「とんでもないのは答の方だよ」ブラウン神父は少し憂鬱そうに言った。「カーステアズさん、今から一時間半後にフラムのお住まいをお訪ねしたら、いらっしゃいますか？」

娘は神父の顔を見て、やがて立ち上がり、手袋を嵌《は》めた。「ええ、おります」と言うとほとんど同時に、店から出て行った。

その夜、探偵と神父はなおもこの事件のことを話し合いながら、フラムの家に向かった。そこは貸し部屋で、たとえ仮住まいにしても、カーステアズ家の者が住むには妙にみすぼらしかった。

「もちろん、物事の上《うわ》っ面《つら》だけ見る人間が考えれば」とフランボーは言った。「まずは、オーストラリアの兄さんが怪しいということになるでしょうね。以前《まえ》に問題を起こしているし、急に帰国して、卑劣な相棒でもつくりそうな男です。しかし、どういう筋道を辿《たど》って考えてみても、そいつがどうしてこの一件に関わって来たのかがわかりません。考えられるとすれば——」

「何だね？」相手は辛抱強くたずねた。

フランボーは声をひそめた。「あの娘の恋人も一枚噛んでいて、そいつの方が悪党だと

6　旧約、新約聖書の引用。ダニエル書九章二十七節、マタイ伝二十四章十五節など。

いうことです。オーストラリアの兄貴は、ホーカーが例の硬貨を欲しがっていることを知っていました。でも、ホーカーがそれを手に入れたことを、どうして知ったのかがわかりません。考えられるのは、ホーカー自身が海辺で仲間に合図をしたということです」

「その通りだ」神父は敬意をこめて言った。

「もう一つ、お気づきになりましたか？」フランボーは熱心に話を続けた。「このホーカーっていう男は、恋人が侮辱されるのを聞きながら、柔らかい砂丘に来るまで、相手を殴らなかったんです。そこまで来れば、喧嘩の真似事をして、勝ったふりができますからね。岩場や海の中で殴ったら、仲間に怪我をさせる危険がありました」

「それも、その通りだ」ブラウン神父は頷いて、言った。

「じゃあ、最初からお浚《さら》いしてみましょう。この事件にかかわっている人間は少ないけれど、それでも三人はいます。自殺するには一人、殺人《ころし》には二人必要ですが、強請《ゆす》りとなると、最低三人は必要ですからね」

「なぜだい？」と神父は物柔らかにたずねた。

「だって、当然でしょう」と友は言った。「秘密を暴《あば》かれる人間と、暴くと言って脅す人間、それから、秘密を知って衝撃を受ける人間が少なくとも一人は必要です」

神父はしばらく頭の中で反芻《はんすう》してから、言った。「君の言うことには、論理的にひとつ飛躍があるね。観念としては三人必要だ。行為者としては、二人だけで良いんだ」

「どういうことです？」と相手はたずねた。

「脅迫者が」ブラウンは低い声で問い返した。「自分のことを利用して、被害者を脅してはいけない理由があるかね？　たとえば、ある人妻が厳格な禁酒主義者になると仮定してみたまえ。それは夫を恐がらせて、居酒屋に内緒で行かせるのが目的なんだ。そうしておいて、今度は他人の筆跡で脅迫状を書く。女房に告げ口するぞ、といってね！　それでも上手く行くんじゃないかね？　仮に、父親が息子に賭け事を禁じるとする。そのあと、巧みに変装してあとをつけ、お父さんに叱られるぞと言って脅かす！　仮に——しかし、もう着いたね、君」

「まさか！」とフランボーは叫んだ。「あなたがおっしゃりたいのは——」

一人の男が玄関の石段をきびきびと駆け下りて来た。金色の街灯の明かりの下にあらわれたのは、まぎれもなくローマ貨幣に似た顔だった。「カーステアズ嬢は」とホーカーは挨拶抜きに言った。「あなた方がいらっしゃるまで、家の中に入ろうとしないんです」

「なるほど」とブラウン神父は親しげに言った。「外で待っているのが、お嬢さんにできる最善のことだとは思いませんか——あなたに付いていてもらって？　あなたはもう何もかもおわかりのようですね」

「ええ」と青年は小声で言った。「砂浜でそうじゃないかと思ったんですが、今ははっきり知っています。だから、加減して殴り倒したんです」

フランボーは娘から鍵を、ホーカーから硬貨を受け取り、友と二人で家に入って、手前の居間へ行った。家の中にはただ一人しかいなかった。居酒屋の前を通るところをブラウン神父が見た例の男が、追い詰められたように、壁を背にして立っていた。服はそのままだったが、黒い上着は脱ぎ、茶色い部屋着を羽織っていた。

「わたしどもがこちらへ来たのは」とブラウン神父は礼儀正しく話しかけた。「この硬貨を持主にお返しするためです」そう言って、付け鼻の男に硬貨を渡した。

フランボーは目を丸くした。「この男は貨幣蒐集家なんですか？」

「こちらは、アーサー・カーステアズさんだよ」神父ははっきりと言った。「少々変わったタイプの貨幣蒐集家だ」

男の顔色がひどく変わったので、曲がった鼻が顔から浮き出し、何か独立した滑稽なもののように見えた。それでも、男は一種捨鉢《すてばち》な威厳を持って言った。「それなら、御覧に入れよう。わたしが一族の美徳をすべて失ってはいないことを」そう言うと、いきなりふり返って、奥の部屋に入り、ぴしゃりと扉を閉めた。

「止めるんだ！」ブラウン神父はそう叫んで駆け寄ろうとしたが、椅子に躓《つまず》いて転びそうになった。フランボーが一、二度取手をねじって、ようやく扉を開けた。だが、遅かった。しんと静まり返った部屋の中をフランボーは大股に歩いて行って、電話で医者と警察を呼んだ。

床に空《から》の薬壜が転がっていた。テーブルには、茶色い部屋着を着た男の死体が横たわり、そのまわりに、破れて口の開いた茶色い紙包みがいくつもあった。紙包みからこぼれ出ていたのはローマの貨幣ではなく、現代英国の貨幣だった。

神父は青銅の皇帝の首を拾い上げた。「カーステアズ・コレクションのうちで残ったのは、これだけだった」

しばらく沈黙があったのちに、神父はいつにもまして優しく話を続けた。「意地の悪い父親が残したのは残酷な遺書で、この男は少し怒っていたんだ。自分が持っているローマの金《かね》を憎んで、もらえなかった本物の金が好きになった。コレクションを少しずつ売っただけでなく、少しずつ堕落して、何とも卑劣な手段で金をつくるようになった――変装して、自分の家族を脅迫するまでになったんだ。オーストラリアから帰国した兄を、昔の小さな罪を種《たね》に脅し（車でパトニーのワッガ・ワッガへ行ったのは、そのためだ）、自分しか気づくはずのない盗みを種に妹を脅迫した。ちなみに、彼が遠くの砂丘にいた時、お嬢さんの超自然的な勘《かん》が働いたのもそのためだよ。背格好や歩き方というのは、どんな遠くにいても、上手に変装した顔を間近で見るより、その人を思い出させるものだ」

ふたたび沈黙があった。「じゃあ」と探偵はうなった。「偉大な古銭研究家であり、貨幣の蒐集家だったこの男は、俗悪な守銭奴にすぎなかったんですね」

「そんなに違いがあるかね？」ブラウン神父はやはり奇妙な、寛大な調子で言った。「守銭奴の悪いところは、たいてい、蒐集家の悪いところでもあるんじゃないかね？　悪いのは、ただ……汝《なんぢ》自己《おのれ》のために何の偶像をも彫《きざ》むべからず。之《これ》を拝むべからず。これに事《つか》ふべからず。我[7]……しかし、あの気の毒な若い二人がどうしているか、見に行ってやらなきゃいかんな」

「思うに」とフランボーは言った。「何があっても、あの二人はきっと上手くやってゆくでしょうよ」

7　出エジプト記二十章の引用。十戒の一部。引用は日本聖書協会の文語訳による（以下同様）。

紫の鬘

THE PURPLE WIG

『改革者日報』の勤勉な編集長エドワード・ナット氏は、机に向かって、元気な若い女性が打つタイプライターの楽しい調べに合わせ、手紙を開封したり、校正をしたりしていた。シャツ姿のナット氏はやや恰幅《かっぷく》の良い色白金髪の男で、動作には迷いがなく、口元は引き締まり、物言いはキッパリしていた。だが、丸くて、いくらか子供っぽい青い眼には、そうした点とはややチグハグな、途方に暮れたような、いや、せつなげにも見える表情があった。それに、その表情はあながち誤解を招くものでもなかったのである。権威あるジャーナリストは往々にしてそうだが、彼がもっともしばしば味わう感情は、絶え間ない不安だと言って良かった。名誉毀損で訴えられることへの不安、広告を失う不安、誤植の不安、馘《くび》にされる不安。

彼の毎日は支離滅裂な妥協の連続だった。新聞（と彼自身）の所有者であり、心に三つの抜きがたい誤謬《ごびゅう》を抱いている耄碌《もうろく》した石鹸屋《せっけんや》と、新聞を発行するために彼が集めたごく有能な働き手との板挟《いたばさ》みだったのである。働き手のうちの何人かは頭の切れる経験豊富な男たちで、（もっと悪いことに）『改革者日報』の政治思想に傾倒していた。

その一人から来た手紙が、今ナット氏の目の前にあった。ナット氏はてきぱきした、物に怖《お》じない男だったが、開封を躊躇っているようにも見えた。そのかわりに一枚の校正刷りを手に取って、青い目と青い鉛筆を走らせ、〝姦通〟という言葉を〝不品行〟に、〝ユダヤ人〟を〝外国人〟に訂正すると、鈴《りん》を鳴らして、上の階へ至急持って行かせた。

それから、いっそう深く考え込むような目をして、敏腕の寄稿者から来た封書を手で破った。それにはデヴォンシャーの消印があり、文面は以下の如くであった。

「ナット君――君は〝お化け〟も〝お馬鹿〟も一緒に扱っているらしいが、エクスムア[1]のエアー家にまつわる奇妙な話の記事はいかがだろう――地元の婆さん連中が〝エアーの悪魔の耳〟と呼んでいる話だ。知っての通り、エアー家の当主はエクスムア公爵だ。当節残り少なくなった筋金入りの保守党貴族で、正真正銘コチコチの暴君だから、我々が騒ぎを起こすには持って来いの人種といえるだろう。それに、僕は騒ぎを起こせそうな話の手がかりをつかんだと思うんだ。

無論、僕だってジェイムズ一世にまつわる古い伝説を信じているわけじゃない。君に関して言えば、君はいかなることも、ジャーナリズムさえ信じてはいないだろう。その伝説というのは、聞けば君も思い出すだろうが、英国史上もっとも忌まわしい事件[2]にまつわるものだった――魔女の使い魔フランセス・ハワードがオーヴァーベリーを毒殺し、国王はまったく不可解な恐怖に取り憑かれて殺人犯たちを赦免したという、あの事件だ。これに

1　イングランド南西部、サマセット州とデヴォン州にまたがる荒野。

は呪術が深くからんでいると言われていて、言い伝えによると、王とカーが話しているのを従者が鍵穴から盗み聞きして、真相を知った。すると、従者の盗み聞きをした方の耳が、魔法にかけられたように、大きな醜い耳になった。それほど恐ろしい秘密だったんだ。男はその後、土地と黄金をどっさり与えられて公爵家の先祖になったが、この家系には妖精のような尖《とん》がり耳が今も時々現われるという。まあ、君は黒魔術なんか信じないし、信じたとしても記事にはできまい。坊さんたちの多くが不可知論者というこの御時世じゃ、たとえ君の職場で奇蹟が起こっても、伏せておかなきゃならんだろう。だが、問題はそこじゃない。問題は、エクスムアとその一族には本当に変なところがある、ということなんだ。たぶん自然なことなんだろうが、まったく異常な点が。しかも、それにはどうやら〝耳〟が関係しているらしい。象徴か、妄想か、病気か何かわからないがね。べつの言い伝えによると、ジェイムズ一世の死後まもなく、王党派の連中が髪の毛を長く伸ばすようになったのは、ひとえに初代エクスムア卿の耳を隠すためだったという。これも、まず作り話だろうがね。

君にこのことを指摘する理由は、こうだ——我々がシャンパンやダイヤモンドのことばかり言って貴族社会を攻撃するのは、間違っていると僕は思うんだ。たいていの人間は、貴族が楽しんでいるのを憎むよりもむしろ称賛するが、貴族制度が貴族をさえ幸福にしているなどと認めるのは、譲歩のしすぎだろうと思う。僕は一部の名家のお屋敷に漂っている匂いや雰囲気が、いかにわびしく、非人間的で、悪魔主義そのものであるかを指摘する連載記事を書いてみたいんだ。実例は山ほどある。しかし、手始めとして、〃エアー家の耳〃ほど格好のネタはないだろう。今週末までに真相を探って、君に伝えられると思う。――草々。フランシス・フィン」

ナット氏は左足の靴をじっと見つめながら、しばし考え込んだ。それから、どの音節も同じように聞こえる、強く甲高いが、まったく生気のない声で呼びかけた。「バーロウさん、フィン氏宛ての手紙を一通、タイプしてくれたまえ」

「フィン君――そいつは使えそうだ。原稿は土曜日の第二便で必着のこと。――草々。E・ナット」

彼はこの入念な書簡をたった一単語のように発音し、バーロウ嬢もまるで一単語のようにパチパチとタイプで打った。それから、彼はべつの校正刷と青鉛筆を手にして、〃超自

2　十七世紀初頭、有力貴族の娘フランセス・ハワードは国王の寵臣サマセット伯ロバート・カーと再婚したが、その騒動の最中、カーの友人で再婚に反対していたオーヴァーベリーが、ロンドン塔へ送られ、謎の死をとげる。やがてサマセット伯夫妻が毒殺したとの噂が立ち、殺人罪でロンドン塔に収監されたが、国王がこれを赦免した。フランセスは民間魔術を信じており、呪術や媚薬を用いたとされる。

然的〟の語を〝奇蹟的〟に、〝やっつける〟という表現を〝抑止する〟に変えた。

ナット氏はこうした幸福かつ健康的な仕事で楽しい時をすごしていたが、やがて次の土曜日になると、同じ机に向かって、同じタイピストに口述筆記をさせ、同じ青鉛筆を使ってフィン氏の暴露記事の第一回を手直ししていた。書き出しは、貴人の邪《よこしま》な秘密に関する猛烈な批判と、この世の高い地位への絶望をつづる健全な文章だった。激しい調子ではあったが、立派な英語で書いてあった。しかし、編集者はふだん通り、原稿を小分けして小見出しをつける作業を、ほかの者にやらせておいた。小見出しは「貴婦人と毒薬」とか「無気味な耳」とか「高処《たかみ》のエアー家」とかいった少し際《きわ》どいもので、百もの巧みな変化をつけて蜿蜒《えんえん》と続いていた。書き出しのあとには、フィンが最初の手紙に書いたことをふくらませた〝耳〟の伝説が来て、さらにその後の発見の内容が次のように記してあった。

「物語の結末を冒頭《あたま》に持って来て、それを見出しと称するのが、ジャーナリストの慣わしであることは知っている。ジャーナリズムというものの大半は、「ジョーンズ卿死す」という報せを、そもそもジョーンズ卿が生きていたことを知らない人々に伝えることで成り立っているのも知っている。本稿の執筆者は、新聞の他の数々の慣習と同様、これは悪《あ》しきジャーナリズムであり、『改革者日報』はこうした点で良い手本を示さねばならないと考えている。筆者は事の起こった順序に、一歩一歩物語を語るつもりである。関係者の名前は実名を用いるが、かれらの多くは、筆者の証言を裏づけるにやぶさかでない。見出しは——世間をあっといわせる言明は——一番あとに来るであろう。

わたしはとある細い公道を歩いていた。その道はデヴォンシャーの私有の果樹園を縫うように通り抜けて、デヴォンシャーの林檎酒に向かっているようだったが、やがて、まさしくその小径が暗示していたような場所に突然行きあたった。そこは母屋に納屋が二つついているだけの、横長で屋根の低い宿屋だった。全体を藁葺屋根に覆われていたが、その屋根はまるで有史以前から生えている白茶けた髪のように見えた。それでも、扉の外には『青龍』亭という看板がかかっていて、看板の下には、禁酒主義者とビール醸造業者が結託して自由を破壊する以前の、自由な英国の宿屋の外にはたいてい置いてあった、長いひなびたテーブルが出ていた。そして、このテーブルに向かって、百年前に生きていたような三人の紳士が坐っていた。

今ではかれらのことをもっと知っているから、印象を解きほぐして御説明することも難しくない。しかし、あの時は、まるで実体のある幽霊が三人並んでいるように見えたのだ。一人は身体が三方向に大きく、長いテーブルの真ん中に坐って、こちらを向いていたから目立っていたが、この人物は全身黒ずくめの、背の高い太った男で、今にも卒中を起こしそうな赤ら顔だったが、額は大分禿げ上がり、困ったように眉を寄せていた。あらためてこの男を良く見ると、どこが古めかしい感じを与えたのか、はっきりと言えなかった。ただ、聖職者が用いる白ネクタイの形が古風で、額に横皺が寄っていることくらいだった。テーブルの右端にいた男は、もっと印象がつかみにくかった。本当のところ、どこにでもいそうな平凡な人物で、丸い頭に茶色い髪の毛、丸い団子鼻をしていたが、やはり聖職者の黒服を、身体にぴったりした服を着ていた。鍔広《つばびろ》の反《そ》りかえった帽子がテーブルに置いてあるのを見た時、この人物を古いものと結びつけた理由がやっとわかった。彼はローマ・カトリックの神父だったのだ。

たぶん、テーブルの反対の端にいた三人目の男こそ、そうした印象にもっと関わりがあったのかもしれない。もっとも、この人物は他の二人より身体つきもほっそりとして、身形にも無頓着だった。ひょろ長い手足は、きつい灰色の袖とズボンに通すというより、捻《ね》じ込んであった。面長で黄ばんだ鷲のような顔は、細く突き出た顎が昔の襟巻のような付け襟とタイに埋《うず》もれているため、いっそう陰気臭く見えた。髪の毛は（かつては焦げ茶色だったのだろうが）今は妙な、くすんだ小豆色《あずきいろ》で、顔が黄ばんでいるため、赤というより紫に見えた。この大人しいが風変わりな色は、髪の毛が不自然なほど健康な巻毛で、しかも長く伸ばしていたため、余計に目立った。しかし、いろいろ考えてみると、最初に古めかしい印象を受けたのは、単に背の高い古風な酒杯が並んでいたことと、一、二個のレモンと、二本の長い陶製パイプのせいだったような気がする。それに、わたしがここへ来た用事が旧世界に属するものだったこともあろう。

わたしは鉄面皮な新聞記者だし、そこは見たところ誰でも入れる居酒屋らしかったので、さほど図太さを動員する必要もなく、くだんの長いテーブルについて林檎酒を注文した。黒ずくめの大男はたいそう博学なようで、ことに地元の古い文物に詳しかった。黒ずくめの小男は、口数こそずっと少なかったが、それよりももっと広い教養を示してわたしを驚かせた。こうして我々は楽しく打ち解けたが、三人目の窮屈なズボンをはいた老紳士は少しよそよそしく、尊大に見えた。しかし、それも、わたしがエクスムア公爵とその先祖の話題をそれとなく持ち出すまでのことだった。

他の二人はその話題にいささか困惑したようだったが、三人目の男の沈黙は、魔法がとけたように破られた。その人物は自制の利《き》いた紳士らしい口ぶりで、時折長いパイプをふかしながら、いまだかつて聞いたことのないような恐ろしい話を語りはじめたのである。その昔、エアー家の一人が実の父親を縛り首にしたとか、べつの一人が妻を荷車のうしろに括《くく》りつけて、鞭で打ちながら村中引きまわしたとか、またある者は子供が大勢いる教会に火を放ったとか。

話の中には、とても公共の印刷物には載せられないものもある。〝緋《ひ》の衣の尼僧〟の話とか、〝ぶち犬〟のおぞましき物語とか、石切り場の事件などだ。こういう神を畏《おそ》れぬ所業の血塗られた絵巻が、彼の薄い上品な唇から、どちらかといえば澄ました口調で語られたのである――ほっそりした薄いグラスで葡萄酒を飲みながら。

わたしの向かいに坐っている大男は、話をやめさせようとしているようだったが、老紳士に少なからぬ敬意を払っているので、いきなり口を挟むことはできなかった。テーブルの向こう端にいる小柄な神父は、そんな気遣いや当惑の様子は見せなかったが、じっとテーブルを見つめ、話に耳を傾けながらひどく胸を痛めているようだった――それも無理からぬことではある。

わたしは語り手に言った。「あなたはエクスムアの一族があまりお好きではないようですね」

相手は一瞬こちらを見た。その唇はなおも取り澄ましたように結ばれていたが、血の気が失せて、さらに引き締まった。それから、長いパイプとグラスをわざとテーブルにぶつけて壊し、立ち上がった。悪魔のような癇癪《かんしやく》持ちの完璧な紳士を絵に描いたようだった。

「わしが好きになる理由があるかどうか、こちらの紳士方が教えてくれるだろう。古《いにしえ》のエアー家の呪いがこの地方に重くのしかかって、大勢の者が苦しんでいる。ことにわしほど苦しんだ人間はいないことは、この二人が知っている」そう言うと、落ちたグラスの欠片《かけら》を踵《かかと》で粉々に踏みつけ、林檎の木がきらきらと光る緑の黄昏の中を大股に歩いて行った。

「ずいぶん変わった御老人ですね」わたしは残る二人に言った。「あの人がエクスムア家に何をされたか、御存知ですか？　あれは誰方《どなた》なんです？」

黒服の大男はまごついた牡牛のように取り乱した様子で、わたしをまじまじと見ていた。最初は、こちらの言ったことが理解できない様子だった。それから、やっとこう言った。

「あれが誰だか知らないんですか？」

知らないと言うと、またしても沈黙があった。やがて、小柄な神父が相変らずテーブルを見ながら、言った。「あの方がエクスムア公爵なんですよ」

それから、わたしが混乱した頭の中をまとめることができないうちに、神父はやはり穏やかに、だが、物事を整理するように話し続けた。「こちらはマル博士、公爵の司書です。わたしはブラウンと申します」

「でも」わたしは口ごもった。「あの方が公爵なら、なぜ昔の公爵たちをあんな風に言うんです？」

「あの人は本気で信じておられるようです」ブラウンという神父が答えた。「先祖が自分に呪いを残した、とね」それから、やや唐突に言い足した。「だから、鬘をかぶっているんですよ」

わたしには彼の言う意味がしばらくわからなかった。「まさか、あの奇妙な耳の言い伝えのことをおっしゃっているんじゃないでしょうね。その話なら、もちろん聞いていますが、迷信深い法螺《ほら》話で、何かもっと単純な事実を元にしてつくられたに決まってますよ。身体の一部を切り落とす話が、好き勝手に脚色されたんじゃないかと考えたこともあります。十六世紀には、罪人の耳を切り落としましたからね」

「わたしには、そうは思えません」小柄な男は考え深げに言った。「もっとも、一つの家系に奇形がたびたび現われるということは、通常の科学や自然法則から外れていません――片方の耳が大きいといったようなことがね」

大男の司書は、自分の義務《つとめ》は何かを考える人のように、禿げ上がった大きな額を大きな赤い両手に埋めていた。「違います」と彼は唸《うな》った。「そんな風におっしゃっては、公爵に気の毒です。言っておきますが、わたしにはあの人を庇《かば》う義理はないし、忠誠を尽くす義理さえありません。彼は誰に対しても横暴で、わたしにもそうでした。ここに何気《なにげ》なく坐っているのを見たからといって、あの男が最悪の意味でいう大貴族ではないなどと思っちゃいけません。一ヤード先のベルを鳴らさせるために、一マイル先から人を呼びつける――三マイル先のべつの人間を呼んで、三ヤード先のマッチ箱を取らせるために。散歩用のステッキを持たせるのに従僕が必要だし、オペラグラスを掲《かか》げさせるのに側仕《そばづか》えが要る――そういう人なんです――」

「それでも、服にブラシをかける侍従は置かないんでしょう」神父が妙に冷ややかな口調で割り込んだ。「侍従は鬘にもブラシをかけたがりますからね」

司書は神父の方をふり返って、わたしがそこにいることを忘れたようだった。強く心を動かされ、それに少し葡萄酒に酔っていたのだと思う。「ブラウン神父、どうしてそれを御存知なのか知りませんが、おっしゃる通りですよ。あの人は世界中の人間を使って、自分のことを全部やらせますが――着替えだけはべつなんです。それだけは、砂漠みたいに人っ子一人いない場所でなければ、やらないんです。誰だろうと、着替えの間の扉のそばにいただけで、家を追い出されて、人物証明書ももらえないんです」

「愉快なお年寄のようですね」とわたしは感想を述べた。

「とんでもない」マル博士は率直にこたえた。「ですが、あんな風におっしゃっては公爵に気の毒だと言った理由は、まさにそれなんです。いいですか、公爵は先刻自分で口に出した呪いのことで、本当に苦しんでいます。恥と恐怖を心底感じながら、あの紫の鬘の下に何かを隠している。人の子がそれを見れば呪われると考えているんです。わたしもそうであることを知っています。罪人の肉刑とか、遺伝的な身体の歪みとかいった尋常《じんじょう》の不具ではありません。もっとひどいものなんです。わたしがそれを知っているのは、誰にも考えつかないような場面に居合わせた人間から聞いたからです。その場面では、我々の誰よりも強い男が秘密に挑もうとして、恐ろしさのあまり逃げ出したんです」

わたしはしゃべろうとして口を開いたが、マルはわたしのことなど忘れて、顔の前に合わせた両手の奥から話し続けた。「神父さん、あなたにならお話ししても構わんでしょう。お気の毒な公爵を裏切るよりも、弁護することになりますからね。あなたは公爵が領地をそっくり失くしかけた時の話をお聞きになりませんでしたか？」

神父が首をふったので、マルは前任の司書から聞いた話をそのまま語った。前任者はマルの保護者でもあり師でもあった人物で、彼はその人を無条件に信頼しているらしかった。話は、あるところまでは、ありふれた名家の没落の話だった——お抱え弁護士の話である。しかし、この弁護士は、こう言えばおわかりになるかどうか知らぬが、正直に騙《だま》すだけの分別があった。あずかった金を使い込むのではなく、公爵の無頓着につけ込んで、一家を財政的窮地に追い込んだのだ。その結果、公爵は財産を事実上弁護士に委ねなければならなくなった。

弁護士の名前はアイザック・グリーンといったが、公爵はいつもエリシャ[3]と呼んでいた。三十を越えていなかったのに、頭がすっかり禿げ上がっていたことから、こんな仇名《あだな》をつけたのだろう。この男は随分早く出世したが、始めは汚いことをやっていた。〝警察《さつ》の犬〟ないしたれ込み屋で、それから金貸しになった。エアー家の弁護士としては、さっきも言った通り、法的に正しく振舞う分別を持って、とどめの一撃を加える準備が整うのを待ったのだ。その一撃を加えたのは晩餐の最中だった。前任の司書は、その時のランプの笠や酒壜の様子さえ、忘れられないと言う。その時、小柄な弁護士はにこやかな笑みを浮かべたまま、領地を二人で持ち合いにしようと大地主に向かって切り出したのだ。そのあとはたしかに見物《みもの》だったに違いない。公爵はむっつり押し黙ったまま、弁護士の禿頭に酒壜を叩きつけた。その日、果樹園でグラスを叩きつけるのをわたしは見たが、あの時のように、いきなりやったのだろう。頭の皮に三角形の真っ赤な傷がつき、弁護士は目の色を変えたが、口元は微笑《わら》っていた。

彼はよろよろと立ち上がり、この手の輩《やから》がするような反撃をした。「これはありがたい」と彼は言った。「こうなったら、地所を丸ごと頂戴できる。法律がわたしに与えてくれるでしょう」

エクスムアは灰のように蒼ざめたが、目はなおも燃えていた。「法律は与えるだろうが、おまえが手に入れることはない……なぜか？　そうなったらわしは破滅だからだ。おまえがもしわしの地所を取ったら、わしはこの鬘を取ってやる……毛を毟《むし》られた哀れな鶏め、おまえの禿頭は誰にでも見られる。だが、わしの頭を見て、生きていられる者はおらんのだ」

うむ、みなさんが何とおっしゃろうと、どう解釈なさろうと勝手だ。しかし、マル博士が厳粛な事実だと誓って言うところによれば、弁護士は握りしめた両の拳を一瞬、宙に振りまわしたあと、すぐに部屋から飛び出し、それっきり二度とこの地方には姿を見せなかったんだそうだ。また、それ以来、エクスムアは地主や判事という以上に、魔法使いとして恐れられている。

さて、マル博士はいささか芝居じみた身ぶり手ぶりを交え、少なくとも公平とは言いかねる熱のこもった調子で話した。もしかすると、これは全部法螺話で、人の噂をするのが好きな老人が大風呂敷を敷いているのかもしれない、とわたしは思っていた。しかし、わたしの発見の前半を語り終える前に、その後行った二件の調査によって、マル博士の話が裏づけられたことを付記しておくのが、博士への義務だろう。村の薬屋の老人に聞いたところ、ある晩、夜会服を着た禿頭の男がグリーンと名乗って、店へやって来た。男は額についた三角形の切傷に膏薬を貼ってもらったという。また、法的な記録や古新聞を調べた結果、グリーンという人物がエクスムア公爵を相手に訴訟を起こすと言い立て、少なくとも裁判をはじめたことがわかった」

『改革者日報』のナット氏は、原稿の天辺に中身とはまるでそぐわない単語を二、三書き

3　前九世紀のイスラエルの預言者。「禿げ頭」とからかわれたエピソードが列王記に見える。

つけ、原稿の横にはまるで不可解な記号《しるし》をつけてから、例のごとく一本調子な大声でバーロウ嬢に呼びかけた。「フィン君への手紙を書きとってくれ」

「フィン君——君の原稿は使えるが、少し見出しをつけさせてもらった。それから、本紙の読者は、話にローマ・カトリックの神父が登場することにはとても我慢できない——郊外の連中に気を使わなければ駄目だ。神父は降霊術師ブラウン氏に変えておいた——草々。

E・ナット」

一日二日経って、多忙にして賢明なる編集者は青い目を次第に丸くしながら、上流社会の秘密に関するフィン氏の物語の第二回を熟読していた。それは次のような言葉ではじまっていた。

「わたしはとんでもない発見をした。率直に認めるが、期待していたのとはまったく異なる発見であり、はるかに重大なショックを人々に与えるだろう。自惚《うぬぼ》れではなしに言うが、わたしが今書いている言葉はヨーロッパ中で読まれるだろうし、アメリカや英国植民地の到る処で読まれるに違いない。しかし、今から記す話は、すべてこの小さな林檎園の、この小さな木のテーブルについているうちに聞いたのだ。

すべては小柄なブラウン神父のおかげである。彼は並外れた人物だ。大男の司書は席を立った。長話をして恥ずかしくなったのかもしれないし、謎めいた主人が腹を立てて帰って行ったのを心配したのかもしれない。ともかく公爵のあとを追って、重い足取りで木立の間を歩いて行った。ブラウン神父はレモンを一つ手に取り、妙に嬉しそうな様子で、それをながめていた。

「レモンはじつにきれいな色をしていますね！」と神父は言った。「あの公爵の鬘には、一つだけわたしの気に入らない点があるんです——あの色です」

「おっしゃることが、わかりません」とわたしは答えた。

「たぶん、公爵には耳を隠さなければならない理由があるんでしょう。ミダス王[4]のようにね」神父はこの場では軽薄に思えるほど無邪気な朗らかさで語り続けた。「真鍮《しんちゅう》の板や革の垂《た》れで隠すよりも、髪の毛で耳を隠す方が良いことは理解できます。でも、髪で隠したいなら、どうして髪の毛らしく見せようとしないんでしょう？　この世界にあんな色の髪の毛があったためしはありませんよ。まるで森の向こうに見える夕焼け雲のようじゃありませんか。一族の呪いをそんなに恥じているなら、どうしてもっと上手に隠さないんでしょう？　教えてあげましょうか？　恥じていないからです。自慢にしているんですよ」

「自慢するにしちゃあ醜い鬘だ——それに醜い物語ですね」とわたしは言った。

「考えてごらんなさい」とこの面白い小男は言った。「そういうことについて、あなた御

4　ギリシア神話に登場するプリュギアの王。童話『王様の耳はロバの耳』の王様。

自身がどうお感じになるかを。あなたがほかの人間よりも俗物だとか病的だとか言うつもりはありませんが、本物の旧家の呪いが自分にかかっているとしたら、むしろ立派なことだと、なんとなくお感じになりませんか? グラームズの怪物[5]の子孫があなたを友と呼んだら、あるいはバイロン家の人間が、あなただけに一族の邪悪な冒険を打ち明けてくれたら、恥じるよりも、少し得意になりはしませんか? 貴族たちの頭が我々と同じくらい弱くて、自分の不幸を鼻にかけたとしても、あまり悪く思ってはいけません」

「いやはや!」わたしは声を上げた。「それは、おっしゃる通りですね。わたしの母の家にはバンシー[6]がついていましたが、今にして思えば、辛い時、何度もそれに慰められましたよ」

「それに、考えてみてください」と神父は続けた。「あなたが先祖のことに触れた途端、あの人の薄い唇から、血と毒が流れ出したじゃありませんか。自慢に思っているのでなければ、見ず知らずの人間にいちいちあんな〝恐怖の部屋〟[7]を案内する必要がどこにあります? あの人は鬘を隠していないし、自分の血筋も、一族の呪いも、一族の罪も隠していない――しかし――」

小男の声が急に変わり、片手をぐっと握りしめて、その目は梟《ふくろう》が目を醒ましたように突然真ん丸に見開いて光った。まるでテーブルの上で小さな爆発が起こったかのような唐突さだった。

「しかし」神父はこう言って、話を締めくくった。「身支度をするところはしっかり隠している」

ちょうどその時、公爵がチカチカ光る木々の間にまた無言で現われたので、あらぬ妄想にかられていたわたしは震え上がった。夕焼け色の髪の毛をした公爵は、静かな足取りで、司書と一緒に家の角をまわって来た。彼が声のとどく距離へ来ないうちに、ブラウン神父は平然とこう付け加えた。「あの人は紫の鬘をかぶって秘密を隠していますが、なぜ隠すんでしょう？　それはわたしたちの想像するような秘密ではないからですよ」

公爵は角をまわって来ると、生来の威厳をたっぷり示して、ふたたびテーブルの上座に着いた。司書は困って、大熊が後足で立ち上がったようにウロウロしていた。公爵はいとも真剣な口調で神父に話しかけた。「ブラウン神父、マル博士から聞いたが、あなたは頼み事があってここへいらしたそうですな。わしはもう先祖の信仰を守っているとは言えないが、その先祖のために、またこれまでのよしみで、喜んでお話をうかがいましょう。だが、内密に話したいのではないかね」

多少残っていた紳士のたしなみ故に、わたしは席を立った。身につけた記者魂の故に、立ち止まった。この麻痺状態が過ぎ去る前に、神父が一瞬、引きとめるような仕草をした。

5　スコットランドのグラームズ城には、跡継ぎとして生まれた子が人目に触れさせられぬほどの異形であったため、秘密の部屋に閉じ込められてひっそり生きているとの噂があった。
6　アイルランド、スコットランドの妖精の一種。旧家の人間が死ぬ時、泣き声を上げるという。
7　処刑の様子や罪人の首などを展示した、マダム・タッソー蠟人形館の特別展示室の名に由来。

「もし」と神父は言った。「閣下がわたしの折入っての願いを聞き入れてくださるなら、もしわたしに御忠告申し上げる権利が少しでも残っているなら、なるべく大勢の人がこの場にいてくださることを望みます。この地方の到る処に、我々の宗旨の信徒も含めて、呪いのために想像力《こころ》を毒されている人々が何百人といるのです。その呪いを破っていただきたいのです。できればデヴォンシャー中の人間をここへ呼んで、あなたがそうなさるのを見せたいくらいです」

「何をするのを見せたいのかね？」公爵は眉を吊り上げて言った。

「鬘をお脱ぎになるところをです」とブラウン神父は言った。

公爵の顔はピクリともしなかったが、請願者を見つめる濁《にご》った目には、人間の顔にかつてあらわれたことのないような恐ろしい表情が浮かんでいた。司書の大きな脚が、水溜りに映った草の茎のように震えていた。わたし自身も、あたりの木々に、鳥ではなく悪魔たちが音もなく集まって来たという空想を、頭から追い払うことができなかった。

「そいつは勘弁してやろう」公爵は冷酷な者が哀れみをかけるような声で言った。「お断りする。わしが一人で背負わねばならぬ恐怖の重荷がいかなるものか、ほんの少しでも教えたならば、あなたはわしの足元にひれ伏して悲鳴を上げながら、それ以上言ってくれるなと頼むだろう。ほんの少し教えるのも赦してやる。〝知られざる神〟の祭壇[8]に書かれていることは、最初の一文字も読んではならぬ」

「〝知られざる神〟なら、わたしも知っています」小柄な神父はそう言ったが、本人も意識しない自信が、御影石《みかげいし》の塔のように聳《そび》え立っていた。「わたしはその名を知っています——サタンです。真の神は受肉し、我々の間に住まわれた。それに、いいですか、たとえどこであっても、人が神秘のみに支配されているなら、それは不正な神秘なのです。もし恐ろしいから見るなと悪魔が言ったら、それを御覧なさい。恐ろしい話だから聞くなと言ったら、お聞きなさい。真実が耐え難いと思ったら、耐えなさい。閣下にお願いします。たった今、この席で悪夢を終わらせてください」

「わしがもしそうしたら」と公爵は低い声で言った。「あなたと、あなたの信じるすべてと、あなたがそれによって生きる唯一のものが、真っ先に縮み上がって滅びるだろう。あなたは束の間、偉大なる〝無〟を知って、死ぬだろう」

「キリストの十字架よ、我を害悪から守りたまえ」とブラウン神父は言った。「髪をお取りなさい」

わたしは興奮を抑えきれず、テーブルに身を乗りだしていた。この異常な対決に聴き入っているうちに、一つの考えが頭に浮かびかけた。「閣下」とわたしは叫んだ。「はったりは効きませんぞ。髪を取らなければ、叩き落してやる」

暴行罪で訴えられるかもしれないが、わたしはああして良かったと心から思っている。公爵が例の石のような声で「断る」と言うと、わたしはすぐさまとびかかった。彼はたっ

8　使徒行伝十七章二十三節への言及。

ぷり三秒間ほど、地獄をそっくり味方につけたように抵抗したが、頭を力ずくでのけぞらせたので、ついに鬘がぽろりと落ちた。取っ組み合いをしながら、わたしは鬘の落ちる瞬間、目を閉じたことを告白する。

マル博士の叫び声を聞いて、わたしは我に返った。博士もこの時は公爵のそばに来ていた。博士とわたしは頭を並べて、鬘の取れた公爵の禿頭の上に屈み込んだ。やがて、司書が大声を上げて沈黙を破った。「どういうことだ？　何も隠すものなんかないじゃないか。この人の耳は、ごくふつうの耳だ」

「さよう」とブラウン神父が言った。「まさにそのことを隠さねばならなかったんです」

神父はつかつかと公爵に歩み寄ったが、奇妙なことに、耳には目もくれなかった。公爵の禿げ上がった額を滑稽なほど真剣に見つめて、とうに治ってはいるが、今もそれとわかる三角形の傷を指差した。「グリーンさんでしょう」神父は丁重に言った。「結局、財産をすべて手に入れられたんですな」

さて、それでは『改革者日報』の読者諸氏に、今回の一件でもっとも注目すべき点はどこか、わたしの考えを述べさせていただきたい。この早変わりの場面は、ペルシアの御伽話のように大胆で華々しく見えるかもしれないが、（わたしの暴行はべつとして）そもそもの発端から、法と制度に厳格に則《のっと》ったものだった。おかしな傷と普通の耳を持つこの男は、詐欺師ではない。たしかに、（ある意味では）他人の鬘をかぶり、他人の耳を持つふりをしているが、他人の宝冠を盗んだわけではない。彼は正真正銘、この世にただ一人のエクスムア公爵なのだ。経緯《いきさつ》はこうだった。先代の公爵は実際、耳に少し奇形があり、これは多かれ少なかれ遺伝によるものだった。公爵が病的にそのことを気にしたのも事実で、グリーンを酒場で殴った（これも本当にあったことに違いない）暴力沙汰の場面で、その耳を使って一種の呪いをかけたことも、大いにあり得る。しかし、争いはまったく違う結末を迎えた。グリーンは要求を押し通して財産を手に入れた。財産を奪われた貴人はピストル自殺をして、世嗣《よつぎ》を残さなかった。美《うる》わしき英国政府は、然るべき期間を置いた後、〝死に絶えた〟エクスムア公爵位を復活させ、慣例通り、もっとも有力な人物、すなわち土地を手に入れた人物に爵位を与えた。

この男は封建時代から伝わる古い伝説を利用した——たぶん、持ち前の俗物根性から、そういうものに本当に羨望と憧れを抱いていたのだろう。その結果、何千という哀れな英国民が、謎めいた領主の前に恐れ戦《おのの》いている。その男は大昔からの宿命を背負い、災禍《わざわい》の星の冠を戴《いただ》いている——ところが、実をいうと、ほんの十二年ほど前には、インチキ弁護士で質屋をしているボロ拾《ひろ》いだったのだ。これはわが国の貴族制度の弊害を示す典型的な実例と思われるが、かかる状態は神がもっと勇気ある人々をこの世に遣《つか》わし給うまで続くであろう」

ナット氏は原稿を置くと、いつになく険《けわ》しい声で呼びかけた。「バーロウさん、フィンン氏への手紙を書きとってくれたまえ」

「フィン君——君は血迷ったのか。こんなものは使えない。わたしが欲しかったのは吸血鬼とか、昔の暗黒時代とか、貴族制度が迷信と手をとり合う話なんだ。読者はそういうものを喜ぶ。だが、こんな記事はエクスムア家の人たちが許さないことくらい、わかっているだろう。それにうちのお偉方が何と言うかも知りたいものだ！ いいか、サイモン爵士はエクスムアの大親友の一人だし、ブラッドフォードで我が社を支援しているエアー家の親類も、破滅してしまうだろう。おまけに、石鹼屋の爺さんは去年爵位をもらいそこねて、腐ってるんだ。こんなトチ狂ったもので授爵の機会をつぶしでもしたら、わたしは電報一本で馘《くび》だ。それに、ダフィーはどうなる？ あいつはうちの新聞に『ノルマン人[9]の踵』というすごい記事を書いてるんだ。あの男が一介の事務弁護士にすぎんのなら、ノルマン人についてどう書けばいいんだ？ ものの道理をわきまえてくれ。草々。

E・ナット」

バーロウ嬢が楽しげにタイプを打っている間に、ナット氏は原稿を丸めて紙屑籠に放り込んだ。しかし、習慣のなせるわざで、その前に〝神〟という語を〝状況〟につい直していた。

9　一〇六六年のノルマンの征服を機に、イングランドの旧支配層はほぼノルマン人に取って代わられ、それがのちの封建制度や、今に続く王侯貴族の血統の基となった。

ペンドラゴン一族の滅亡

THE PERISHING OF THE PENDRAGONS

ブラウン神父は冒険に乗り出す気分ではなかった。近頃、過労で体調を崩し、やっと治りかけたと思うと、友人のフランボーが小さなヨットで航海に連れ出したのだ。セシル・ファンショー爵士も同行したが、この人物はコーンウォールの若い大地主で、コーンウォールの海岸風景に惚れ込んでいた。けれども、ブラウンはまだ少し弱っていたし、あまり船に強い方でもなかった。不平を言ったり、音《ね》を上げたりする性《たち》ではなかったが、元気が出ないので、辛棒強く礼儀正しくしているのがせいぜいだった。連れの二人がごつごつした菫色の夕焼けや、ごつごつした火山岩を褒《ほ》めれば、神父もそうだねと言った。フランボーがドラゴンのような形の岩を指差せば、それを見て、ドラゴンに良く似ていると思った。ファンショーがもっと興奮してマーリン[1]に似た岩を指差せば、それを見て、なるほどと頷《うなず》いた。曲がりくねった川へ入って行くこの岩だらけの入口は、妖精の国の入口じゃありませんか、とフランボーに問われれば、「そうだね」とこたえた。きわめて大事な話も、きわめて些細《ささい》な話も、つまらなそうに聞き流した。この海岸は、用心深い船乗りでないと命とりになるという話を聞いた。船の猫が眠っていると聞いた。ファンショーの葉巻用パイプがどこにも見あたらないと言うのを聞いた。「両目光れば、船は無事。片目つぶれば、船沈む」と舵手《だしゅ》が神託《おつげ》を述べるのも聞いた。フランボーがファンショーに言った。これは、舵手は両目を開《あ》いて機敏に働くべし、という意味に違いないね、と。それが奇態《きたい》なことに違うんだ、とファンショーがフランボーに言った――遠くの岸と近くの岸の二つの灯台の光が、きちんと並んでいるように見えれば、正しい河道に入っている。しかし、もし一つの光がもう一つのうしろに隠れて見えなかったら、船は座礁《ざしょう》するという意味なんだ、と。さらに、ファンショーがこう言い足した――この郷《くに》にはこういう面白い寓話や言いまわしが沢山ある。まさに物語《ロマンス》の本場だ。ファンショーはコーンウォールのこのあたりとデヴォンシャーを引き較べて、エリザベス女王時代の航海術では、この地に栄冠が与えられるべきだとさえ言った。ファンショーによると、かつてこのあたりの入江や小島には、ドレイク[2]がただの新米水夫に見えるような船長たちがいたという。フランボーが笑ってたずねた――そんなら、『西をめざせ！』[3]という小説の勇ましい題名は、デヴォンシャーの男が全員コーンウォールに住みたがったというだけのことなのかい、と。ファンショーが言った。茶化《ちゃか》しちゃいけない、コーンウォールの船長たちは、かつて英雄だっただけでなく、今で

1　アーサー王伝説等に登場する伝説上の魔術師。長く伸ばした白髭に長いローブという姿でしばしば描かれる。

2　デヴォン生まれの私掠船船長。一五八八年のアルマダの海戦では、イギリス艦隊を率いてスペインの無敵艦隊を撃破した。

3　エリザベス朝時代のデヴォンシャーやカリブを舞台とした、十九世紀のチャールズ・キングスレイの歴史小説。デヴォンシャーの西隣がコーンウォール。

も英雄なんだ。この近所にも年老《としと》った提督がいて、今は引退したけれども、波瀾万丈の航海中に負った傷跡がいくつも身体に残っている。若い時には太平洋八諸島のうちで、世界の海図に加えられた最後の諸島を発見したんだ。このセシル・ファンショーという男は、いつもこういう不躾《ぶしつけ》だが愉快な熱弁をふるう人種で、淡い色の髪の毛で血色の良い、情熱に満ちた横顔の、まだ若い青年だった。少年のように向こう気は強いが、見た目はまるで少女のように繊細なところもあった。フランボーの広い肩と黒々した眉毛、黒馬の銃士のように力《りき》み返った歩きぶりとは、いかにも対照的だった。

ブラウンは、こうした取るに足りないことを聞いたり見たりしていたけれども、疲れた男が列車の車輪の歌声を聞くように聞いたのだし、病人が壁紙の模様を見るように見たのだった。病上《やみあ》がりの人間の気分の波は誰にも予想しがたいものだが、ブラウン神父の鬱屈は、ただ海に不慣れだということが大いに関係していたらしい。河口が壜の首のように狭《せば》まって、水が穏やかになり、空気が暖かくなって土の匂いがして来ると、神父は赤ん坊のように目を醒まして、周囲《あたり》に興味を持ちはじめたようだった。ちょうど日没の直後で、空も水面《みなも》も明るかったが、陸とそこに育つすべてのものは、対照的にほとんど真っ黒く見えた。しかし、この夕暮れには、何かふだんと違うところがあった。人間と万物との間にある煤《すす》ガラスの板がすっと滑り落ちてしまったような、めったにない空気の晩で、こういう日には暗い色でも、曇った日の明るい色よりけざやかに見えるのだった。川岸の踏みつけられた土も水たまりの泥も、茶色ではなく、つややかな琥珀色に見えたし、微風《そよかぜ》に揺れる暗い森はいつもと違って、奥行や距離があるだけのぼやけた青ではなく、むしろ生き生きした菫色の花々が風に煽《あお》られているようだった。こうした魔法のような透明さと色彩の鮮かさは、風景自体にどこか伝奇的で秘密めいたものがあったため、ゆっくりと蘇って来たブラウン神父の感覚に一際《ひときわ》はっきりと印象づけられた。

川は、一行が乗っているような小さい娯楽船には、幅も深さもまだ十分だったが、周囲の地形からすると、両側から狭まって行きそうだった。森は切れぎれに急ごしらえの橋を架けようとしているようで、船は谷間のロマンスから窪地のロマンスへ、そして至高なるトンネルのロマンスへ向かって進んでいるようだった。こうしたただの景観を除くと、ブラウン神父の元気づいて来た空想の糧《かて》となるものはほとんどなかった。人の姿といえば、ジプシーたちが森で切った薪《たきぎ》や柳の枝を運んで、川岸をのろのろ歩いて行くのが見えるだけだった。それから一度、当節ではもう型破りともいえないが、こういう片田舎では今も珍しい光景に出会った——黒髪の貴婦人が、帽子もかぶらず、自分でカヌーを漕《こ》いでいたのである。しかし、ブラウン神父がこうしたもののどれかに気を引かれたとしても、川が次の曲がり目にさしかかると忘れてしまったことは間違いない。異様なものが見えて来たからである。

川は広がると共に、二股に分かれて行くようだった。魚の形をした、木の生い茂る小島が、黒い楔《くさび》さながらに水を裁ち割っていたのだ。船の進み方が速いため、小島の方が船のようにこちらへ向かって来るかに見えた。舳先《へさき》がうんと高い船——いや、もっと正確に言えば、うんと高い煙突がついている船だ。というのは、手前の突端に、これまで見たこともないような、どんな目的で建てたのかも見当がつかない、奇妙な建物が立っていたからである。それは特別高いというほどではなかったが、横幅の割に高さがあるので、塔とか呼びようがなかった。しかし、全体が木で出来ているらしく、何ともいえず不揃《ふぞろ》いで奇怪な建築だった。板や梁《はり》の一部分は上等の良く乾いた樫で、一部は伐《き》ったばかりの生木《なまき》だった。またべつの部分には白い松を使い、タールで真っ黒に塗った松材をもっと多く使っていた。これらの黒い梁が曲がったまま渡してあったり、色々な角度で交差していたりするため、全体としてつぎはぎだらけのような、何とも妙な外観を呈していた。一つ二つ窓があって、古風だが、幾分手の込んだやり方で彩色し、鉛の仕切りを嵌《は》めてあるようだった。一行はこれを見ると、ある物が何かを連想させるが、それとは全然べつの物だとわかっている時の、あの逆説的な感覚をおぼえた。

ブラウン神父は、謎につつまれた時も、その謎を分析することに長《た》けていた。この建物の奇妙さは、ある形がそれに似合わぬ材料で作られているせいなのではないか、と考えていた。たとえば、ブリキ製のシルクハットや、タータンを裁ってこしらえたフロックコートのように。色の違う木材をこんな風に組み合わせたものを、どこかで見たことがあるのはたしかだったが、こういう建築学的比率ではなかった。次の瞬間、暗い林の奥にチラリと見えた光景が、知りたかったことをすべて教えてくれた。神父は笑った。木の間《こま》に一瞬あらわれたのは、黒い梁に飾られた古い木造家屋の一つで、その種の建物は今も英国のあちこちに見られるが、たいていの人間は「昔のロンドン」とか「シェイクスピア時代の英国」といった見世物で、作り物を見るだけである。その家はほんの短い間しか見えなかったけれども、神父はそれが古めかしいが快適な、手入れの良い田舎屋敷で、正面に花壇があることをかろうじて見とどけた。あの塔のようにごたまぜで滅茶苦茶な印象はひとつもなく、塔はこの家を建てた時の廃材でつくったのかと思われた。

「これは一体、何なんだ？」フランボーはなおも塔を見つめながら、言った。

ファンショーは目を輝かせ、得意そうに言った。「ははん、あなた方は、こういう場所を見たことがないんですな。だからこそ、ここへ御案内したんです。コーンウォールの船乗りについて僕の言ってることが大袈裟かどうか、これでおわかりになりますよ。この屋敷はペンドラゴン老のもので、僕らはその人を〝提督〟と呼んでいます。実際には、提督になる前に引退したんですがね。ローリーやホーキンズ[4]の精神はデヴォンの人間にとっては記憶でしかありませんが、ペンドラゴン一族にとっては、今に生きる現実なんです。もしもエリザベス女王が墓から甦《よみがえ》って、金の御座船《ござぶね》でこの川を上って来たら、〝提督〟は女王を家に迎えるでしょう。その家は、どこの隅々も窓も、壁の羽目板やテーブルの皿ひと

4　ともにデヴォン州生まれの、エリザベス一世時代の冒険家、私掠船船長。ウォルター・ローリー（一五五二－一六一八）は北米へ初の入植を試みるなど、英国の海外発展に貢献。ジョン・ホーキンス（一五三二－一五九五）は奴隷貿易で利益をあげた。

つとっても、女王が慣れ親しんでいた家そのままなんです。そして女王は、まるでドレイクとでも食事をしたかのように、英国の船長が小さな船で新しい国々を発見する話を、今も夢中になってするのを聞くでしょう」

「女王様は庭に変なものがあるのを見るでしょうな」とブラウン神父が言った。「それはルネッサンス人である女王の目を喜ばせはしないでしょう。あのエリザベス朝様式の住宅建築は、それなりに魅力的ですが、小塔をニョキニョキ生やすのは、この様式の性格に反しています」

「でも」とファンショーは答えた。「あれこそ一番ロマンティックで、エリザベス朝的なところなんです。あの塔はほかでもないスペイン戦争の時に、ペンドラゴン一族が建てたものです。補修したり、べつの理由で建て直したりする必要はありましたが、必ず元通りに再建されました。言い伝えによると、ピーター・ペンドラゴン爵士の奥方がこの場所に、この高さに建てたんだそうです。船が河口に入って来る、あの曲がり角のところが塔の天辺から見えますからね。夫人は、夫がカリブ海から帰って来る時、その船を誰よりも先に見たかったんです」

「べつの理由で建て直されたとのことですが」ブラウン神父はたずねた。「それはどういう理由だったんですか？」

「ああ、それについても不思議な話があるんですよ」と若い地主は愉快そうに言った。

「あなた方は本当に、不思議な物語の国へいらしたんです。アーサー王もここにいましたし、その前にはマーリンや妖精がいました。言い伝えによると、ピーター・ペンドラゴン爵士は——この人はどうも船乗りの美徳だけでなしに、海賊の欠点も持っていたようですが——エリザベス女王の宮廷へ送りとどけるつもりで、三人のスペイン紳士を名誉の捕虜として連れ帰りました。ところが、激《げき》しやすい虎のような気性の男だったので、スペイン人の一人と言い争って、相手の喉につかみかかり、偶然かわざとかは知りませんが、海に投げ込んでしまいました。その男の兄弟だった二人目のスペイン人は、ただちに剣を抜いてペンドラゴンに跳びかかりました。二人は短いけれども猛烈な闘いをして、二人共、三分間のうちに三箇所も傷を負いましたが、結局ペンドラゴンが相手の身体を剣で刺し貫いて、二人目のスペイン人も片づけてしまいました。その時、船はもう河口に入って、水が浅いところに近づいていました。三人目のスペイン人は船から飛び降りると、岸に向かって泳ぎました。やがて岸の近くまで来ると、腰まで水につかって立ち上がりました。それから、船の方をふり返り、邪悪な街に災禍《わざわい》を呼ぶ預言者よろしく、諸手を天に上げて、つんざくような恐ろしい声でペンドラゴンにこう言いました——俺はまだ死なないし、この先も生き続ける、永遠に生きる。ペンドラゴン家の者は代々、俺や俺の仲間を見ることはけしてないが、俺も俺の恨みも生きていることを、たしかなしるしによって思い知るだろう。そう言うと、スペイン人は波の下にもぐって、溺れたのか、長いこと水の下を潜《もぐ》って行ったのかはわかりませんが、それっきり、彼の頭は髪の毛一筋見えませんでした」

「カヌーの娘がまたやって来たぞ」とフランボーが唐突に言った。この男は若い美人を見ると、どんな話題もそっちのけにしてしまうのだった。「おれたち同様に、あのおかしな塔が気になるらしいな」

たしかに、あの黒髪の若い娘がカヌーをゆっくり滑らせて、奇妙な小島を音もなく通り過ぎようとしていた。そして、卵形のオリーヴ色の顔に強い好奇心を浮かべ、奇妙な塔をじっと見上げていた。

「女なんか放っときなさい」ファンショーがじれったそうに言った。「世の中に若い娘はいくらでもいますが、ペンドラゴンの塔みたいなものは、そうそうありませんよ。御推察の通り、スペイン人が呪いをかけたあとには、色々な迷信が生まれたり、良からぬ噂が立ったりしました。当然と申しましょうか、コーンウォールのこの一族に何事か起こるたびに、信じやすい田舎の人間は呪いのせいにしたんです。けれども、この塔が二度三度焼け落ちたのはまぎれもない事実ですし、この一族が幸運に恵まれているとは申せません。提督の近い身内が二人以上、難船で亡くなっているはずですし、僕の知る限り、少なくとも一人は、ピーター爵士がスペイン人を船から投げ落とした、その場所で死んだんです」

「ああ、残念だなあ！」フランボーが大声を上げた。「あの娘《こ》、行っちまうぞ」

「御友達の提督殿がこの一族の話をしたのは、いつのことですか？」とブラウン神父がたずねた。ファンショーはすでにヨットを小島につけていたが、カヌーに乗った娘は、塔に向けていた関心をこちらに向けることもなく、漕ぎ去った。

「何年も前のことです」とファンショーはこたえた。「あの人は、もうしばらく海に出ていませんｏ 今も出たくてしようがないんですがね。家族同士の約束か何かがあるようです。さあ、桟橋に着きました。上陸《あが》って、おやじさんに会いましょう」

ファンショーの先導で、一行は塔の真下から島へ上がった。ブラウン神父は、単に乾いた地面を踏んだためなのか、あるいは川の向こう岸にある何かに興味を引かれたためなのか（神父はしばらくの間、それを熱心に見ていた）、不思議と元気を取り戻したようだった。やがてこんもりと木の茂る並木道に入った。道の両側には、邸園や庭の囲いによく見られる灰色の薄い板塀が連なっていて、頭上には黒々とした木々が、巨人の葬儀馬車についた黒と紫の羽飾りのように、枝を揺らしていた。塔は背後に遠ざかるにつれて、ますます風変わりなものに見えた。なぜなら、屋敷の入口には、左右に二つの塔を立てるのが普通だし、おまけに、この塔は一方に傾《かし》いでいるようだったからだ。しかし、その点を除くと、並木道は紳士の屋敷への入口として、ごく普通の様子をしていた。道がかなり曲がっているので、家はまだ目に入らず、このような島に現実にあり得る植林地よりも、ずっと広い邸園に見えた。ブラウン神父は疲れて少し空想的になっていたのかもしれないが、この場所全体が、悪夢の中でよく起こるように、どんどん広くなっているに違いないと思った。ともかく、行けども行けども謎めいた単調さを感じるばかりだったが、しまいにファンショーがいきなり立ちどまって、何か灰色の塀から突き出しているものを指差した――それは最初のうち、獣が角を突っ込んで抜けなくなったように見えた。よくよく見ると、わずかに反《そ》り返った金属の刃が、夕闇の中でかすかに光っているのだった。

フランボーはすべてのフランス男と同様、兵隊の経験があるので、その上にかがみ込むと、驚いた声で言った。「何だ、サーベルじゃないか！　見憶えのある種類だな。重くて刃が反り返っているが、騎兵隊の剣より短い。こういうのを持っていたのは砲兵と、それから——」

そう言っているそばから、刃は自分がつくった裂け目から引き抜かれ、ふたたび、もっと重々しく振り下ろされた。脆《もろ》い塀はメリメリと音を立てて、下まで裂けた。すると、ふたたび剣が引き抜かれ、数フィート先の塀の上で煌《きらめ》いたと思うと、一撃のもとに塀をふたたび半ばまでたち割った。剣は少しガタガタと揺れ動いて塀から抜かれ（それと共に、暗闇で悪態をつくのが聞こえて来た）、第二撃で塀を地面までたち割った。それから、グラグラになった四角い薄板がおそろしい勢いで蹴られたために、そっくり道へ飛んで来て、柵にぽっかりと空いた大きな裂け目の向こうに、暗い雑木林が現われた。

ファンショーは暗い穴を覗き込んで、驚きの叫びを上げた。「これはこれは、提督じゃありませんか！　あなたは——その——散歩にお出になるたびに、いつも新しい玄関をつくるんですか？」

暗闇の声の主《ぬし》はもう一度悪態をつくと、愉快そうに笑い出した。「いいや。何としても、この塀を切り倒さなきゃならなかったんだ。こいつは植木を全部駄目にしちまうしな。ここには、ほかにやれる者がおらんのだ。だが、玄関をもうちょっとばかり切り開いたら、お出迎えするよ」

果たして、彼はふたたび武器を持ち上げると、二回振り下ろして、塀をまた同じように切り倒した。隙間は全部で十四フィート程の幅《はば》になった。すると、提督はこの大きくなった森の出入口から、夕暮れの光の下に出て来た。剣の刃には灰色の木片がついていた。

その姿は一瞬、昔の海賊提督に関するファンショーの物語を体現するかのように見えたが、やがて、細かい点の一つ一つが偶然の所産であることがわかった。たとえば、この人物はありふれた鍔広の帽子を日避《ひよ》けにかぶっていたが、前の垂れが天を向いてめくれ上がり、左右の角が耳の下まで引き下げてあったため、額の上に三日月がのった形で、ネルソンがかぶっていた昔の三角帽子を思わせたのだ。着ているのはありふれた紺の上着で、ボタンには何も変わったところはなかったが、白い麻のズボンとの取り合わせが、何となく船乗りらしかった。背は高く、肉がたるんでいて、威張ったような歩き方は、船乗りの身体の振り方とは違ったが、何となくそれを思わせた。片手に短いサーベルを持っていて、それは海軍の短剣《カトラス》に似ていたが、大きさは倍もあった。帽子の下の鷲のような顔は鋭かったが、きれいに髭を剃ってある上、眉毛がなかったので、なおさらそう見えたのだ。まるで幾多の悪天候に顔をさらしたため、毛がすっかり抜けてしまったかのようだった。目は突き出し、射抜くような眼差しだった。顔の色は妙に魅力的だが、幾分熱帯的で、どことなくブラッド・オレンジを思い出させた。赤味をおびて血色が良かったけれども、そのうちに黄色味も混ざっていて、しかし、その黄色は少しも病的ではなく、むしろヘスペリデスの黄金の林檎[5]のように輝いていたからである。太陽の国々にまつわるあらゆるロマンスをかくも見事に表現している人物には、いまだかつてお目にかかったことがない、とブラウン神父は思った。

ファンショーは二人の友人を屋敷の主《あるじ》に紹介してしまうと、冷やかすような口調に戻って、提督が塀を壊したことと、怒り狂ったようにひどい悪態をついたことをからかった。提督は初めのうち、必要だが厄介な庭仕事だと言って受け流していたが、そのうち笑い声に本物の活力が戻り、苛立ちと上機嫌の入り混じった調子で言った。

「うむ、そりゃあ少々乱暴なやり方かもしれんし、わしはものをぶっ壊すことに一種の楽しみを感じるんだ。海へ出て、誰も知らない人食い人種の島を発見するのが唯一の楽しみだという男が、こんな田舎の池みたいなところの、泥だらけの小岩にしがみついていなきゃならんかったら、誰だってそうなるわい。思えば昔は、この半分も切れない古い短剣で、厭《いや》らしい緑の密林を一マイル半も切り開いたものだ。それが今じゃ、ここにじっとして、こんな木っ端《こば》を叩き割るしかないんだ。それというのも、わが家の聖書に書き殴ってあるクソろくでもない古い約定のせいだ。まったく、わしは——」

彼はふたたび重い剣を振り上げ、今度は木の塀を上から下まで一撃で叩き切った。

「わしはこんな気分なのさ」笑ってそう言ったが、剣を道の数ヤード先まで荒々しく放り投げた。「さあ、それじゃ家へ行こう。食事をして行ってくれ」

家の正面にある半円形の芝生には、三つの丸い花壇があって色どりを添えていた。一つは赤いチューリップ、二つ目は黄色いチューリップの花壇で、三つ目の花壇には、客人たちの知らない、たぶん異国の花とおぼしい白い蠟《ろう》のような花が植わっていた。毛深く、がっしりした身体つきで、いささか愛想の悪そうな園丁が、庭で使う太いホースの束を巻き取っていた。消えなんとする夕陽の名残りが家の隅々にまとわりつき、ここかしこ、遠くの方にある花壇の色がチラチラと見えた。家の片側の木のない場所は川に面していたが、そこには高い真鍮の三脚が立っていて、その上に大きな真鍮の望遠鏡が傾《かし》いだ格好でのっていた。外玄関の上がり段のすぐ手前には、緑のペンキを塗った小さな庭用のテーブルがあり、ついさっきまで誰かがそこでお茶を飲んでいたようだった。玄関の両脇には、南洋の偶像だという、目の代わりに穴の開いた、人の顔のような石の塊が置いてあった。戸口の上に渡してある茶色い樫の梁には、それと同じくらい野蛮に見える、ごてごてした彫刻が施してあった。

一行が中へ入ろうとする時、小柄な聖職者はいきなりひょいとテーブルに飛び乗り、その上に立って、樫の浮彫りを眼鏡ごしにつくづくと見入った。ペンドラゴン提督はひどく驚いた顔をしたが、べつに腹を立ててはいないようだった。ファンショーは、小人が小さな台に乗って芸をしているような光景を見ると、可笑《おか》しくて笑いをこらえきれなかった。しかし、ブラウン神父は笑い声にも、提督の驚いた様子にも気づかないようだった。

5　ギリシア神話。大地の女神がゼウスとヘーラーの結婚祝いに贈り、ヘスペリデス（西の果てに住むニンフたち）が園に植えて番をした。

彼は彫刻された三つの象徴《しるし》をじっと見つめていた。それはだいぶ磨《す》り減って不分明になっていたが、それでも神父には何かの意味が伝わるらしかった。第一のしるしは塔か何かの建物の輪郭らしく、先の細いリボンのような、うねりくねりするものが天辺にかぶさっていた。第二のしるしはもっとはっきりしていた。古いエリザベス女王時代のガレー船で、その下に装飾的な波が描かれているが、船の真ん中に、奇妙なゴツゴツした岩が食い込んでいる。これは木に傷があるのか、浸水を様式的に表現したかのどちらかだろう。第三のしるしは人間の上半身を描いており、身体の下の方は波のような線で切れていた。顔は擦《こす》れてのっぺらぼうになり、両腕を突っ張って天にさし上げていた。

「ふむ」ブラウン神父は目をパチパチさせて、つぶやいた。「これは間違いなく、例のスペイン人の言い伝えですな。そら、この男は海の中で両手を上げて、呪っています。そしてこちらは二つの呪いです――難破船と、ペンドラゴン塔の炎上です」

ペンドラゴンはおごそかに面白がるといった様子で、かぶりを振った。「しかし、ほかのものかもしれませんぞ。見方はいくらでもある。御存知でしょう？　ああいう半身像は、半身の獅子や半身の牡鹿と同じで、紋章にはありふれた図柄です。船を貫くあの線はパーティ・パー・ペイル[6]の一種で、たしかインデンティドとかいうギザギザの線ではありませんかな？　三番目のやつはあまり紋章らしくないが、炎よりも月桂冠をいただいた塔と考える方が紋章らしいでしょう。ちょうどそんな風に見えますよ」

「しかし」とフランボーが言った。「古い伝説にぴったり符合《ふごう》するのは、妙じゃありませんか」

「ああ」と懐疑的な旅行家はこたえた。「古い伝説のうちのどれだけ多くが、古い図案からつくり出されたかを、あなたは御存知ないのですよ。それに、古い伝説はこれだけじゃない。ここにいるファンショーはそういうものが好きだから、この話には色々な異説があって、もっとずっと恐ろしい話も伝わっていることを教えてくれるでしょう。ある物語によると、わしの不幸な先祖はスペイン人を真っ二つに切ったことになっているが、それだって、この楽しい絵にあてはまる。べつの話では、有難いことに、我が一族は蛇がうじゃうじゃいる塔を持っていたそうで、あの小さい、のたくっているようなものは、それで説明できる。三つ目の説によれば、あの船にかかっている曲がった線は、稲妻を様式化したものだといいます。しかし、この説だけとっても、真剣に吟味してみれば、こういう不幸な偶然の一致が、じつはほんの小さなものであることがわかります」

「それは、どういうことです？」とファンショーがたずねた。

「生憎《あいにく》だが」と当主は冷ややかにこたえた。「わしの一族が二、三度難破したことはわしも知っているが、その時は雷も稲妻もなかったんだ」

「ほほう！」ブラウン神父はそう言って、小さなテーブルから飛び降りた。

ふたたび沈黙があり、絶え間ない川のつぶやきが聞こえた。やがてファンショーが、自

6　紋章の用語で、楯や旗を縦帯で左右に分割した図案のこと。

信のない、がっかりしたような声で言った。「じゃあ、炎上した塔の話には、何も根拠がないとお考えになるんですか？」

「もちろん、話は色々あるとも」提督は肩を竦《すく》めて、言った。「中には、わりあいとまともな証拠に基づいたものがあることも否定しないよ。知っとるだろうが、誰かが森を抜けて家に帰る途中、このあたりで炎を見た。海から遠い高台で羊の番をしていた誰かが、ペンドラゴンの塔の上に炎が揺れているのを見たと思った。まあ、このろくでもない島みたいな、じめじめした泥の塊で、火事なんてことはふつう考えつかんがな」

「あそこの火は何ですか？」ブラウン神父が左手の川岸の木立を指差して、穏やかに、しかし唐突にたずねた。一同は少し慌《あわ》てた。わけても空想家のファンショーは、平静を取り戻すのに苦労したほどだった。青い煙がほっそりと長い条《すじ》を引いて、黄昏の光の中に音もなく立ちのぼっていたからである。

するとペンドラゴンが嘲《あざけ》るような声でまた笑い出した。「ジプシーだよ！　一週間ばかり前から、ここいらに野宿している。さあ諸君、食事にしよう」そう言うと、家に入ろうとするように背を向けた。

しかし、ファンショーの心のうちでは好古家特有の迷信がなおも震えていた。彼は慌てて言った。「でも、提督、島のすぐ近くでシューシューと音がしているのは何ですか？　火が燃える音にそっくりですが」

「良く聞けば、何かわかるよ」提督は笑いながら、先に立って歩いた。「カヌーが通っているだけさ」

そう言うのとほとんど同時に、執事が戸口に現われ、食事の支度が出来ていることを告げた。黒服の痩せた男で、真っ黒な髪に、たいそう長い黄色い顔をしていた。

食堂はまるで船室のように海を思わせる造りだったが、エリザベス朝というよりも、現代の船長室の趣があった。暖炉の上に飾ってある記念品の中には、古めかしい短剣《カトラス》が三振り並んでいて、茶色くなった十六世紀の地図には、波立つ海に海神《トリトン》たちや小さな船が点々と描かれていた。しかし、白い羽目板に飾られた中でもっと目を引くのは、精巧に剝製《はくせい》にして標本箱に入れた珍しい色彩の南米の鳥、太平洋の世にも不思議な貝殻、蛮人が敵を殺すか料理するために使ったかと思われる、粗造りで奇妙な形の道具だった。しかし、異国風の色彩がもっとも際立っているのは、提督の使用人が執事のほかは二人の黒人だけで、その二人は身体にぴったりした黄色い制服を、いささか古風にまとっていることだった。神父には自分のうけた印象を本能的に分析する癖があったが、この服の色と、これらの二足動物が着ている上着の小さく整った後ろ裾は「カナリア」という言葉を連想させ、ほんの語呂合わせによって、かれらを南方への航海と結びつけたのだった。[7] 食事が終わる頃、二人の召使いは黄色い服と黒い顔を部屋から持ち去り、あとには執事の黒い服と黄色い顔

7 「カナリア」は鳥のカナリア、その羽の色のカナリア・イエロー、原産地のカナリア諸島を連想させる。

だけが残った。

「あなたがそんなに言い伝えを軽んじておられるのは、ちょっと残念です」ファンショーが家の主に言った。「じつを言うと、この二人の友達をお連れしたのは、あなたのお役に立てると思ったからなんです。お二人はこういうことに造詣が深いのでね。本当に一族の話を信じていらっしゃらないんですか？」

「わしは何も信じない」ペンドラゴンは明るい目を赤い熱帯の鳥に向けて、きっぱりと言った。「科学的な人間なんでな」

フランボーが少し驚いたことに、友達の聖職者はすっかり目が醒めたらしく、この脱線をきっかけにして、家の主人と博物学の話をはじめた。滔々《とうとう》と流れるごとく、意外にも豊かな蘊蓄《うんちく》を傾けて語りつづけるうちに、デザートと食後酒の壜が用意され、使用人の最後の一人が姿を消した。すると、神父はそのままの調子で言った。

「ペンドラゴン提督、どうかわたしを無作法な人間だと思わないでください。好奇心からではなく、わたしの参考にもなり、あなたのおためにもなると思ってお訊《き》きするんです。あなたは例の昔話を執事の前でしたくないようにお見受けしましたが、これは見当違いでしょうか？」

提督は毛のない眉を吊り上げて、叫んだ。「ふむ、どうしておわかりになったのか知らんが、じつを言うと、あの男には我慢ならんのですよ。といって、家代々の使用人を馘《くび》にする口実もない。御伽話の好きなファンショーなら、ああいう真っ黒いスペイン人のような髪の毛を見ると、わしの血が騒ぐんだとでも言うでしょうがな」

フランボーが大きな拳でテーブルを叩いて、言った。「何てこった！　あの娘《こ》もそういう髪の毛だったぞ！」

「そんな話も今夜で終わりだと思っています」提督は話を続けた。「甥が無事に航海から帰って来るはずですから。驚かれたようですな。これはお話ししないと、おわかりにならんでしょう。じつは、わしの父には息子が二人おりました。わしは独身《ひとりみ》でしたが、兄は結婚して息子を持ちました。その息子もわしらと同様船乗りになって、ゆくゆくは財産を継ぐんです。ところで、父は変わり者でした。ファンショーの迷信深さと、わしの疑《うたぐ》り深さを併《あわ》せ持っていて、その二つがいつも頭の中で鬩《せめ》ぎ合っておりました。わしが最初の航海から帰って来ると、父は例の呪いが本当なのか出鱈目なのか、どうにかしてはっきりさせたいと考えるようになりました。もしもペンドラゴン家の者が全員海に出たならば、自然の災難に遭《あ》う機会が多すぎて、何の証明にもならない、と父は考えました。しかし、もし一人ずつ海へ出ることにして、その順番を厳密に相続の順番通りにしたなら、一貫した宿命がわが一族を追いかけているかどうかがわかるかもしれない、と考えたんです。わしに言わせれば馬鹿な考えで、わしは随分激しく父とやり合いました。わしはなにしろ野心家だったのですが、それなのに順番は甥っ子の次になって、一番最後《あと》にまわされたんですからな」

「それで、お父上も、兄上も」と神父はいとも穏やかに言った。「海で亡くなられたんですね」

「さよう」と提督は唸った。「悲惨な事故で、二人とも難船しました。人間はそういうことから嘘っぱちの神話をつくりあげるんです。父は大西洋からこの沿岸に近づいた時、悪名高いコーンウォールの暗礁に乗り上げました。兄貴の船はタスマニアから帰って来る途中に沈んだのですが、その場所は誰も知りません。死体はついに見つかりませんでした。言っておきますが、あれは純然たる天災だったのです。ペンドラゴンの人間以外にも大勢溺れ死にましたし、船乗りの間では、どちらの災難も普通の事故として話題になっております。だが、もちろん、こいつのおかげで、この迷信の森に火がつきました。あっちこっちで燃える塔を見た者があらわれました。だから、ウォルターが帰って来れば、万事治まるとわしは言うんです。あいつの婚約者が今日来ることになっておりましたが、ひょっとして、やつの帰りが遅れて心配するといけないので、こちらから連絡するまで来るなと電報を打っておきました。しかし、ウォルターはいずれ今晩中にはここへ帰って来るでしょうし、そうすれば、すべては煙になって終わるんです——煙草の煙ですよ。この葡萄酒を一本片づける頃には、あの古い作り話も片づいているでしょう」

「じつに結構な葡萄酒です」ブラウン神父はおごそかにグラスを持ち上げて、言った。「ですが、御覧の通り、わたしは大変行儀の悪い酒呑みでしてね。ひらにお許しください」

神父はテーブルクロスに小さな葡萄酒の染みをつけてしまったのである。彼は落ち着いた顔で酒を飲み、グラスを置いたが、その瞬間、提督の真後ろの庭に面した窓から覗き込んでいる顔に気づいて、思わず手が震えたのだ——それは色の浅黒い、髪の毛も眼も南国風の若い女性の顔だったが、まるで悲劇の仮面のようだった。

神父は一息つくと、ふだん通りの穏やかな口ぶりで、また話しはじめた。「提督、一つお願いを聞いてもらえませんか。わたしと、もしかれらが望むならば、わたしの友人たちを今晩だけあの塔に泊まらせていただきたいんです。御存知かどうか知りませんが、神父というこの稼業は、何よりも先に悪魔祓い師なんです」

ペンドラゴンはいきなり立ち上がって、窓の前をせわしなく行ったり来たりした。あの顔は、とうに窓から消えてしまっていた。「言っておくが、あそこには何もありゃしませんぞ」彼は乱暴な大声で言った。「この件で、一つだけはっきりしていることがある。わしを無神論者と呼んでもかまわん。わしは無神論者だ」ここでクルリとふり返ると、恐ろしく目を凝《こ》らしてブラウン神父を見据えた。「これは、まったく自然なことなんだ。呪いなぞ、ありはせんのだ」

ブラウン神父は微笑んだ。「それなら、わたしがあの素敵な別荘で寝ることに御異存《ごいぞん》はありませんね」

「そんなことは、まったく馬鹿げている」提督は椅子の背をドンドン叩きながら、こたえた。

「御無礼の数々をお許しください」ブラウンは相手を心から思いやるような調子で言った。「葡萄酒をこぼしたことも。ですが、あなたは燃える塔のことを安心しきってはおられないようですね。案ずるまいとしておいでですが」

ペンドラゴン提督は立ち上がった時と同じように、いきなり腰を下ろしたが、そのまま静かに坐っていて、次に口を開いた時は、幾分低声《こごえ》になっていた。「危険を覚悟の上でというなら、そうなさるが良い。しかし、こんな悪魔の所業に首を突っ込みなさると、正気を保とうとして、あんたも無神論者になりはしませんかね？」

およそ三時間後、ファンショーとフランボーと神父は、暗くなった庭をまだぶらついていた。そして塔であれ家の中であれ、ブラウン神父は寝る気などないことに、あとの二人もやっと気づきはじめた。

「この芝生は、草取りが必要なようだな」と神父は夢見るように言った。「鋤《すき》か何かがあれば、わたしがやるんだがな」

二人はブラウン神父のあとについて行きながら、笑って、およしなさいと言った。けれども、神父は大真面目にこたえて、人は他人の役に立つささやかな仕事をいつでも見つけられるものだ、とうんざりするようなお説教をした。鋤は見つからなかったが、小枝を束ねてつくった古箒《ふるぼうき》が見つかったので、神父はそれで芝生の落葉をせっせと掃《は》きはじめた。

「いつでも、なすべき小さなことがある」と彼は馬鹿にでもなったように明るく言った。「ジョージ・ハーバート[8]の言う通り、『御身《おんみ》の掟に従いて提督の庭を掃くなれば、庭も仕事も美《うるわ》しき』だ。さて、それでは」神父はいきなり箒を投げ出した。「花に水をやりに行こう」

二人が同じ複雑な気持ちで見守っていると、神父は巻いてあった大きな庭用のホースを長々と伸ばして、物のわかった人が考え込むような口調で言った。「黄色いチューリップよりも赤いのが先だな。少し乾いているようじゃないかね？」

ホースの小さな栓《せん》をひねると、水が長い鋼《はがね》の棒のように、まっすぐ勢い良く飛び出した。「気をつけなさい、サムソン[9]」とフランボーが言った。「そら、チューリップの首が捥《も》げちまいましたよ」

ブラウン神父は首の飛んだ花を悲しげに見ながら、立っていた。

「わたしのやり方は、殺すか治すかの水やりらしい」そう言って、頭を掻いた。「鋤が見つからなかったのが残念だ。鋤を持っているところを見せたかったよ！　道具といえば、フランボー、君がいつも持ち歩いている仕込杖は持っているかね？　よし、よし。セシル爵士は、提督がここの塀のそばに投げ捨てた剣をお持ちになるといい。何もかもすっかり灰色に見えるなあ！」

「川霧が立っているんですよ」フランボーが目を瞠《みは》って言った。

ちょうどその時、毛深い園丁の大きな姿が、溝を掘って段々になった芝生の高いところ

8　十七世紀の英国の聖職者、詩人。神父の発言は詩 “The Elixir” の第十九行から二十行のもじり。
9　旧約聖書の士師記十六章に登場する怪力サムソンの物語で、デリラが「サムソンよ、ペリシテびとがあなたに迫っています」と警告する場面と重ねていると思われる。

に現われ、熊手を振りまわしながら、恐ろしい大声で怒鳴った。「そのホースにさわるな。そのホースを置いて、とっとと——」尊《たっと》むべき聖職者は弱々しくこたえた。「夕食の時も葡萄酒をこぼしてしまったんです」彼は詫《わ》びながら、園丁の方へおずおずと身体を向けたが、手には水の噴き出すホースを持ったままだった。園丁は冷たい水の一撃を砲弾のようにまともに顔にくらって、よろめき、滑り、両足を空に向けて地面にひっくり返った。

「何と恐ろしいことだ！」ブラウン神父は一種の驚きにかられて、あたりを見まわした。「わたしは人を撃ってしまった！」

彼はしばらく顔を前の方に突き出して、何かを見るか聴くかしているようだったが、やがてホースをうしろに引きずったまま、塔の方へ小走りに駆けだした。塔はすぐ近くにあるのに、輪郭が妙にぼやけていた。

「ここの川霧は」と神父は言った。「変な匂いがしますな」

「おっしゃる通りです」ファンショーは真っ青になって叫んだ。「でも、まさかあなたは——」

「わたしが言いたいのは」とブラウン神父は言った。「提督の科学的な予言の一つが、今宵成就するということです。この物語は煙となって終わりますよ」

そう言っているうちに、世にも美しい薔薇色の光が爆発して、巨大な薔薇の花が咲くかと見えた。と同時に、悪魔が笑っているような、パチパチ、ガタガタという音がした。

「わあっ！　こいつは一体、何だ！」セシル・ファンショー爵士が叫んだ。

「燃える塔のしるしです」ブラウン神父はそう言って、ホースから迸《ほとばし》る水を真っ赤な光の中心に向けた。

「寝なくて良かった！」ファンショーは大声で言った。「母屋までは広がらないでしょうね」

「御記憶かと思いますが」と神父は静かに言った。「火が燃えうつりそうな木の塀は、切り倒されてしまいました」

フランボーは電気に撃たれたような目を友に向けたが、ファンショーは「ともかく、死人は出ないだろう」と少し上の空で言っただけだった。

「これは少々奇妙な塔です」ブラウン神父は言った。「この塔が人を殺す時は、いつもどこか他所《よそ》にいる人を殺すんです」

その時、長い髭を生やした園丁の恐ろしい姿が、空を背にして、ふたたび緑の畝《うね》に立ち、手に持つ物を振って仲間を呼んだ。しかし、今度は熊手ではなく短剣《カトラス》を振っているのだった。背後に二人の黒人が現われ、かれらも炉の飾りから取って来た古い曲がった短剣を持っていた。しかし、血のように赤い光の中では、真っ黒い顔をして黄色い服を着た二人は、拷問の道具を持つ悪魔さながらだった。男たちの背後の暗い庭から、短い言葉で指図する声が遠く聞こえた。その声を聞くと、神父の顔つきに恐ろしい変化が起こった。

しかし、神父は落ち着いて、炎から目を離さなかった。炎は最初広がりかけたが、長い銀の槍のような水をかけられて、シューシューいいながら、少し小さくなったようだった。神父はホースの筒口に指をあてて狙いを定め、ほかのことは一切気に留めなかった。ただ物音と、目の端で半ば無意識に見ているまわりの様子から、島の庭で刺激的な出来事が一《いっ》気《き》に起ころうとしているのを察した。彼は友人たちに二つの簡潔な指示を出した。一つはこうだった――「連中を何とかしてやっつけて、縛《しば》り上げてくれ。相手が誰であってもだ。あそこの薪のそばに縄がある。やつらはわたしの素敵なホースを奪いたがっているんだ」。二つ目はこうだった――「チャンスがありしだい、カヌーに乗ったあのお嬢さんを大声で呼んでくれ。ジプシーと一緒に向こう岸にいる。バケツを調達して、川の水を汲《く》んでもらえないかと言ってくれ」。神父はそれだけ言うと口を閉じ、赤いチューリップに水をやった時と同じくらい無慈悲に、新しい真っ赤な花に水をやり続けた。

この謎めいた炎の敵と味方の間で、それから奇妙な戦いが繰り広げられたが、神父はふり返って見もしなかった。フランボーが巨漢の園丁とぶつかった時は、島が揺れるかと思った。神父は、取っ組み合う二人のまわりを島がぐるぐるまわるのを想像するだけだった。ドスンと地面に倒れる音が聞こえて、彼の友が勝利の喘《あえ》ぎ声を出すと同時に、一人目の黒ん坊に躍りかかった。黒人たちは二人共、フランボーとファンショーに縛り上げられて叫んだ。フランボーの怪力は形勢の不利を補って余りあったが、四人目の男は今も母屋のそばをウロついていて、影と声にすぎなかったから、なおさらだった。神父はまたカヌーの櫂《かい》が水を切る音を聞いた。指図する娘の声、それに応えて、こっちへ近づいて来るジプシーたちの声、空《から》のバケツが流れにザブンと投げ込まれて、水を吸う音。しまいに、大勢の足音が火のまわりで聞こえた。しかし、それも神父にとっては、先刻からまた大きくなった火が、また少し収まって来た事実に較べれば、些細なことだった。

その時、叫び声がしたので、彼もふり返りそうになった。フランボーとファンショーが、今は数人のジプシーを味方につけて、母屋のそばにいた謎の男を追いかけたのだ。そして、庭の向こうの端から、フランス人の恐怖と驚きの叫び声が聞こえて来た。それに谺《こだま》を返すように、人間のものとは思えぬわめき声が聞こえ、声の主は追っ手を振りきって、庭を走った。そいつは少なくとも三度島中を駆けめぐったが、逃げる者は絶叫し、追う者は縄を持ち、狂人を追いかける図さながらの恐ろしい光景だった。しかし、それがいっそう恐ろしかったのは、庭で子供が追いかけっこをする様子を何となく思わせたからだ。やがて、四方から追い詰められたのを悟ると、謎の人影は高い土手に飛び上がり、水しぶきを上げて、暗い急流に姿を消した。

「もうどうしようもあるまい」ブラウン神父が苦痛に満ちた冷たい声で言った。「今頃は岩場まで押し流されているだろう。あの男が大勢の人間を追いやった場所にね。あいつは、一族の伝説の使い途《みち》を知っていた」

「謎々みたいな話し方は、やめてください」フランボーがじれったそうに言った。「わかりやすい言葉で、簡単に言えませんか？」

「そうだな」ブラウンはホースに目をやりながら言った。「「両目光れば、船は無事。片目つぶれば、船沈む」だよ」

火は絞め殺される生き物のように、ますますジュウジュウと悲鳴を上げながら、ホースとバケツの水を浴びせられて、だんだん細くなった。しかし、ブラウン神父はなおもそこから目を離さずに語り続けた。

「あのお嬢さんに、朝になったら、あそこの望遠鏡で河口と川を見てもらおうと思っていたんだ。きっと、興味をそそるものが見えたかもしれない。船のしるしか、ウォルター・ペンドラゴン氏が帰って来る姿がね。もしかすると、上半身だけの男のしるしだって見えたかもしれん。今となっては、もう彼の身は安全だが、ことによると水につかって岸まで歩いて来たかもしれないからね。彼も危うく難船するところだった。あのお嬢さんが賢い人で、提督の電報を怪しんで様子を見に来なかったら、彼はけして難を逃れられなかっただろう。しかし、老提督の話はやめよう。もう何も話すまい。ピッチと樹脂を塗った木でできているこの塔が本当に炎上すると、地平線に輝く光は、浜の灯台の光とそっくりに見える。それだけ言えば十分だろう」

「そうやって」とフランボーが言った。「父親も兄弟も死んだんですね。伝説の腹黒い叔父が、もう少しで財産を手に入れるところだったんだ」

ブラウン神父は答えなかった。実際、彼は礼儀上口を利かざるを得ない時以外は、もう何も言わなかった。やがて、三人はふたたび無事にヨットの船室で葉巻の箱を囲んだ。神父は火がすっかり消えるのを見とどけると、早々に退散したが、ペンドラゴン青年が熱狂した群衆に付き添われて土手を上がって来る時の歓声もちゃんと聞いたし、（もしロマンティックな好奇心に動かされていたら）船の男とカヌーの娘の両者から礼を言われたかもしれない。だが、彼はまたしても疲労に襲われて、葉巻の灰がズボンに落ちていますよとフランボーが唐突に言った時、ようやくハッとしたのだった。

「葉巻の灰じゃないよ」神父は少し気怠《けだる》げに言った。「火事の灰だ。だが、君は葉巻を吸っているから、そうは考えない。わたしがあの海図に初めて微かな疑いを抱いた時も、ちようどそんな風だった」

「ペンドラゴンの家にあった太平洋諸島の海図ですか？」ファンショーがたずねた。

「あなた方はあれを太平洋諸島の海図だと思い込んだ」とブラウンは答えた。「鳥の羽根を化石や珊瑚と一緒に置けば、誰でも標本だと思います。同じ羽根をリボンや造花と一緒に置けば、誰でも婦人帽の飾りだと思います。同じ羽根をインク壜や本や便箋の束と一緒に置けば、たいていの人間は鵞《が》ペンを見たと断言するでしょう。同じように、あなた方はあの地図を熱帯の鳥や貝殻と一緒に見たので、太平洋諸島の地図だと思い込んだのです。じつは、この川の地図だったんです」

「でも、どうしておわかりになったんですか？」とファンショーがたずねた。

「あなたがドラゴンのようだと思った岩がありましたし、マーリンのような岩も、それから――」

「川に入って来た時、随分いろんなことにお気づきになったんですね」とファンショーは言った。「少しぼんやりしていらっしゃるのかと思いましたが」

「船酔いしていたんです」ブラウン神父はそっけなく言った。「なにしろ、ひどい気分でした。しかし、気分が悪いことと物を見ないことは、関係がありません」彼はそう言うと、目を閉じた。

「ふつうの人間にそれが見えたと思いますか?」フランボーが訊いたが、返事はなかった。ブラウン神父は眠っていた。

銅鑼の神

THE GOD OF GONGS

それは冬の初めの、寒くて物寂しい午後のことで、日の光は黄金《きん》というよりも銀色、銀色というよりも白鑞《しろめ》に近かった。数多《あまた》の閑散とした事務室や欠伸《あくび》をする客間の中がわびしかったとすれば、平坦なエセックス海岸の浜辺はそれ以上だった。そこの単調さを破るものは、やけに長い間隔で立っている街灯か木で、街灯は木よりも非文明的に見えるし、木は街灯より醜悪に見えるために、風景がいっそう非人間的に感じられた。少しばかり降った雪は半分融《と》けて二、三の細長い条《すじ》を引き、霜に封じ込められて固まると、これも銀色というよりは鉛色に見えた。新たに降った雪はないが、前の雪が水際に沿って帯のように残り、波しぶきの青白い帯と平行に続いていた。

海岸線は鮮やかな青紫色に凍りついて、凍った指の静脈のようだった。何マイルにもわたって、後にも先にも、人影といえばただ二人の歩行者が足早に歩いているだけだった。ただし、一人はもう一人よりもずっと脚が長く、ずっと大股に進んでいた。

場所といい時季といい、あまり休暇向きには思えなかったが、ブラウン神父にはめったに休みがないので、取れる時に取らなければならなかった。そんな時、彼はできれば旧友フランボーと一緒に過ごすことを望んだ。このフランボーという男は足を洗った犯罪者で、以前探偵をしたこともある。神父はかねてから自分が昔勤めていたコボウルの教区へ行ってみたかったので、海岸沿いを東北に向かっていたのだった。一、二マイル歩いて行くと、海岸に本式の堤防がつくられて、遊歩道か何かのようになっていた。醜い街灯は数が減って間遠《まどお》になり、もっと装飾的になったが、醜いことに変わりはなかった。さらに半マイル先へ行くと、花のない植木鉢が小さな迷路のように並んでいたので、ブラウン神父ははてなと思った。鉢は、背が低くて平べったい地味な色の植物に覆われ、庭園というよりもモザイクの舗道のように見えた。その両側には、貧弱な小径がうねうねと通っていて、背凭れの反り返った腰掛けが点々と置いてあった。神父は自分があまり好まぬ種類の、海岸の町の雰囲気を微かに嗅ぎとったが、海沿いの遊歩道の先を見ると、疑いの余地はなかった。灰色に霞《かす》む遠方に、海水浴場によくある大きな楽団用のステージが、六本足の巨大な茸《きのこ》のように立っていたのである。

「どうやら」ブラウン神父は上着の襟を立て、羊毛の襟巻を首にしっかりと巻きつけて言った。「我々は行楽地へやって来たようだね」

「それも」とフランボーが答えた。「今は行楽する客がほとんどいない行楽地ですね。こういうところを冬場も繁盛《はや》らせようとしていますが、ブライトンや古くからの場所以外じゃ、けっして成功しないんです。ここはきっとシーウッドでしょう――プーリー卿がためしに開いた場所ですよ。クリスマスには〝シチリア歌手団〟を招《よ》んだし、ここで大きな拳闘の試合をするっていう噂です。でも、こんな腐った場所は、いずれ海へ放り込むしかありませんよ。廃棄された客車みたいにわびしいじゃありませんか」

二人は大きな楽団用ステージの下へ来て、神父は小鳥のように首を傾《かし》げ、何か妙な好奇心を持ってそれを見上げていた。そのステージはありふれた、この種の舞台としては少しけばけばしい建造物だった。ここかしこ金色に塗った平らな丸屋根ないし天蓋が、彩色した六本の細い木の柱に支えられていた。全体が太鼓のような丸い木の台座に載っていて、遊歩道から五フィート程持ち上がっていた。しかし、あたりの雪には何か空想的なものがあり、金の何か人工的なものと相俟《あいま》って、フランボーとブラウン神父にあるものを連想させた。それは思い出せそうで思い出せないが、芸術的であると同時に異国的なものであった。

「わかったぞ」フランボーはしまいに言った。「日本だ。あの不思議な日本の版画に似てるんですよ。山につもった雪は砂糖みたいに見えるし、塔の金箔は生姜クッキーの金箔みたいな、あれです。こいつはまるで小さな異教のお堂のようだ」

「うむ」とブラウン神父は言った。「それじゃ、ひとつ神様を拝見しよう」そう言うと、この人からはとても想像できない敏捷さで、高いステージに飛び上がった。

「いいですとも」とフランボーは笑って言った。次の瞬間、彼自身の雲突く巨体も風変わりな台の上にあった。

台の上もさして高さは変わらないが、真っ平らな土地だったため、陸も海ももっと遠くまで見渡せるような感じがした。陸の方には、小さな冬の庭園が乱雑な灰色の林に溶け込んで、その先の遠くの方に農家がぽつんと一軒あり、低くて細長い納屋が並んでいた。その先には東アングリア[1]の平原が長くつらなっているだけだった。海の方には帆影も人の姿もなく、数羽の鷗《かもめ》がいるだけだった。その鷗も、降りやんだ雪片の名残りのようで、飛んでいるというよりも漂っているようだった。

背後で叫び声がしたので、フランボーは咄嗟《とっさ》にふり返った。声は思いのほか低いところから聞こえて来るようで、彼の顔ではなく踵《かかと》に呼びかけているようだった。フランボーはすぐに手を差し出したが、目の前の光景を見ると、吹き出さずにいられなかった。どういうわけか、ブラウン神父の足元の床が抜けて、不運な小男は、遊歩道の高さまでストンと落ちてしまったのである。神父の背の高さ、ないし低さは、ちょうどその床と同じほどだったので、板に空《あ》いた穴から首だけが、まるで大皿にのった洗礼者ヨハネの首さながらに突き出していた。その顔には不安げな表情が浮かんでいたが、洗礼者ヨハネの首も、きっとそうだったろう。

フランボーはやがてクスクスと笑い出した。「この板は腐ってるんですよ」と言った。「もっとも、おれが乗っても平気だったのに、あなたが傷《いた》んだところを踏み抜いたのは妙ですがね。さあ、手を貸しましょう」

しかし、小柄な神父は、腐っていると言われた板の角や端を興味深げにながめていた。その額には一種悩ましげな表情があった。

1　ノーフォーク州、サフォーク州から成るイングランド南東部地方。古代、同名の王国があった。

「さあ、ほら」フランボーが茶色い大きな手を差し伸べたまま、じれったそうに言った。「そこから出たくないんですか?」

神父は破れた板の破片を親指と人差し指でつまんでいて、すぐにはこたえなかった。やがて、考え込みながら言った——「出たいかって? いいや。むしろ、中に入りたいと思ってるんだ」そう言うと、木の床の下の暗闇にひょいともぐりこんだ。そのはずみで、大きな鍔《つば》の反った聖職者の帽子が頭から落ち、聖職者の頭ぬきで板の上に取り残された。

フランボーはもう一度陸と海に目をやったが、見えるのはやはり雪のように寒々しい海と、海のように平らな雪だけだった。

背後でガサゴソと音がして、小柄な神父が落ちた時よりも速く穴から這い上がって来た。その顔はもう不安げな表情ではなく、むしろ決然とした面持ちで、おそらく雪の照り返しのためだろうが、ふだんより少し青ざめていた。

「どうしました?」長身の友がたずねた。「お堂の神様は見つかりましたか?」

「いいや」とブラウン神父は答えた。「わたしが見つけたのは、時として神よりも重要なものだ。生贄《いけにえ》だよ」

「一体全体、どういう意味です?」フランボーは警戒の色を浮かべて、言った。

ブラウン神父は答えなかった。眉間に皺を寄せて風景をじっと見ていたが、そのうち急に指差して、言った。「あそこにある家は何だろう?」

指の先を追って、フランボーは今初めて気がついたが、農家の手前にもう一つ建物があり、大部分木に隠れて、ほんの一角だけがのぞいているのだった。大きな建物ではなく、海岸からかなり引っ込んでいたが、キラキラ光る装飾から察するに、楽団のステージや、小さな庭園や、背の反り返った鉄のベンチと同様、これも海辺の行楽地の装飾計画の一部らしかった。

ブラウン神父はステージから飛び降り、友人もあとに続いた。神父が指で示した方向へ歩いて行くと、木立がしだいに左右に開けて、行楽地ならどこにでもある、小さいが、いささか派手なホテルが見えて来た——バーつき談話室ではなく、高級酒場《サルーン・バー》がある類《たぐい》のホテルである。正面はほぼ全体が金色に塗った漆喰《しっくい》と模様入りのガラスで、灰色の海の風景《ながめ》と、灰色の魔女のような木々に挟《はさ》まれ、その安っぽいけばけばしさは憂愁のうちに何やら無気味な感じを秘めていた。こんな宿で食べ物や飲み物が供されるとしたら、きっと、パントマイムに使う厚紙のハムと空《から》っぽのジョッキだろう、と二人とも何となくそう思った。

しかし、この点については、必ずしも確信があるわけではなかった。しだいにホテルへ近づいて行くと、閉まっているとおぼしい食堂の前に、一脚の鉄の庭椅子が置いてあった。庭園を飾っていた例の背中が反り返った椅子だったが、これはずっと長く、ほとんど建物の間口いっぱいに続いていた。おそらく、客が坐って海を見られるように置いたのだろうが、この天気にそんなことをする客はいそうもなかった。

ところが、その鉄のベンチの一番端のところに、丸い小さな食事用のテーブルがあって、シャブリの小壜と、アーモンドと干葡萄を盛った皿が置いてあったのである。テーブルを前にしてベンチに腰かけていたのは、黒髪の若い男で、帽子もかぶらず、驚くほどじっとして海を見つめていた。

その男は、二人が四ヤード手前まで近づいた時には、蠟人形と見間違えそうだったが、三ヤードまで近づくと、びっくり箱の人形のように跳び上がり、恭《うやうや》しいが威厳を損なわない態度で言った。「どうぞ、中へお入りになりませんか？　ただ今使用人はおりませんが、簡単なものでしたら、何でもわたくしが御用意いたします」

「それはかたじけない」とフランボーが言った。「じゃあ、あなたがここの経営者なんだね？」

「さようです」と黒髪の男は言って、不動の姿勢にやや戻りかけた。「うちの給仕はみなイタリア人ですので、故郷《くに》の仲間が黒人をやっつけるのを見せてやるべきだと思いましてね。そんなことが本当にできれば、の話ですが。マルヴォーリ対黒ん坊《ニガー》ネッドの大勝負がついに行われるのは御存知でしょう？」

「せっかくですが、ゆっくりおもてなしにあずかっている時間はありません」ブラウン神父が言った。「しかし、わたしの友人は寒さしのぎにシェリーを一杯飲んで、ラテン民族のチャンピオンの勝利を祈願できれば、喜ぶでしょう」

フランボーはシェリーの味を解さなかったが、飲むことに異存はなかった。彼はただにこやかに言うだけだった。「そりゃもう、大変有難いことです」

「シェリーですね——かしこまりました」主人はそう言って、宿の方をふり返った。「少しお待たせするかもしれませんが、御容赦ください。申し上げた通り、使用人がおりませんので――」そう言うと、鎧戸が下りて明かりの消えた宿屋の真っ暗な窓の方へ歩きだした。

「いや、御無理なら結構ですよ」フランボーはそう言いかけたが、男はふり返って彼を安心させた。

「鍵は持っておりますから。暗くても、勝手はわかります」

「わたしは、あの――」ブラウン神父が言いかけた。

その時、人気《ひとけ》のないホテルの奥から、人の怒鳴り声が聞こえて来た。良く聞き取れない外国の名前を大声で喚《わめ》いたのだ。ホテルの経営者はフランボーのシェリーを取りに行こうとした時よりも素早く、その方へ向かって行った。すぐに証明されたことだが、彼はこの時も、そのあとも、文字通りの真実しか述べなかった。しかし、フランボーもブラウン神父も度々《たびたび》告白している――二人の数多い（たいていは、とんでもない）冒険のうちでも、静まりかえった無人のホテルから、あの人食い鬼の声が突然聞こえて来た時ほど、血の凍る思いをしたことはなかったそうである。

「うちのコックだ！」と経営者は慌てて叫んだ。「コックのことを忘れていました。今から出かけるところなんです。シェリーでしたね？」

果たして、戸口に白い大きな姿が現われた。白い帽子をかぶり、白い前掛けをつけているところはいかにも料理人らしかったが、真っ黒い顔が目立っているのは余計だった。黒人は料理人に向いているという話を、フランボーは何度も耳にしていた。だが、コックが経営者に呼ばれて答えるのではなく、経営者がコックに呼ばれて答えるというのは、肌の色と階級の違いからしても、いっそう驚きだった。しかし、考えてみると、コック長というものはたいてい威張っているし、それに、主人はシェリーを持って戻って来た。これは結構なことだった。

「不思議ですなあ」ブラウン神父が言った。「待ちに待った大勝負が行われるというのに、海辺に人がほとんどいませんね。何マイルも歩いて来ましたが、出会ったのはたった一人ですよ」

ホテルの経営者は肩をすくめた。「お客は町の反対側から来るんです——ここから三マイル離れたところに駅がありましてね。連中は試合にしか興味がないし、ホテルに泊まるのも一晩だけです。どのみち、浜で日光浴をするような陽気ではありません」

「ベンチでもね」フランボーはそう言って、小さなテーブルを指差した。

「わたしは見張っていなければなりませんので」男は表情を変えずに言った。物静かな、目鼻立ちの整った男で、顔はやや黄色かった。黒い服にはとり立てて変わったところはなかったが、黒いネクタイを昔の襟飾りのようにやや高く結んで、グロテスクな頭飾りのついている金のピンで留めていた。顔にもこれといって目立つ特徴はなかったが、ただ、おそらく神経のせいなのだろう——片一方の目を細く開ける癖があって、もう片方の目の方が大きいような、あるいは義眼であるような印象を与えた。

そのあとの沈黙を破ったのは、主人の静かな言葉だった。「途中で一人だけ出会ったとおっしゃいましたが、それはどのあたりでしたか？」

「奇妙なことに」と神父が答えた。「ここからすぐそばなんです――あの楽団のステージのところですよ」

長い鉄のベンチに腰かけて、シェリーを飲み終えるところだったフランボーは、グラスを置いてすっくと立ち、驚きの目で友を見据えた。何か言おうとして口を開いたが、またすぐに閉じた。

「妙ですね」黒髪の男は考え込んで言った。「どんな様子の男でした？」

「わたしが見た時は少し暗かったんですが」とブラウン神父は言いかけた。「その男は――」

先程も言った通り、ホテルの主人が正確な真実を語っていたことは、事実に照らして証明できる。コックがもうじき出かけると言った言葉は、文字通り実行された。三人が話しているうちに、コックは手袋を嵌めながら出て来たのである。

ところが、さいぜん戸口にチラリと現われた時の白と黒がごっちゃになった姿とは、まるで別人のようだった。ボタンをかけ、締め金をしめて、はちきれそうな目玉の下まで、見事にめかし込んでいたのである。幅の広い黒い頭には、高くて黒い帽子が斜めにのっていた――フランスの才人が八枚の鏡に喩《たと》えたような帽子である[2]。しかし、この黒人はどこか黒い帽子に似ていた。彼自身も黒かったが、つやつやした肌は、八つかそれ以上の角度に光を反射していた。彼が白いスパッツをつけ、チョッキの下に白いスリップを着ていたことは言うまでもない。ボタン穴に挿した赤い花は、そこから突然生えて来たように、挑戦的に立ち上がっていた。片手にステッキ、片手に葉巻を持って歩く身のこなしには、ある種の姿勢が見受けられた——それは我々が人種的偏見を論じる際、つねに念頭に置くべき姿勢、何か無邪気で傲慢なもの——ケークウォーク[3]であった。

「時々ね」フランボーが男の後姿を見ながら、言った。「ああいうやつがリンチに遭っても、驚きじゃないと思いますね」

「わたしはけして驚かんよ」とブラウン神父は言った。「どんな地獄の所業を見てもね。しかし、先程の話ですが」神父は話の先を続けた。「黒人はその間にも、これ見よがしに黄色い手袋を嵌めながら、海水浴場の方へ颯爽《さつそう》と歩いて行った。灰色の凍《い》てつく景色を背景にしたその姿は、一風変わったミュージック・ホールの登場人物という趣だった——「先程も言ったように、あの男の様子を細かく説明することはできませんが、派手な身形をして、外国の金融家の肖像画によくあるように古風な頬髯と口髭を生やしていました。髭は黒かったが、染めたのかもしれません。首には長い紫のスカーフを巻いていて、歩くとそれが風になびきました。そのスカーフは、子守が子供の毛糸の襟巻を安全ピンで留めるような具合に、喉のところで留めてありました。ただ」と神父は静かに海を見ながら、言い足した。「それは安全ピンではありませんでした」

長い鉄のベンチに坐っている男も、静かに海を見つめていた。今またくつろいでいる男を見て、その片方の目が生まれつき、もう一つの目よりも大きいことをフランボーは確信した。どちらの目も今はぱっちり開いていて、見ているうちに、左の目が大きくなってゆくようにさえ思われた。

「非常に長い金色のピンで、頭に猿か何かが彫ってありました」聖職者は語り続けた。「それが少し妙なやり方で留めてあったんです――その人物は鼻眼鏡をかけて、幅の広い真っ黒な――」

不動の男は相変わらず海を見つめていて、顔についた両目は、二人の異なる人間のもののようにも見えた。それから、彼は目も眩《くら》むような素早さで動いた。

ブラウン神父は男に背を向けていたので、その瞬間、前のめりに倒れて死んでいたかもしれない。フランボーは武器を持っていなかったが、褐色の大きな両手は長い鉄のベンチの端にかかっていた。両肩が突然形を変え、彼は巨大な物体を高々と頭上に持ち上げて、あたかも首斬り人が斧をふり下ろそうとするかのようだった。縦にふり上げられたベンチは、あまりにも高かったから、長い鉄の梯子《はしご》で星の世界へ登っておいでと招《よ》んでいるようだった。しかし、横からの夕陽を受けて長々と伸びた影は、エッフェル塔を振りまわす巨人さながらだった。見知らぬ男は鉄の塊が襲って来る衝撃よりも先に、この影に衝撃を受

2　フランス語でシルクハットを huit-reflets（＝八枚の鏡）と言うことがある。
3　アメリカの黒人を起源とする優美な歩き方を競う遊戯。のちにダンスに発展し、二十世紀初頭のパリなどで流行した。

けて、ひるんで身をかわすと、一目散にホテルへ飛び込んだ。あとには、男が落とした平《ひら》たいピカピカの匕首《あいくち》が、落ちた場所に転がっていた。

「早くここから離れなきゃいけません」フランボーはそう叫びながら、大きなベンチを無造作に、凄まじい勢いで浜へ投げ出した。小柄な神父の肘をつかみ、冬枯れした裏庭が灰色につづいている中を駆け抜けた。庭の外れには裏口があったが、閉まっていた。フランボーは一瞬怒気をみなぎらせて黙り込み、そこに顔を寄せると、言った。「扉に鍵がかかってる」

その時、一枚の黒い羽根が装飾《かざり》の樅の木から舞い降りて、彼の帽子の鍔をかすめた。それは直前に聞こえて来た遠くの小さな爆発音にも増して、フランボーを驚かせた。すると、また遠くで爆発音がし、今度は彼が開けようとしていた扉に銃弾がめり込んで、揺れた。フランボーの両肩がふたたび急に盛り上がって、形を変えた。蝶番《ちょうつがい》三つと錠前一つがその瞬間に弾《はじ》け飛び、フランボーはガザの門を運んだサムソン[4]よろしく、大きな裏口の扉をかついで、向こうの人気《ひとけ》のない小道へ出た。

それから庭の塀ごしに扉を放り投げたが、その時、三発目の銃弾が、彼の踵のうしろで雪と埃を舞い上げた。フランボーは遠慮なしに小柄な神父を引っつかみ、肩車をして、シーウッドの方へ、長い脚で出来る限りの速さで駆け出した。二マイル近く走ってから、やっと小さな相棒を地面に下ろした。アンキセス[5]という古代のお手本があるにしても、威厳のある逃亡とは言えなかったが、ブラウン神父は顔をニヤニヤさせているだけだった。

「いやはや」もっと普通のテクテク歩きで町外れの通りを歩きはじめた時、フランボーは じれったい沈黙を破って言った。ここまで来れば、もう襲われる心配はなかった。「どう いうことかさっぱりわかりませんが、でも、自分の目を信じて、これだけは言えると思い ます。あなたはあの男のことをずいぶん細かく説明しましたが、会ってはいないんでしょ う」

「ある意味では、会っているよ」ブラウンは少し神経質に指を噛《か》んで、言った——「本当 に会っている。暗くて、ちゃんと見えなかったんだ。あの楽団のステージの下だったから ね。しかし、わたしの説明はあまり正確じゃなかったかもしれないよ。あの男の鼻眼鏡は 顔の下で割れていたし、長い金色のピンは、紫のスカーフじゃなくて心臓を突き刺してい たんだ」

「察するに」フランボーは声を落として言った。「あの義眼の男が関わっていたんですね」

「少しだけの関わりだと思ったんだ」ブラウンは少し困ったような声で言った。「わたし のしたことは拙《まず》かったかもしれない。衝動でやってしまったんだ。しかし、この事件には 深くて暗い根がありそうだよ」

二人は無言でいくつかの通りを歩き進んだ。冷たく青い黄昏に黄色い灯がともりはじめ、

4　士師記十六章三節に登場するエピソード。

5　ギリシア神話の登場人物。トロイ陥落の際に、炎上する都から息子アイネイアスに背負われて救出された。

明らかに町の中心に近づいていた。ニガー・ネッドとマルヴォーリの拳闘試合を宣伝するどぎつい色のちらしが、あちこちの壁に貼ってあった。

「ところで」とフランボーが言った。「おれは悪党だった頃も、人を殺したことはありませんが、こういうわびしい場所で人殺しをする奴には同情できなくもありませんね。神に見捨てられた自然界の掃溜《はきだめ》の中でも、一番胸が痛むのは、あの楽団のステージみたいに、にぎやかであるはずの場所が寂れているところでしょう。こういう寂しくて皮肉な場面にいると、病的な人間がライバルを殺さなきゃいけないと思うのも、わかりますよ。昔、貴国《おくに》の素晴らしいサリー丘陵[6]を歩きまわったのを思い出します。針金雀枝《はりえにしだ》と雲雀《ひばり》のことしか考えないで歩いていたら、だだっ広い円形の土地に出て、目の前に馬鹿でっかい、静まりかえった建造物が聳《そび》えていました。座席が何列も何列も上へ重なっていて、ローマの円形競技場みたいに巨きくて、新しい手紙差しみたいに空っぽでした。鳥が一羽、滑るように空を飛んでいました。その建物はエプソム[7]の大観覧席だったんです。ここじゃあ誰もう幸せにはなれないだろうと感じましたね」

「エプソムの話が出るとは奇態だな」と神父は言った。「〝サットンの謎〟という事件を憶えているかい？　容疑者の二人の男――アイスクリーム売りだったと思うが――がたまたまサットン[8]に住んでいたから、そう呼ばれた事件だよ。二人は結局、釈放された。あのあたりの丘で、首を絞められた男の死体が見つかったという話だった。しかし、実際のところはね、わたしは（アイルランド人の警官の友達に聞いて）知っているが、死体が見つかったのはエプソム大観覧席のすぐ近くだったんだ――下の方の扉を大きく開けて、その蔭に隠してあっただけらしい」

「妙な話ですね」フランボーはうなずいた。「でも、季節外れのそういう場所はやけに寂しく見えるっていう、おれの説とも一致しますね。さもなければ、その男はそこで殺されやしなかったでしょう」

「そこまでは断言できないが――」ブラウンは言いかけて、やめた。

「殺されたと断言できないっていうんですか？」と相棒はたずねた。

「季節外れに殺されたとは断言できない、ということだよ」小柄な神父は素直に答えた。「こういう寂しさには、何か油断のならないものがあると思わないかい、フランボー？賢い殺人者は必ず人気《ひとけ》のない場所を求めるものだろうか？人が本当に独りきりだということは、滅多にあるもんじゃない。そして、本当に独りでなかったならば、人気がなければないほど確実に、誰かに見られるだろう。うむ。やはり、きっとほかの――おや、ここはパヴィリオンだかパレスだか、そんな名前のところじゃないかね」

6　サリーはイギリス南東部の州。大ロンドンの南に位置する。
7　エプソム競馬場。十八世紀末にダービー競走、オークス競走が創設された。大観覧席は広いテラスを有するギリシア式の建物で、階段状につくられた屋上の立見席だけで二千人を収容できる、と建設当時の記録に残る。
8　ロンドンの南端の地域。

二人は輝かしい照明のついた小さな広場に出たのだった。その広場の一番大きな建物は、金ピカに塗りたくられて、けばけばしいポスターが貼ってあり、両側にマルヴォーリとニガー・ネッドの巨大な写真がかかっていた。

「へへえ!」友達の聖職者が広い石段をまっすぐ上がって行ったので、フランボーはびっくりして叫んだ。「近頃は拳闘が趣味とは知らなかったな。試合を見るつもりですか?」

「試合は行われないだろうよ」とブラウン神父はこたえた。

二人は控え室と奥の部屋を足早に通り抜けた。試合場には、一段高くしたところにロープが張ってあり、無数の座席や桟敷席があたりを埋め尽くしていた。神父はそこも通り抜けたが、ふり返りも立ちどまりもせず、しまいに「実行委員室」という札のかかった扉の前へやって来た。一人の事務員が扉の外で机に向かっていた。神父はそこで足を留め、プーリー卿にお目にかかりたい、と言った。

試合がまもなくはじまるので、卿は大変忙しいと案内係は言ったが、ブラウン神父は愛想良く同じことをくどくどと繰り返した。概して、お役所式の頭はそういう相手に慣れていないものである。やがてフランボーは何が何だかよくわからないうちに、ある人物の前に案内された。その人物は、部屋を出て行こうとするべつの男に大声で指図していた。「いいか、ロープには気をつけるんだぞ。特に四ラウンドから先は——おや、そちらは何の御用ですかな?」

プーリー卿は紳士だった。そして、わが国に残っている数少ない紳士が大方そうであるように、悩んでいた——とりわけ金銭《かね》のことで。その髪は半分白髪で、半分亜麻色で、目は熱っぽく、高い鼻は霜焼けになっていた。

「一言だけ、お聞きください」とブラウン神父は言った。「わたしは人が一人殺されるのを止めに来たんです」

プーリー卿は発条《ばね》で弾《はじ》かれたように、勢い良く椅子から立ち上がった。「そんな話はもううたくさんだ！」と彼は叫んだ。「あんた方も、あんた方の委員会も、牧師も、嘆願も、もうたくさんだ！　グローブなしで試合をした昔も、牧師はいたじゃないか？　今じゃ規定のグローブをつけて闘うんだから、ボクサーのどちらかが殺される心配なんか、かけらもないんだ」

「ボクサーのどちらかが殺されると言ったんじゃありません」小柄な神父は言った。

「ほう、ほう、ほう！」貴人は一抹《いちまつ》の冷たいユーモアを交えて言った。「それじゃ、誰が殺されるんです？　レフェリーですか？」

「誰が殺されるかは知りません」ブラウン神父は思慮深げにじっと見て、こたえた。「それがもしわかっていれば、あなた方のお楽しみをぶち壊しはしなかったでしょう。その人を逃がしてあげれば良いんですからね。わたしは懸賞試合自体に悪いところがあるとは思いません。けれども、こういう事情なので、試合は当面中止すると発表していただきたいのです」

「ほかに御注文は？」と紳士は熱っぽい目で冷やかすように言った。「しかし、あなたは試合を見に来た二千人のお客に、何と言うんです？」

「試合を見たあと、生きているのは千九百九十九人だと言いますよ」とブラウン神父は言った。

プーリー卿はフランボーの方を見て、たずねた。「御友人は頭がおかしいのかね？」

「とんでもない」というのが返事だった。

「いいですか」プーリーは落ち着かない様子で、話を続けた。「それより、もっと始末の悪いことがあるんですよ。マルヴォーリを応援しに、イタリア人が大挙して来ているんです――イタリア人かどうか知らんが、ともかく、どこかの国の浅黒い野蛮な連中です。あいう地中海人種がどんな奴らか、御存知でしょう。試合中止だなぞと言ったら、コルシカ人の一族郎党を引き連れて、マルヴォーリがここへ乗り込んで来ますぞ」

「閣下、これは生死《しょうじ》に関わる問題なのです」と神父は言った。「ベルを鳴らしてください。これこれだと伝えるんです。それに応ずるのがマルヴォーリかどうか、見てごらんなさい」

貴族は何か新たに興味を引かれたような妙な顔をして、テーブルの上のベルを鳴らした。すぐさま戸口に現われた事務員に向かって、こう言った。「もう少ししたら、お客に重大な発表をする。その前に、二人の選手に試合は延期せねばならんと伝えてくれないかね」

事務員は悪魔でも見るようにしばらく目を丸くしていたが、やがて姿を消した。

「あなたのおっしゃることには、どういう根拠があるんですか？」プーリー卿はだしぬけに訊いた。「誰に教わったんです？」

「楽団のステージに教わったんです」ブラウン神父は頭を掻きながら言った。「いや、そうではない。ある本にも教わりました。ロンドンの本屋で見つけたんです――しかも、ずいぶん安い本でしてね」

彼はポケットから小さな、しっかりした革装の本を取り出した。フランボーが肩ごしにのぞくと、それは古い旅行記で、あるページが参照のために折ってあった。

「『ヴードゥー教が――』」ブラウン神父は声に出して読みはじめた。

「何ですって？」プーリー卿が聞き返した。

「『ヴードゥー教が――』」と読み手はまるで楽しんでいるように繰り返した。「『ジャマイカ本土以外で広く組織された形態は一つしかなく、それは〝猿〟または〝銅鑼《どら》の神〟の名で知られている。この宗教は南北アメリカ大陸の多くの土地で、特に混血の人間――多くは白人と見た目がまったく変わらない――の間に強い勢力を誇っている。悪魔崇拝や人身御供《ごくう》の他の多くの形態とは異なり、かれらは祭壇で儀式にのっとって血を流すのではなく、群衆の中で、一種の暗殺によって血を流す。耳を聾《ろう》する大音響で銅鑼が打ち鳴らされると共に、神殿の扉が開いて猿神が姿を現わし、会衆のほとんどは陶酔した目を神に釘づけにする。だが、その後――』」

部屋の扉が大きく開いて、洒落た服装《なり》をしたあの黒人が戸口にあらわれた。目玉をぎょろつかせて、今も人を馬鹿にしたようにシルクハットを斜めにかぶっていた。「ふん！」

と男は猿のような歯を剝き出して言った。「何だってんだ？　え？　おい！　黒人紳士の賞金を横取りしようってのか――賞金はとうにこっちのものだ――あの白いイタ公の屑野《くずや》郎《ろう》を助けてやったつもりか――」

「延期しただけです」と貴人は静かに言った。「一、二分したら、そちらへ説明に参ります」

「そういうおまえは、一体――」ニガー・ネッドは怒鳴って、暴れださんばかりだった。

「わたしの名はプーリーだ」相手は立派な冷静さで応じた。「この試合の実行委員長をしている。今すぐこの部屋から出て行くことを君に忠告する」

「こっちの男は誰だ？」黒い肌のチャンピオンは神父を軽蔑《みくだ》すように指さして、たずねた。

「わたしはブラウンと申します」というのが返事だった。「わたしとしては、今すぐこの国から出て行かれることを忠告します」

懸賞ボクサーは数秒間、その場に立って睨《にら》みつけていたが、フランボーやほかの者にはやや意外だったことに、大股に外へ出ると、ドアをバタンと閉めて立ち去った。

「ところで」ブラウン神父は埃をかぶった髪の毛を撫で上げて、言った。「レオナルド・ダ・ヴィンチをどう思いますか？　素晴らしいイタリア人の頭は」

「いいですか」とプーリー卿は言った。「わたしはあなたの言葉ひとつを信じて、少なからぬ責任を負ったんです。もっと詳しく説明していただかねばなりませんな」

「ごもっともです、閣下」とブラウンは答えた。「それに、お話ししても長くはかかりません」彼は小さな革の本を外套のポケットにしまった。「この本に書いてあることは、我々の知っていることばかりだと思いますが、わたしが正しいかどうかを確かめるには、これを御覧になるとよろしい。たった今、ふんぞり返って出て行ったあの黒人は、地上でもっとも危険な男の一人なのです。なぜなら、ヨーロッパ人の頭脳と人食い人種の本能を持っているからです。あの男は、仲間の野蛮人の間では汚《けが》れのない常識的な虐殺であったものを、いとも現代的で科学的な暗殺者の秘密結社に変えてしまいました。それをわたしが知っていることをあいつは知りませんし、さらに言えば、それをわたしが証明できないことも知りません」

沈黙があって、小男はまた語り続けた。

「ですが、もしもわたしが誰かを殺したいと思ったら、その男と二人きりになるのが、本当に最善の策でしょうか？」

小柄な聖職者を見ているプーリー卿の瞳に、冷ややかな輝きが戻った。「誰かを本当に殺したいと思うなら、そうすることをお勧めしますな」

ブラウン神父は、経験豊富な殺人者のように首をふった。「フランボーもそう言いました」とため息まじりにこたえた。「でも、考えてみてください。人は寂しいと感じれば感じるほど、一人きりであるかどうかに自信が持てなくなるんです。寂しいということは、まわりに空っぽの空間があるということで、そうなれば、自分は丸見えです。一人きりで畑を耕している農夫を丘の上から見下ろしたり、一人きりの羊飼いを谷間から見上げたりしたことはありませんか？　崖っ縁《ぶち》を歩いていて、砂浜を歩く一人の男を見たことはありませんか？　その男が蟹を殺しても気づいたでしょうし、そいつが借金取りであるかどうかも、わかったんじゃありませんか？　だめですよ！　断じてだめです！　知性のある殺人者にとっては——あなたやわたしも、もしかすると、そういう人殺しになるかもしれませんが——誰にも見られずにいるなんてことは、不可能な計画です」

「だったら、ほかにどんな策がありますか？」

「一つだけあります」と神父は言った。「みんなが何かほかのものを見ているように仕向けるんです。ある男が、エプソムの大きな観覧席のそばで首を絞められます。観覧席が空だったら、誰でもそれを見たでしょう——生垣の下の浮浪者でも、丘を自動車で走る人間でもね。しかし、観覧席が満員で、場内がどよめいていて、人気馬が先頭を走って来たら——いや、先頭でなくても——誰もそれを見なかったでしょう。ネクタイを一ひねりして、死体を扉の蔭に突っ込むくらいのことは、一瞬でできます——ただし、その一瞬でなければいけません。もちろん」と神父はフランボーの方をふり向いて、語り続けた。「楽団のステージの下にいた気の毒な男も同じだった。演《だ》し物が劇的に盛り上がって、誰か有名なヴァイオリニストか有名な歌手が、第一声を発するか、クライマックスに達するかした時、あの穴（あれは偶然開いた穴じゃなかった）から落とされたんだ。むろん、ここでもそうだよ。ノックアウトの一撃が繰り出された時——やられるのは一人ではなかっただろう。ニガー・ネッドが銅鑼の神から借用した、ささやかなトリックだよ」

「ところで、マルヴォーリは――」プーリー卿が言いかけた。

「マルヴォーリは」と神父は言った。「これには無関係です。たぶん、あの男にはイタリア人の仲間がついているでしょうが、我々の素敵なお友達はイタリア人ではありません。黒人の血が八分の一混ざっている連中や、アフリカ人との混血児で、肌の色もさまざまです。しかし、我々イギリス人は、色が黒くて薄汚なければ、すべての外国人を同じように考えてしまいがちです。それに」と彼はにっこり微笑んでつけ加えた。「どうもイギリス人は、わたしの宗旨が生んだ道徳性と、ヴードゥー教から花開いた道徳性との間に、はっきりした区別をつけたがらないようですね」

*　*　*　*

シーウッドに春の季節の輝きがあふれて、渚《なぎさ》のあちこちに家族連れや移動更衣室、それに、さすらいの説教師や黒ん坊芸人《ニガー・ミンストレル》[9]が現われたが、ブラウン神父とフランボーがこの地をふたたび訪れたのはもっとあとのことで、あの奇妙な秘密結社を追いかける大騒動は、まだまだ鎮まってはいなかった。一味の目的が何だったかという謎の手がかりは、かれらと共にあらかた消えてしまった。ホテルの男は、死体となって海藻のように海を漂っている

9　白人が顔を黒く塗り、黒人をコミカルに演じたミンストレル・ショーと呼ばれるアメリカ発の演芸は、十九世紀半ばにはイギリスに伝わり、人気を博した。黒人のみの一座もあった。

のを発見された。右目は安らかに閉じていたが、左目は大きく開き、月光を浴びてガラスのように光っていた。ニガー・ネッドは一、二マイル離れた場所で追いつかれたが、左の拳骨で警官を三人殴り殺した。残ったもう一人の警官が腰を抜かして――いや、悲しんでいるうちに――黒人は逃亡した。しかし、この一件をきっかけにしてイギリス中の新聞に一斉《いっせい》に火がつき、その後一、二カ月の間、大英帝国のもっとも重大な目的は、このめかし屋の黒ん坊をイギリスのいかなる港からも逃亡させないことだった。少しでも人相が似ている者は異例の尋問を受け、白い肌はドーランを塗った仮面ではないかといわんばかりに、乗船前に顔をゴシゴシこすられた。イギリスにいるすべての黒人が、特別な規則によって届け出を命じられた。港を出る船舶が黒ん坊を乗せられないことは、バシリスク[10]を乗せられないのと同様だった。それというのも、この野蛮な秘密結社の力がいかに恐ろしく、巨大で、隠秘なものであるかを人々が知ってしまったからであり、フランボーとブラウン神父がこの四月、遊歩道の手摺りに凭れていた頃には、[11]〝黒い男〟という言葉が、イングランドでも、昔スコットランドで意味したのと同じことを意味するようになった。

「あいつはまだイギリスにいるに違いないな」とフランボーは言った。「しかも、おそろしくうまく隠れているんでしょう。顔を白く塗ったくらいじゃ、港で見破られたでしょうからね」

「いいかね。あいつは本当に利口な男なんだよ」ブラウン神父は申し訳なさそうに言った。「顔を白く塗ったりはしないと思うね」

「じゃあ、どうするって言うんです？」

「思うに」とブラウン神父は言った。「顔を黒く塗るだろうよ」

フランボーはじっと手摺りに凭れたまま、笑って言った。「まったく、あなたって人は！」

ブラウン神父もじっと手摺りに凭れたまま、一本の指をほんの一瞬動かして、とある方《かた》を示した。そこには、顔に煤を塗ったような黒ん坊たちが砂浜で歌をうたっていた。

10　ヨーロッパで信じられた、アフリカの砂漠を住処とする想像上の蛇の怪物。
11　「悪魔」の意味。西欧では、古来悪魔は色の黒い人間として物語や絵に登場した。

クレイ大佐のサラダ

THE SALAD OF COLONEL CRAY

霧がしだいに晴れかかった白い無気味な朝——光そのものが何か神秘な目新しいものに思われるそんな朝、ブラウン神父はミサから歩いて帰るところだった。まばらな木々が靄の中からだんだんと輪郭《りんかく》を浮き上がらせて、最初は薄墨色のチョークで、そのあとは木炭で描いたかのようだった。寂しい町外れには、木よりもまばらに家々が現われ、その輪郭もはっきりして来た。やがてちょっとした知り合いの住んでいるたくさんの家が見分けられた。持主の名前を知っている家はもっとたくさんあった。しかし、窓や扉はすべてぴったりと閉ざされていた。この界隈の人々はこんな時間に起きてはいないし、ましてや神父のような用事で出歩いてはいなかった。ところが、ベランダと数寄《すき》を凝《こ》らした広い庭がある瀟洒《しょうしゃ》な家の蔭を通りかかった時、神父は物音を聞いて、ほとんど自動的に立ちどまった。それは紛《まぎ》れもなくピストルか、カービン銃か、何か小さな火器の発射音だったが、神父が一番不可解に思ったのは、その音ではなかった。最初の大きな音の直後に、もっと微かな音が立て続けに——神父が数えたところでは、六回ほど聞こえたのだ。反響だろうと思ったけれども、妙なことに、その反響は元の音に少しも似ていなかった。考えつく他の如何《いか》なる音にも似ていなかった。それにもっとも近い音を三つ挙げるとすれば、ソーダ水のサイフォンの音と、ある動物が発するさまざまな音のうちの一つと、笑いを堪《こら》えようとする人間が発する音だった。そのうちのどれだとしても、あまり筋が通らないようだった。

ブラウン神父は二人の人間から出来上がっていた。一人は行動の人で、桜草のようにつつましく、時計のように几帳面だった。決まりきった日々のささやかな義務《つとめ》を果たし、それを変更しようなどとは夢にも思わなかった。もう一人は思索の人で、こちらはずっと単純だが、ずっと強く、容易に抑えることが出来なかった。その思想はつねに、（この言葉の唯一の知的な意味に於ける）自由思想だった。無意識のうちにも、問うべき疑問があればすべて自らに問いかけ、出来る限り多くの問いに答えずにはいられなかった。そうしたことが、彼にとっては、息をしたり血がめぐったりするのと同様に行われたのである。しかし、彼はことさらに自分の責務の範囲外で行動することはけしてなかった。そして今この場合には、二つの態度が然るべく天秤《てんびん》にかけられたのである。神父は、これは自分の仕事ではないと思い、薄明の中でふたたび歩きだそうとしたが、あの奇妙な音が意味し得ることについて、本能的に二十もの仮説を編んだりほぐしたりしていた。やがて灰色の地平線が銀色に明るみ、広がる光の中で、神父は以前この家を訪ねたことを思い出した。家の持主はパトナムというインド帰りの陸軍少佐だった。少佐はマルタ島で生まれた現地人のコックを雇っていて、そのコックは神父の教会の信徒だった。それに、ピストルを撃つというのは時として大事《おおごと》であり、自分が正当な権限をもって関わる事態を引き起こしかねない。神父はそのことに思いを致すと、引き返して庭の門から中に入り、正面玄関の方へ歩いて行った。

この家は片方の側のちょうど真ん中辺に、天井のうんと低い納屋のようなものが突き出していた。あとでわかったが、大きなごみ箱だった。その向こうから、一つの人影が現われた。朝靄の中で初めはただの影としか見えず、腰をかがめて周囲《あたり》を窺《うかが》っているらしかった。やがて近くへやって来ると、姿がしっかりと見えて来たが、それは随分しっかりした人影だった。パトナム少佐は頭の禿げた猪首《いくび》の男で、背は低く、肩幅が広く、卒中でも起こしそうな赤ら顔をしていた。東洋の風土に西洋の贅沢を持ち込もうと長いこと試みていると、そういう赤ら顔になるのである。しかし、その顔は機嫌が良さそうで、今は何事かと訝《いぶか》しんでいるようすだったが、それでも一種の無邪気な笑みを浮かべていた。大きな椰子の葉の帽子を阿弥陀《あみだ》にかぶっていたが（その帽子は顔にまるで似つかわしくない後光を連想させた）、そのほかにはたいそう派手派手しい緋色と黄色の縞のパジャマを着ているだけだった。そのパジャマは見た目には燃えるような色だが、涼しい朝に着るには、かなり寒かったに違いない。彼は大慌てで家から飛び出して来たようだった。挨拶も抜きに「今の音を聞きましたか？」と大声で話しかけたが、神父は驚かなかった。

「ええ」とブラウン神父は答えた。「何か困ったことでもあるといけませんから、覗いてみようと思ったんです」

少佐は上機嫌な酸塊《すぐり》のような目で、少し不審そうに神父を見た。「何の音だったと思います？」

「銃か何かのように聞こえました」と相手は躊躇いがちに言った。「しかし、妙な反響がしたようでした」

少佐は静かに、しかし目を瞠《みは》って、なおも神父を見ていた。その時、正面の扉が勢い良く開いて、薄れゆく朝靄の面《おもて》にガス灯の光があふれ出し、パジャマ姿のもう一人の人物が、飛びはねるか転げ込むようにして庭へ出て来た。少佐よりもずっと長身で、ほっそりしていて、運動家タイプだった。パジャマはやはり南国風だったが、白地に淡いレモン色の縞模様で、いくらか趣味が良かった。その男ははげっそりと痩せていたけれども、二枚目で、少佐より日焼けしていた。鷲のような横顔で、目は少し落ち窪《くぼ》んでおり、漆黒の髪とそれよりもずっと色の薄い口髭の取り合わせが、どことなく妙な感じを与えた。こうしたことを、ブラウン神父はあとでゆっくり観察したのである。その時は一つのものしか目に入らなかった。男が手に持っている回転式拳銃だった。

「クレイ！」少佐がその男を睨《にら》みつけて、叫んだ。「君が撃ったのか？」

「ああ、そうだとも」黒髪の紳士は興奮して言った。「君だって同じことをしただろう。もし悪魔どもに追いまわされて、危うく――」

少佐は少し慌てたように相手の言葉を遮《さえぎ》った。「この人は友人のブラウン神父だ」と言ってから、ブラウンに向かって、「お会いになったかどうか知りませんが、英国砲兵隊のクレイ大佐です」

「もちろん、お噂は耳にしております」と神父は無邪気に言った。「あなたは――何かを撃たれたのですか？」

「そう思ったんですが」クレイは重々しく答えた。

「そいつは――」パトナム少佐が声を落として訊いた。「そいつは倒れるとか、叫ぶとか、したかね？」

クレイ大佐はこの家の主人を奇妙な目でじっと見つめた。「何をしたか、正確に教えてやろう。くしゃみをしたんだ」

ブラウン神父の手が、誰かの名前を思い出したように、頭の方へ持ち上がった。ソーダ水でも犬の鼻息でもない音の正体が、やっとわかったからだ。

「いやはや」少佐は目を丸くして声を上げた。「軍隊の拳銃を向けられて、くしゃみをするなんて話は初耳だな」

「わたしもです」とブラウン神父は曖昧《あいまい》に言った。「大砲を向けなくて幸いでしたね。相手は悪い風邪を引いたかもしれません」それから、当惑したように少し口ごもって、言った。「泥棒だったんですか？」

「中へ入りましょう」パトナム少佐は少しぶっきらぼうにそう言うと、家へ案内した。

家の中は、朝のこうした時間によく見られる矛盾を呈していた。部屋が外の空よりも明るく見えたのである。少佐が玄関広間に一つだけ点《つ》いていたガス灯を消しても、やはりそうだった。ブラウン神父は、食卓にお祝いの御馳走をするような用意ができているのを見て、驚いた。ナプキンはリングに納まり、それぞれの皿のわきに、六種類ほどの無意味な形をしたワイングラスが置いてあった。朝のこの時間、前日の宴会の残骸があるのは普通だが、こんなに早くから新たな宴の準備がしてあるのは尋常ではなかった。

神父が玄関の広間に立ってぐずぐずしていると、パトナム少佐が大急ぎでわきをすり抜け、怒りに燃える目で長方形のテーブル・クロスを隅から隅まで見やった。しまいに、早口でまくし立てた。「銀の食器がすっかりなくなっている！」少佐は喘いだ。「魚用のナイフもフォークもない。古い薬味入れもない。古い銀のクリーム入れまで、どこかへ行っちまったぞ。ブラウン神父、泥棒だったのかというあなたの問いに、これでお答えできます」

「そんなのはただの目くらましだ」とクレイは頑なに言った。「僕の方が良く知ってるぞ、この家が狙われるわけを。僕の方が良く知っている、なぜ――」

少佐は病気の子供をなだめるような仕草で、クレイの肩を叩いて、言った。「泥棒だよ。どう見ても泥棒だ」

「悪い風邪を引いた泥棒です」ブラウン神父が言った。「それが近所を捜す手がかりになるかもしれません」

少佐は陰気に首をふって、言った。「今頃はもう、捜しても見つからないほど遠くへ行ってしまったでしょうよ」

やがて、落ち着きのない男は拳銃を持って、庭へ出る戸口にふたたび向かって行った。

少佐はかすれた声で、内緒話をするように言い添えた。「警察を呼ぶべきかどうか迷ってるんです。わたしの友人はむやみと銃弾をぶっ放すので、法に触れてはいないかと心配でね。彼はひどく野蛮な土地に暮らしていましたし、はっきり言うと、時々妙な空想をするようなんです」

「たしか、以前にもうかがいました」とブラウンは言った。「大佐はインドの秘密結社につけ狙われていると思い込んでおられるとか」

パトナム少佐はうなずいたが、同時に肩をすくめた。「わたしたちも外へ出た方が良さそうだ。これ以上――その、くしゃみは御免こうむりたいですからな」

外へ出ると、朝の光はもう陽の色にうっすら染まっていて、クレイ大佐が長身を二つに折り、砂利と芝生の状態を丹念に調べていた。少佐はさりげなくそちらへ歩いて行ったが、一方、神父は同じくらい大儀そうに向きを変えて、家の角を曲がり、例の突き出したごみ箱の一、二ヤード手前へやって来た。

神父は立ちどまって、この陰気な物体を一分半ばかりながめていた。それから近寄って蓋を開け、頭を中に突っ込んだ。埃や何かの白っぽいものが舞い上がったけれども、ブラウン神父はほかのことには気がついても、自分の外見は気にしない人だった。何か神秘的な祈りでも捧げているかのように、かなり長い間そのままの格好でいたが、やがて、灰のかかった頭を引っ込めると、平然と歩き去った。

庭の門まで戻って来た頃には、陽光が靄を追い払ったように、病的な雰囲気を追い払ってくれそうな人々が集まっていた。かれらはけして合理的な安心感を与えるのではなくて、ディケンズの小説の登場人物が寄り集まったように、ただただ滑稽だったのである。パトナム少佐はいつのまにか家に入り、ちゃんとしたシャツとズボンに着替えて、真っ赤な腰帯を締め、角ばった薄手の上着を羽織っていた。こういうふつうの身形をしていると、彼の赤らんだ陽気な顔は、平凡な誠実さに溢れているように見えた。彼はじつに力強く自分の考えを述べていたが、この時の話相手はコックだった——コックはマルタ島出身の、色の浅黒い男で、痩せて黄ばんだ、少し気疲れしたような顔が、雪のように白い帽子や服と妙に対照的だった。コックが気疲れしていたのも無理はない。少佐は料理が道楽だったからである。彼は何でも玄人《くろうと》より良く知っている素人の一人だった。その彼がオムレツの批評家として自分のほかに認めるのは、友人のクレイただ一人だった——ブラウンはそれを思い出して、もう一人の軍人の方をふり返った。陽光が射し、人々が服を着て正気でいるところで見ると、クレイの姿はいささか衝撃的だった。少佐よりも長身で優雅なこの男は、寝巻のまま黒髪をくしゃくしゃにかき乱して、今は両手と両膝を地面について庭を這いまわり、泥棒の痕跡を探しつづけていた。そして時々、泥棒が見つからないのに腹を立てて、地面を片手で叩いているようだった。こうして草の中で四つん這いになっている姿を見ると、神父も少し悲しげに眉を上げた。そしてあの「空想をする」という言葉は婉曲《えんきょく》表現だったのかもしれない、と初めて思った。

コックと美食家のグループにいた第三の人物も、ブラウン神父は知っていた。少佐の被後見人で家政婦のオードリー・ワトソンである。前掛けをして腕をまくり、断固たる態度を取っているところからすると、今この瞬間は被後見人というよりも、家政婦であるらしかった。

「自業自得ですよ」と彼女は言っていた。「あんな古臭い薬味入れを使うのはおよしなさいと、いつも言ってるじゃありませんか」

「あれが好きなんだ」パトナムは大人しく言った。「わたし自身が古臭い人間だからね。それに、ほかの食器と釣り合うからね」

「そろって消えてしまったんじゃ、世話はないわ」と彼女は言い返した。「あなたが泥棒のことを心配なさらないなら、わたしもお昼御飯のことを心配しませんけどね。今日は日曜ですから、町へお酢や何かを買いにやることはできません。ところが、あなた方インド帰りの紳士方は、御馳走というと、辛い物がたっぷりなければいけないんですから。こんなことなら、わたしを音楽付きの礼拝に連れて行ってくれなんて、従兄のオリヴァーに頼んでくださらなければ良かったのに。礼拝は十二時半まで終わらないし、大佐はその頃には出発しなきゃならないんです。殿方だけで何とかできるとは、とても思えませんわ」

「いや、大丈夫だよ」少佐は相手をたいそう優しく見ながら、言った。「マルコがソースを一通り持っているし、君ももうわかってるだろうが、我々はひどく不便な場所でも、たいてい自分たちで上手くやって来たんだ。それに、君もそろそろ息抜きをして良い頃だよ、オードリー。四六時中、家政婦でいてはいけない。音楽を聞きたいのも知っているよ」

「わたしは教会へ行きたいんです」彼女は少し険《けわ》しい目をして言った。

彼女は幾歳《いくつ》になっても美人でいるタイプの美人だったが、その理由は、美しさが雰囲気や色合いにではなく、頭の格好や目鼻立ちそのものにあるからだった。しかし、まだ中年にはなっていないし、鳶色の髪は形も色もティツィアーノ[1]の絵のごとく豊かなのに、口や目元には、風がついにはギリシア神殿の角を磨り減《す》らすように、悲しみに磨り減ったようなところがあった。彼女が今こんなにもきっぱりと語っているささやかな家事の問題は、悲劇的というよりも喜劇的であった。ブラウン神父は会話の流れから、次のような事情を察した。もう一人の美食家《グルメ》クレイはふだんの昼食時よりも早く帰らねばならない。しかし、主人のパトナムは旧友と最後の御馳走を食べなければ気が済まず、特別製の昼食《デジュネ》を用意させて、オードリーたち真面目な者が朝の礼拝に出かけているうちに、食べてしまおうと算《さん》段《だん》したのだった。オードリーは親類で古い友人でもあるオリヴァー・オーマン博士に付き添われて、教会へ行く予定だった。オーマン博士は少し皮肉屋の、科学に通じた男だったが、音楽が大好きで、そのためなら教会にも出かけて行くのだった。こうしたことには、ワトソン嬢の顔に刻まれた悲劇と関わりのありそうなものは、一つも見当たらなかった。それでブラウン神父は半ば無意識の直感によって、草の中を探しまわっている狂人めいた男の方をもう一度ふり返った。

そちらへゆっくり近づいて行くと、ボサボサの黒い頭がいきなり持ち上がった。神父がまだそこにいるのに驚いているような素振りだった。実際、ブラウン神父は彼だけが知っ

1　十六世紀に活躍したイタリアのヴェネチア派画家。

ている理由があって、礼儀として求められる以上に——あるいは常識からして許される以上に、長居していたのである。

「ふん！」とクレイが荒々しい目つきで、言った。「あなたもほかの連中みたいに、僕を気狂いだと思ってるんだろうな」

「その問題を考えてみましたが」小柄な男は落ち着いて答えた。「そうではないという考えに傾いています」

「どういう意味だ？」クレイは乱暴に怒鳴った。

「真の狂人は」とブラウン神父は説明した。「つねに自分の病気を自分で煽《あお》るものです。けっしてそれと闘おうとはしません。ところが、あなたは泥棒の手がかりを見つけようとしておられる——たとえ、それが存在しなくとも、です。あなたは必死に闘っておられる。狂人がけして求めないものを求めていらっしゃる」

「それは何なんだね？」

「自分の間違いを証明しようとしておられるのですよ」とブラウンは言った。

神父がこの最後の言葉を言っているうちに、クレイは跳びはねるか、よろけるようにして立ち上がり、興奮した目つきで聖職者をじっと見ていた。「畜生め、だが、その通りだ！　ここの連中はみんな、僕にこう言うんだ。あいつは銀器を狙っただけだと——まるで、僕がそう思いたくないみたいに！　あの女まで、がみがみ言いやがった」彼はそう言って、くしゃくしゃの黒い頭をオードリーの方へ向けたが、そうしなくても聞き手にはわかっていた。「彼女は今日も僕を散々なじった。無害な押し込み強盗を撃つなんて残酷だ、あなたは無害な土人に対して悪魔の心を持っている、とね。だが、僕だって以前は気立ての良い男だったんだ――パトナムと同じくらい気立ての良い男だった」

一息ついて、クレイは話を続けた。「あなたには初めてお目にかかるが、話を全部聞いてから判断すると良い。パトナムと僕は同じ釜の飯を食った仲間だったが、アフガン国境で事件があったために、僕は普通の人間よりもだいぶ早く連隊をまかされた。だが、我々は二人とも、傷病兵として一時国へ帰った。僕は現地でオードリーと婚約していたので、みんな一緒に帰国の途についたんだ。ところが、帰る途中、いろいろなことが起きた。奇妙なことがね。その結果、パトナムは婚約の解消を望んでいて、オードリーまで結婚の話を有耶無耶《うやむや》にしている――連中が僕をどう思っているかは知っている。あなたにもおわかりだろう。

何が起こったかというと、こういうことだ。インドのとある街にいた最後の日に、僕はトリチノポリ葉巻が買えないかとパトナムに訊いてみた。あいつは自分の宿の向かいの小さな店を教えてくれた。あいつの言ったことは正しかったのが後になってわかったけれども、まともな一軒家の向かいにぼろ屋が五、六軒並んでいるような場合には、〝向かい〟というのは危なっかしい言葉だ。僕はどうやら入口を間違えてしまったらしい。扉は何とか開いたが、中は真っ暗闇だった。ところが、引き返そうとすると、うしろの扉がすうっと動いて、無数の閂《かんぬき》がかかるような音がして、ぴったりと閉まった。これでは、前へ歩いて行くしかなかった。それで、僕は真っ暗な通路を次々と通り抜けて行った。やがて階段があり、その先には鎧戸があって、東洋式の手の込んだ鉄細工の掛け金がかかっていた。掛け金のあることは手探りでやっとわかったんだが、しまいには、それを何とか外すことができた。その向こうも暗かったが、足下に小さいランプがたくさんあって、火が揺れずにともっていたので、緑色の薄明かりがさしていた。その明かりで見えるのは、何か巨大で空っぽな建造物の足元か縁だけだった。僕のすぐ目の前には、山のようなものがあった。じつを言うと、それが偶像であることに気づいた時は、立っていた大きな石段の上で転びそうになったよ。しかも、何より恐ろしいのは、偶像がこちらに背を向けていたことだ。

こいつは半分も人間の形をしていないな、と僕は思った。小さな四角い頭からしてもそうだし、おまけに、尻尾だか余分の脚だかが、気味悪い巨大な指みたいにうしろからニョッキリ生えていて、大きな石の背中の真ん中に彫られた何かの象徴《しるし》を指《さ》していたんだ。僕は薄明かりの中でその象形文字を読み解こうとした。恐ろしかったが、その時、もっと恐ろしいことが起こった。背後のお堂の壁の扉が音もなく開いて、茶色い顔の、黒衣をまとった男が現われたんだ。銅色の肌に象牙のような歯をした顔には、刻みつけたような微笑が浮かんでいた。しかし、僕の思うに何よりも一番不快だったのは、そいつがヨーロッパ人の服装をしていることだった。白い布を巻きつけた坊さんや裸の行者なら、驚いたりしなかったと思う。しかし、こいつの格好は、まるで悪魔の業《わざ》が世界中に蔓延《はびこ》っているようだった。事実、その通りであることがわかったんだが。

「おまえが〝猿の足〟だけを見たのなら」男は笑みを浮かべたまま、前置きもなしに言った。「我々はたいそう優しくしたろう——おまえは拷問を受けて死ぬだけであったろう。〝猿の顔〟だけを見たのなら、やはり我々はたいそう手緩《てゆる》く、寛大であったろう——おまえは拷問を受けるだけで、生き永らえたろう。だが、〝猿の尾〟を見てしまったからには、極刑を申し渡さねばならない。すなわち——〝釈放〟だ」

男がそう言うと、さいぜん僕が苦労して外した、あの面倒くさい鉄の掛け金がひとりでに外れる音がした。やがて、僕が通って来た暗い通路のずっと向こうから、通りに面した重い扉の閂が外れる音がしたんだ。

「慈悲を乞うても無駄だ。おまえは釈放されねばならない」笑みを浮かべた男はそう言った。「今より後《のち》は、一条《ひとすじ》の髪の毛が剣のようにおまえを殺し、一つの吐息が毒蛇のようにおまえを噛むであろう。武器がどこからともなく現われておまえを襲い、おまえは幾度《いくたび》も死ぬのだ」そう言うと、男の姿はふたたびうしろの壁に呑み込まれ、僕は表の通りに出た」

クレイはふと言葉を切った。ブラウン神父は平然と芝生に腰を下ろし、雛菊《ひなぎく》を摘みはじめた。

やがて、軍人はまた話を続けた。「無論、パトナムはお目出度い常識家だから、僕の心配を笑い飛ばし、それ以来、僕の精神状態を疑いはじめたんだ。さて、それから起こった三つのことを手短に言って聞かせよう。我々のどちらが正しいか、判断してもらいたい。

最初の出来事はジャングルの外れにあるインドの村で起こったが、そこは僕が呪いをかけられた神殿や、街や、種族や風習からは、何百マイルも離れたところだった。僕は真っ暗な夜中に目を醒まして、特別何を考えるともなしに寝ていたが、ふと、糸か髪の毛のような、微かなチクチクするものが喉を横切るのを感じた。僕はハッと首を引っ込め、あの神殿で言われた言葉を思い出さずにはいられなかった。しかし、起きて明かりと鏡を持って来ると、僕の首を横切っていたのは一条の血の痕だった。

二つ目の出来事はそれよりもあとに、みんなで帰国する途中、ポート・サイド[2]の宿で起こった。そこは宿屋と骨董屋を一緒くたにしたようなところだった。あの〝猿〟の崇拝を少しでも思わせるようなものはなかったが、場所柄、猿の像や護符くらいはあったかもしれない。とにかく、呪いはそこにあったんだ。僕はまたしても暗い中で目を醒ましたんだが、その時の感覚を言い表わすには、吐息が毒蛇のように嚙みついた、とでも言ったら、一番冷静で適確な表現だろう。生きていることが断末魔の苦しみだった。僕は頭を壁に打ちつけ、しまいには窓に打ちつけて、下の庭に飛び降りるというよりも、転げ落ちた。パトナムの奴は前の出来事を偶然のかすり傷だと片づけたが、僕が夜明けに半分気を失って草の上に倒れていた事実を、真剣に考えねばならなかった。しかし、あいつが真剣に考えたのは僕の精神状態であって、僕の話ではなかったらしい。

三つ目の出来事はマルタ島で起こった。我々はそこの要塞にいて、寝室がたまたま広い海に面していた。海はほとんど窓の下に迫っていて、海のようにまっさらな、平らな白い外壁に隔てられているだけだった。僕はまた夜中に目を醒ましたが、真っ暗ではなかった。窓辺に行くと、空に満月が出ていた。まっさらな胸壁に鳥がとまっていても、水平線に船が浮かんでいても見えただろう。だが、僕が見たのは棒か枝のようなもので、クルクルと回転しながら何もない宙に浮いていた。そいつは窓へ一直線に飛び込んで来て、ついさっきまで寝ていたベッドの枕の横のランプを粉微塵《こなみじん》に割った。それは東洋のどこかの部族が戦《いくさ》に使う、妙な格好の棍棒だった。だが、人の手が投げたものではなかった」

ブラウン神父は編んでいた雛菊の冠を投げ捨て、せつなそうな目をして立ち上がった。

「パトナム少佐は手がかりになりそうな東洋の骨董品とか、偶像とか、武器をお持ちでしょうか？」

「山程持ってるよ。あまり役には立たないだろうがね」とクレイはこたえた。「でも、ともかく書斎へ行ってみよう」

二人が家に入ると、教会へ行くために手袋のボタンを嵌めているワトソン嬢とすれ違った。下の階からは、今もコックに料理の講釈をしているパトナムの声が聞こえて来た。少佐の書斎兼骨董品置場へ行くと、思いがけぬ第三者がいた。シルクハットをかぶり、出かける服装《かっこう》をしたその男は、喫煙用テーブルの上に開いてある本を見ていた――その本を、何やらうしろめたそうに置いて、ふり返った。

2　エジプト北東部、スエズ運河の地中海側の港市。

クレイはその人物をオーマン博士だとまずは慇懃《いんぎん》に紹介したが、顔にありありと嫌悪の色が浮かんでいたので、この二人は、オードリーが気づいているかどうかはともかく、恋敵なのだろうとブラウンは察した。それに神父は、大佐の偏見にまったく共感しないでもなかった。オーマン博士はたいそう立派な身形をした紳士で、アジア人かと思われるほど肌の色が濃かったが、整った顔立ちだった。しかし、ブラウン神父は、尖った顎鬚を油で固め、小さい手に手袋を嵌め、完璧なつくり声で話す連中のことも愛さねばならないのだと、自分に強く言い聞かせる必要があった。

クレイは、オーマンが黒い手袋を嵌めた手に持っている小さな祈禱書に、ことさら苛立たしいものを感じているようだった。「君がそういうものを好きとは知らなかったね」彼は不作法にそう言った。

オーマンは軽く笑ったが、腹を立てる気色《けしき》はなかった。「そりゃあ、こっちの方が性に合ってるよ」と言って、さっきまで見ていた大きな本に手を置いた。「薬品類の事典です。しかし、大きすぎて教会へは持って行かれないからね」それから、その大きな本を閉じたが、慌てたような、ばつの悪そうなようすがこの時も少し見えた。

「ところで」話題を変えたかったらしい神父が言った。「ここにある槍や何かは、みんなインドから持って来たものですか？」

「世界各地からです」と博士が答えた。「パトナムは長年兵隊をやっていましたから、わたしの知っているだけでも、メキシコと、オーストラリアと、〝人食い島[3]〟へ行っています」

「〝人食い島〟で料理術を学んだのでなければいいですがね」ブラウン神父はそう言って、壁にかかったシチュー鍋などの珍しい道具に目を走らせた。

その時、話題の主がニコニコと笑いながら、海老のように赤い顔を部屋の中に突き出した。「さあ、来たまえ、クレイ」とパトナムは言った。「お昼御飯が来たところだ。それに、鐘が鳴っているぞ。教会へ行きたい者は行くがいい」

　クレイは着替えをしにそそくさと二階へ上がった。オーマン博士とワトソン嬢は教会へ行く人の列に混じって、おごそかに通りを歩いて行った。しかし、ブラウン神父は、博士が二度もふり返って家をとっくりとながめ、そればかりか道の角まで引き返して来て、また家を見たことに気づいた。

　神父は訝しげな顔をした。「彼がごみ箱のところにいたはずはない」とつぶやいた。「あの服装じゃ無理だろう。それとも、今朝早くからここにいたんだろうか？」

　ブラウン神父は他人と接する時、気圧計のように敏感だったが、今日は犀《さい》と同じくらい鈍感なようだった。厳格な掟にしろ、暗黙の掟にしろ、社交のしきたりからすれば、インド帰りの友人同士が昼食をとるこの席に、彼が居残っていて良いはずはなかった。しかし、神父は面白いが無用の話を滔々《とうとう》としゃべり立てて、自分の立場をごまかしながら、いつま

3　かつてのフィジーの俗称。

でも居坐った。昼食は欲しくなさそうなので、彼がそこにいることはなおさら不可解だった。絶妙な味つけのケジャリー[4]やカレーが、それぞれに合う年代物の葡萄酒と共に、二人の前に次々と並べられたが、神父はその都度《つど》、今日は断食日なのだと繰り返すばかりで、パンを齧り、タンブラーの冷水を一口すると、あとはもう飲まなかった。しかし、彼の話はあふれんばかりに続いた。

「お二人に、してさしあげたいことがあります」と神父は大声で言った。「サラダをつくってさしあげましょう！　わたしは食べられませんが、天使のように上手につくって御覧に入れますよ！　あそこにレタスがありますね」

「残念ながら、それ以外の物はありませんよ」と機嫌の良い少佐が答えた。「お忘れになっては困るが、辛子や酢や油は、薬味入れと泥棒と一緒に消えてしまいましたからな」

「知っています」ブラウン神父はどこか曖昧に言った。「わたしはいつも、そういうことがありはしないかと心配しております。ですから、いつも薬味入れを持ち歩いているんですよ。それほどサラダが好きでしてね」

そう言うと、チョッキのポケットから胡椒入れを出し、テーブルに置いたので、二人の男は唖然《あぜん》とした。

「強盗は、どうしてまた辛子まで欲しがったんでしょう」神父はもうひとつのポケットから辛子壺を取り出しながら、言った。「たぶん、芥子軟膏でもつくるんでしょうな。お次は酢です」と言って、酢を出した。「そういえば、酢と茶色い紙がどうとかいう話を聞いたことがありますね。それから油は、たしか左の――」

神父のおしゃべりが一瞬とまった。視線を上げると、ほかの誰も見ていないものが見えたからである――それは陽のあたる芝生に立って、じっと部屋を覗き込んでいるオーマン博士の真っ黒い姿だった。神父の動揺がおさまらぬうちに、クレイが割って入った。

「あなたは驚いたお人だ」と彼は目を瞠って言った。「説教もこんなに面白いなら、一度聞きに行かなければいかんな」と彼は目を瞠って言った。

「薬味入れ一つとっても、色々な説教の種があります」ブラウン神父は真面目に言った。「信仰は一粒の辛子種のようだという話[5]や、油を注ぐ慈愛[6]の話をお聞きになったことはありませんか？　酢について言えば、軍人ならあの孤独な兵士の話を忘れることはできないでしょう。太陽が翳《かげ》り[7]――」

クレイ大佐はわずかに前のめりになって、テーブル・クロスを鷲づかみにした。

ブラウン神父はサラダをつくっていたが、辛子を二匙、傍らの水の入ったタンブラーに入れると、立ち上がって、これまでとは打って変わった大声でいきなり叫んだ――「これ

4　インド料理を英国風にアレンジした、カレーピラフのような米料理。
5　ルカ伝十七章六節。マタイ伝にも、小さなものが大きく成長することの喩えとして登場する。
6　ルカ伝七章三十八節～、罪深い女を赦す逸話への言及か。キリストは「油を注がれた者」の意。
7　キリスト磔刑の場面。兵卒らはイエスをののしり、酸《す》い葡萄酒を差し出した。ルカ伝二十三章ほか。

をお飲みなさい！」

と同時に、庭でじっとしていた博士が駆けて来て、乱暴に窓を開けて、叫んだ。「手を貸しましょうか？　毒を盛られたんですか？」

「危ないところでした」ブラウンはそう言って、かすかに微笑んだ。吐剤が急激に効果を発揮したからである。クレイはデッキチェアにのけぞって必死に喘いでいたが、生きていた。

パトナム少佐は紫色の顔をまだらにして、跳び上がった。「犯罪だ！」としわがれた声で叫んだ。「警察を呼んで来る！」

帽子掛けから椰子の葉の帽子を引ったくり、転げるように玄関から飛び出す音が神父の耳にとどいた。庭の門を乱暴に閉める音がした。神父はクレイを見ながら立っているだけだった。そしてしばらくの沈黙のあと、静かに言った。

「あまり多くをお話しするつもりはありませんが、あなたがお知りになりたいことを申し上げましょう。あなたには呪いなどかかっていません。あの猿神の寺は偶然の出来事か、さもなければ策略の一部です。策略というのは、ある白人の策略です。羽のようにちょっと触れただけで血が出る武器は、一つしかありません。白人が持っている剃刀《かみそり》です。ふつうの部屋を目に見えない強力な毒で満たす方法は、一つしかありません。ガスをひねることと――白人の犯罪です。それに、窓から投げると、宙で一回転して隣の窓へ戻って来る棍棒は、一種類しかありません――オーストラリアのブーメランです。少佐の書斎にいくつかありますよ」

神父はそう言うと外へ出て、博士と少し話した。その直後、オードリー・ワトソンが家に駆け込んで来て、クレイの椅子のそばに跪いた。二人が何を言い合っているのかは聞こえなかったが、二人の顔は不幸ではなく驚きのために動揺していた。博士と神父は庭の門に向かって、ゆっくりと歩きだした。

「少佐もあの女性が好きだったようですな」ブラウン神父は嘆息《ためいき》まじりに言って、相手が頷くと、こう述べた。「あなたはじつに寛容でしたね、先生。立派なことをなさいました。でも、なぜ怪しいとお思いになったんです？」

「じつに些細なことですよ」とオーマンは言った。「ですが、教会にいても落ち着かなくて、様子を見に帰って来たんです。テーブルにあったあの本は毒物に関する書物で、開いてあったページには、インドのある毒薬のことが書いてありました。致命的で死因がわかりにくいが、ごくありふれた吐剤の使用により、簡単に吐き出させることができる、とね。たぶん、彼は最後の最後にそれを読んで——」

「薬味入れに吐剤が入っていることを思い出した」とブラウン神父は言った。「その通りです。少佐は薬味入れをごみ箱に捨てました。わたしはそれを見つけたんですよ。ほかの銀器も一緒に捨てたのは、強盗の仕業《しわざ》に見せかけるためです。しかし、わたしがテーブルに置いた胡椒入れを御覧になればわかりますが、小さい穴が開いています。クレイの弾がそこに当たって、胡椒が飛び散って、犯人がくしゃみをしたんです」

沈黙があった。やがて、オーマン博士が厳しい調子で言った。「少佐はずいぶん長いこと警察を探していますね」

「ことによると、警察が少佐を探しているのかもしれませんな」と神父は言った。「では、御機嫌よう」

ジョン・ブルノワの奇妙な罪

THE STRANGE CRIME OF JOHN BOULNOIS

カルフーン・キッド氏はたいそう若い紳士だったが、たいそう老けた顔をしていた。その顔は自分自身の渇望によって干《ひ》涸《から》びてしまったようで、青黒い髪と黒い蝶ネクタイに縁取られていた。彼は『西の太陽』というアメリカの大新聞の英国特派員だった。同紙は冗談半分に「昇る夕日」とも言われるが、この呼び名は「アメリカ市民がもうひと踏ん張りすれば、太陽が西から昇るであろう」という（ほかならぬキッド氏が書いたとされる）新聞記者流の大言壮語を揶揄《からか》ったものである。しかしながら、多少成熟した伝統の上に立ってアメリカのジャーナリズムを嘲笑《わら》う者は、その欠点をいくらか埋め合わせる一つの逆説を見過ごしている。合衆国のジャーナリズムは、英国の如何なるものも及ばない茶番劇的な卑俗さを許容するが、一方で英国の新聞が知らない、あるいは手に負えない、ごく重大な精神的問題に関しても、本気で熱くなるのである。『太陽』の紙面は、いとも滑稽に扱われた、いとも厳粛な事柄にあふれていた。ウィリアム・ジェイムズが[1]〝へとへとウィリー〟[2]と同列に取り上げられ、紙面を次々と飾る肖像のうちには、実用主義哲学者《プラグマティスト》と拳闘家《ピュージリスト》が変わり番《ばん》こに出て来るのだった。

　そんなわけで、ジョン・ブルノワといういかにも控え目なオックスフォード大学人が、「季刊自然哲学」といういかにも読みづらい評論雑誌に、ダーウィン進化論の弱点と称する問題について記事を連載した時も、英国の新聞の如何なる欄にも反応はなかった――もっとも、ブルノワの学説（それは、比較的安定した宇宙が時折大変動に見舞われるというものだった）は、オックスフォードでは気まぐれにもてはやされて、「天変地異説」と名づけられたほどだったが。しかし、アメリカでは多くの新聞がこの挑戦を大事件として取り上げ、『太陽』紙もその紙面にブルノワ氏の影を巨人の影のごとく投じたのである。優れた知性と情熱に充ちたいくつもの記事が、先に述べたような矛盾によって、無学の狂人が書いたとしか思えない見出しをつけて掲載された。たとえば、「ダーウィン赤っ恥――批判者ブルノワ曰く、彼は衝撃を無視している」とか――「〝つねに天変地異たれ〟、思想家ブルノワ曰く」といった見出しだった。そして『西の太陽』紙のカルフーン・キッド氏は、オックスフォードのはずれの小さな家へ、蝶ネクタイと陰気な顔を運ぶよう命じられた。そこには〝思想家ブルノワ〟が、自分にそんな呼び名がついたとは露知《つゆし》らず、幸福に暮らしていたのである。

この不運な哲学者は、いささか面くらいながらも記者の訪問を承諾し、その晩九時を面会時間に指定した。夏の夕焼けの残照が、カムナー村[3]や、木々の茂る低い丘のまわりに

1　一八四二―一九一〇。アメリカの心理学者、哲学者。作家ヘンリー・ジェイムズの兄。
2　トム・ブラウンの漫画に登場する浮浪者のキャラクター。ドンキホーテをモデルとし、チャップリンやアメリカのサーカスの道化役に影響を与えた。
3　オックスフォードの中心から西へ五キロほど行った村。

揺蕩《たゆた》っていた。ロマンティックなアメリカ人は道も不案内だったし、付近の様子を知りたかったので、「チャンピオンの紋章」亭という、封建的な古い国にいかにも似つかわしい宿屋の扉が開いているのを見ると、あれこれ訊《き》いてみようと思って、中へ入った。

酒場で鈴《りん》を鳴らしたが、返事をしばらく待たねばならなかった。そこに居合わせたのは痩せた男ただ一人で、赤毛の髪を短く刈ったその男は、不格好なだぶだぶの服を着て、ひどく下等なウィスキーを飲んでいたが、しごく上等な葉巻を吸っていた。ウィスキーは言うまでもなく、「チャンピオンの紋章」亭の特撰銘柄だった。葉巻は、たぶんロンドンから持って来たのだろう。この男の皮肉屋めいた略装は、アメリカ青年のそっけない小ざっぱりした身形とおよそ懸け離れていたが、彼の鉛筆と開いた手帳、それにたぶん、油断のない青い目に浮かぶ表情のせいであろう、同業の記者だとキッドにはピンと来た。

「おそれ入りますが」キッドはアメリカ人らしい礼儀正しさでたずねた。「グレイ荘へ行く道を教えていただけませんか。ブルノワさんが住んでいるとうかがったんですが」

「この道を二、三ヤード行った先だよ」赤毛の男は葉巻を口から離して、言った。「もうじきおれもそこを通るが、おれはペンドラゴン・パークへ行って、面白い物を見ようと思ってるんだ」

「ペンドラゴン・パークって何です?」カルフーン・キッドはたずねた。

「クロード・チャンピオン爵士の屋敷だよ——君もそこへ行くんじゃないのかい?」もう一人の新聞記者は面を上げて、たずねた。「君も新聞記者なんだろう?」

「僕はブルノワ氏に会いに来たんです」とキッドは言った。

「おれはブルノワ夫人に会いに来た。でも、自宅に行っても、つかまらないだろうよ」そう言って、相手は少し厭味《いやみ》に笑った。

「天変地異説に関心がおありですか？」ヤンキー青年は訝しんで、たずねた。

「天変地異には興味があるね。今に起こるぞ」と相手は憂鬱そうにこたえた。「おれは不潔な商売をしてるが、そうでないふりをしたことはない」

男はそう言うと、床にペッと唾を吐いたが、なぜかその瞬間に、この男は紳士として育てられたことが感じられた。

アメリカの新聞記者は相手をいっそう注意深く観察した。男の顔は青白く、やつれていたが、今も強い情熱を秘めているようだった。しかし、利口で感じやすそうな顔だった。身形は粗末で無頓着だが、ほっそりした長い指の一つに上等な認印つきの指輪を嵌めていた。話しているうちにわかったのだが、彼の名前はジェイムズ・ダルロイといい、破産したアイルランドの地主の息子で、『上流社会《スマート・ソサエティ》』という、彼が心底軽蔑するピンク新聞に雇われて、記者やスパイまがいの仕事をしていた。

残念なことに、『上流社会』紙は、『西の太陽』のスタッフが頭脳《あたま》でも心情《むね》でもあれほど評価している、ダーウィンに関するブルノワの説に少しも興味を持たなかった。ダルロイがここへ来たのは、ある醜聞の匂いを嗅ぎつけたからしく、その一件は結局、離婚裁判所に持ち込まれそうだったが、現時点ではグレイ荘とペンドラゴン・パークの間でくすぶっていた。クロード・チャンピオン爵士はブルノワ氏同様、『西の太陽』の読者によく知られていた。その点ではローマ法王とダービーの勝ち馬も同じだったが、かれらが親しい関係にあるというのは、ローマ法王とダービーの勝ち馬が仲良しだというのと同じくらい、キッドには奇異に感じられた。彼はクロード・チャンピオン爵士のことを前々から聞いていた（記事にもしたし、知人であるふりをしたことさえあった）。「英国の〝最上流社会〟の中でももっとも才能に輝き、裕福な人物」であり、世界中でヨット・レースをする大スポーツマンであり、ヒマラヤ山脈について何冊も本を書いた大旅行家であり、驚くべき〝トーリー・デモクラシー〟[4]によって選挙民の票を掻き集めた政治家であり、美術、音楽、文学、そして何よりも演劇の大愛好家ということだった。クロード爵士はアメリカ人以外の目には、中々の大人物に映っていたのである。何でも貪欲に取り入れる彼の教養と、つねに世間の目を引く活動には、どこかルネッサンス時代の王侯を思わせるものがあった。偉大なアマチュアであるのみならず、熱烈なアマチュアだった。我々が〝愛好家《ディレッタント》〟という言葉で表わす好古家的な軽薄さは、彼には皆無だった。

非の打ちどころのない隼《はやぶさ》のような横顔は、黒紫色のイタリア人のような眼をしていて、『上流社会』紙にも『西の太陽』紙にも何度も写真が載っている。それを見ると、炎や病気に蝕《むしば》まれるように、野心に蝕まれた男という印象を誰もが受けた。しかし、キッドはクロード爵士についてたくさんのことを——実際、知り得る以上のことを——知っていたが、かくも華々しい貴族と、最近発掘されたばかりの天変地異説の創始者とを結びつけようとは夢にも思わなかったし、クロード・チャンピオン爵士とジョン・ブルノワが親しい友人だなどとは想像さえしなかった。ところが、ダルロイによると、それは事実なのだという。二人は学校でも大学でもいつも一緒で、社会的な運命はまるで違っていたが（チャンピオンは大地主で億万長者と言っても過言ではなく、一方ブルノワは貧乏学者で、ついこの間まで無名の存在だった）、今もごく親しくつきあっていた。実際、ブルノワの家はペンドラゴン・パークの門を出てすぐの場所にあった。

しかし、二人がこの先も友達でいられるかどうかは、暗く醜悪な問題になりつつあった。一、二年前、ブルノワはさる美しい、そこそこ名の売れた女優と結婚し、彼なりの内気で不器用なやり方で妻を熱愛した。しかし、家がチャンピオンの屋敷と近かったことが、この気まぐれな名士に良からぬ振舞いをする機会を与え、厄介《やっかい》で、いささか低俗な騒動を引き起こさずには済まなかったのである。クロード爵士は宣伝の技術《わざ》を完璧の域まで窮《きわ》めていたため、名誉にもならぬ密通をするにも、同じくらい派手派手しく振舞うことに狂った喜びを感じるらしかった。ペンドラゴン家の従僕はひっきりなしにブルノワ夫人に花束を届けた。馬車や自動車がひっきりなしにブルノワ夫人の小さな家を訪れた。庭では舞踏会や仮装パーティがひっきりなしに催され、準男爵は馬上試合に於ける〝愛と美の女王[5]〟の

4　十九世紀末、保守党政権が行った社会政策、またはこれに類する社会思想。

ように、ブルノワ夫人を見せびらかした。キッド氏が天変地異説の説明を聞くつもりで来たこの晩、クロード・チャンピオン爵士は『ロミオとジュリエット』の野外劇を催すことになっており、彼は劇中でロミオを演じる予定だったが、ジュリエット役が誰かは言うまでもあるまい。

「一波瀾なくちゃ済まないだろうね」赤毛の青年は立ち上がって、ぶるっと身震いした。「ブルノワのやつは丸め込まれるかもしれない——あるいは、四角張って行儀良くしているかもしれない。しかし、もし四角だったら、馬鹿がつくくらいの立派な四角だ——立方体といって良いくらいのね。だが、そんなことはまずあり得ないだろう」

「あの人は大した知性の持主ですよ」カルフーン・キッドは太い声で言った。

「そうとも」とダルロイは答えた。「だが、大した知性の持主でも、あんな大間抜けにはなれないよ。もう行くのかい？　おれももうすぐ行くよ」

しかし、カルフーン・キッドはミルク・ソーダを飲み終わったので、皮肉屋の記者をウイスキーと葉巻と共に残して、グレイ荘への道をきびきびと歩いて行った。夕焼けの残照はもう消えていた。空は石板のような暗い灰緑色で、ところどころに星がきらめいていたが、空の左の方はもうじき月が出るとみえて、いくらか明るかった。

グレイ荘は、頑丈な高い茨《いばら》の生垣でいわば四方を固めており、ペンドラゴン・パークの松の木と矢来《やらい》の真下にあったため、キッドは最初、門番小屋と勘違いした。しかし、狭い木の門に名前があったし、時計を見ると、ちょうど〝思想家〟と約束した時刻だったので、入って行って、玄関の扉を叩いた。庭の生垣の内に入ると、家は地味だが、最初の印象よりも広く贅沢な造りで、門番小屋などとは別種の建物であることがわかった。古い英国の田舎暮らしを象徴するように、犬小屋と蜜蜂の巣箱が家の外に置いてあった。良く茂った梨の果樹園のうしろから、月が昇っている。犬小屋から出て来た犬は坊さんのような顔をして、吠えようともしなかった。扉を開けた無骨な年配の召使いは、素っ気ないが堂々としていた。

「ブルノワ様からお詫びを申し上げるように言われました」と召使いは言った。「旦那様は急用で、やむを得ずお出かけになったんです」

「しかし、約束してあったんだぞ」取材記者は声を高くして言った。「行先は知ってるかね？」

「ペンドラゴン・パークでございます」召使いはどこか憂鬱そうに言って、扉を閉めようとした。

キッドは少し慌てた。「御夫人と――ほかのみんなと行かれたのかね？」と少し曖昧にたずねた。

「いいえ」相手は無愛想にこたえた。「あとに残っておいでしたが、そのうちお一人で出て行かれました」そう言うと、容赦なく扉を閉めてしまったが、何かやりかけた仕事が

5　馬上槍試合で勝った騎士は〝愛と美の女王〟を選ぶ権利を与えられ、その女性に勝利を捧げた。

あるような素振りだった。

図太さと繊細さが奇妙に入り混じったアメリカ人は、腹を立てた。ここの連中みんなに少し気合を入れて、ビジネスの習慣を教えてやりたい気持ちに強く駆られた。白髪の老犬、先史時代のシャツを着た、白髪まじりの鈍重な顔の老執事、満月を過ぎた眠そうな月、何よりも、約束を守れない粗忽者《そこつもの》の老哲学者に。

「こんな調子で暮らしているんじゃ、奥さんの清らかな愛を失っても自業自得だ」とカルフーン・キッド氏は言った。「だが、もしかすると喧嘩をしに行ったのかもしれないな。だとしたら、『西の太陽』の特派員はその場に行くべきだな」

それから、開いている木戸のわきの角を曲がって、黒々した松の木の長い並木道をどしどし歩きはじめた。その道の先からは、ペンドラゴン・パークの内庭が急に開けていた。木々は霊柩車の羽飾りのように、黒く整然と並んでいた。空の星はまだ少なかった。キッドは直截《ちょくせつ》な自然の連想をするよりも、文学的連想をする男だった。「レイヴンズウッド」[6]という言葉が何度も頭に浮かんだ。一つには、松の木が鴉《からす》のような色をしていたからだが、また一つには、スコットの偉大な悲劇がほとんど描写し了《おお》せている、描写しがたい雰囲気があたりに漂っていたからでもあった。何か十八世紀に死に絶えたものの匂い。じめじめした庭や、割れた壺の匂い。もう永遠に糺《ただ》されることのない悪事の匂い。奇妙に非現実的でありながら、どうしようもなく悲しい何かの匂い。

彼はその悲劇的な趣向の、手入れの行きとどいた黒い道を進んでいるうちに、前方から足音が聞こえたように思って、一度ならずハッと立ち止まった。前方に見えるものは左右をふさぐ陰気な松の壁と、その上にある楔形《くさびがた》の星空だけだった。初めのうちは空耳《そらみみ》か、自分の足音の反響《こだま》に騙されただけなのだと思った。しかし、先へ進むにつれて、誰かが実際にこの道を歩いているのだと、残った理性で確信するようになった。彼は何となく幽霊のことを考えた。すると、いかにもこの場にふさわしい田舎の幽霊の姿が、ピエロのように真っ白いが黒いぶちのある顔をして、たちまち目に浮かんだので、ギョッとした。紺色の空の三角形の天辺がしだいに明るく青くなって来たが、大きな屋敷と庭の照明に近づいているためだということには、まだ気づかなかった。彼が感じたのは、空気がだんだん張りつめて来たことだけだった。悲しさの中に、今まで以上の暴力と秘密があった——今まで以上の——彼はこのあとに続く言葉を探して、ちょっとためらったが、やがて急に笑いだして言った——天変地異が。

　松の木々が、道がさらにうしろへ流れ去り、やがて彼は魔法にかかったようにピタリと立ち止まった。夢の世界に入り込んだような気がしたと言っても始まらないが、この時、彼はたしかに一冊の本の中に入り込んだような気がしたのだ。というのも、我々人間はその場にふさわしからぬものに慣れている。場違いなものの騒音には慣れっ子で、それを子

6　ウォルター・スコットの小説『ラマームーアの花嫁』の主人公の名前。文字通りには「鴉の森」の意。

守唄にして眠ることだってできる。しかし、もしもその場にふさわしいことが一つでも起こったなら、それは完全和音の苦痛のように、我々をハッと目醒めさせる。忘れられた物語の中で、こういう場所でいかにも起こりそうなことが、たった今起こったのだった。

黒い松林の向こうから、月光にキラリと光って、抜き身の剣が飛んで来たのである。その古い庭園で幾度も不正な決闘を闘って来たような、きらめく細身の小剣《レピヤー》だった。剣は道のずっと先に落ちて、大きな針のように光っていた。キッドは兎のように走り、かがみ込んでそいつを見た。近くで見ると、かなり派手な剣だった。柄《つか》や鍔《つば》に入っている大きな紅い宝石は本物かどうか疑わしかった。しかし、刃に点々とついている赤い滴《しずく》が何であるかに疑いの余地はなかった。

この輝く飛び道具が飛んで来た方向に慌てて目を向けると、樅の木と松の木の黒々した壁がちょうどそこだけ途切れていて、もっと狭い道が直角に交わっていた。その道に入ると、明かりのついた長い家と、その前にある池と噴水が一目で見渡された。しかし、彼はそんなものは見なかった。もっと目を引くものがあったからである。

上を仰ぐと、階段状になった庭の緑の急斜面の途中に、昔風の庭園によくある、小さい奇想をこらした仕掛けがつくられていた。それは小さな丸い丘か、草の丸屋根のようなもので、巨大な土竜塚《もぐらづか》を思わせ、その周囲と天辺に薔薇の墻《かきね》が三列、同心円状に植わっており、中央の一番高いところには日時計があった。日時計の針が鮫の背鰭《せびれ》のように空を背にして黒々と立ち、月光が今は役にも立たぬその時計に空しくまとわりついているのが見えた。だが、日時計にまとわりついているのはそれだけではなく、キッドは興奮の一瞬のうちに——人間の姿をそこに見た。

見たのはほんの一瞬だったし、しかも、首から踵まで、身体にぴったりした真っ赤な衣裳をまとい、その衣裳にはところどころ金がちりばめてあるという、奇異な信じがたい光景だったが、月光がただ一度閃《ひらめ》いただけで、それが誰かわかった。天を向いた白い顔は髭をきれいに剃り、不自然に若づくりで、ローマ鼻をしたバイロンのようだった。黒い巻毛にはすでに白髪がまじっていた——キッドはクロード・チャンピオン爵士の公にされた肖像を千枚も見ていた。奇怪な赤い姿は一瞬、日時計に向かってよろめいたかと思うと、次の瞬間には急斜面を転げ落ちて、アメリカ人の足元に倒れ、片腕をかすかに動かしていた。その腕にけばけばしい不自然な金の飾りが巻いてあるのを見て、キッドはふと『ロミオとジュリエット』を思い出した。身体にぴったりした真っ赤な服は、むろん芝居の一部なのだ。しかし、彼が転がり落ちた斜面には赤い染みが長々と尾を引いており、これは芝居の一部ではなかった。身体を突き刺されていたのだった。

カルフーン・キッド氏は何度も大声を上げた。またしても幽霊の足音が聞こえたような気がして、ふと見ると、すぐそばにべつの人間がいたのでギョッとした。知っている人間だったが、恐ろしかった。ダルロイと名乗った放蕩者の若者は、恐ろしく物静かだった。ブルノワは約束をしてそれを破ったけれども、ダルロイには、してもいない約束を守っているような、無気味な雰囲気があった。月光があらゆるものの色を変えており、赤い髪に縁取られたダルロイの顔は、白というより薄緑に見えた。

キッドが理性を失って乱暴にわめいたのは、こうした病的な印象のせいだったに違いない。「おまえがやったのか、悪魔め？」

ジェイムズ・ダルロイは例のごとく不愉快な微笑を浮かべたが、彼が口を利く前に、倒れていた男がまた腕を動かして、剣が落ちている方を漠然と示した。それから一声呻《うめ》き、それから、やっとのことでしゃべった。

「ブルノワ……ブルノワだ……ブルノワがやった……わたしに嫉妬して……嫉妬して、やつは、やつは……」

キッドはもっと聞こうとして頭をかがめ、やっと次のような言葉を聞き取った。

「ブルノワが……わたしの剣で……あいつが投げた……」

力ない手がふたたび剣の方を指し、やがてがっくりと地面に落ちた。キッドの胸の底から、アメリカ人の真面目さに奇妙な味わいを添える辛辣なユーモアが湧き上がった。

「さあ」とキッドは厳しい命令口調で言った。「君は医者を呼んで来い。この男は死んでいる」

「神父もだろう」ダルロイは何を考えているともわからぬ調子で、言った。「チャンピオン家の人間はカトリックだからな」

アメリカ人は死体のそばに跪き、心臓のあたりに触れて、頭を持ち上げ、蘇生させようと最後の試みをした。しかし、もう一人の新聞記者が医者と神父を連れて戻って来る前に、もう手遅れだとわかっていた。

「あなたが来た時も遅すぎたんですか？」と医者がたずねた。体格のがっしりした羽振りの良さそうな男で、ありふれた口髭と頰髯を生やしていたが、目は鋭く、キッドを疑わしげに見やった。

「ある意味ではね」と『太陽』の特派員は言った。「この人を助けるには遅すぎましたが、重要なことを聞くには間に合ったようです。死んだ男が殺害者の名前を言うのを聞いたんです」

「殺害者とは誰なんです？」医者が眉を寄せてたずねた。

「ブルノワです」カルフーン・キッドはそう言って、ヒュウと口笛を吹いた。

医者は額を赤くしながら、陰気な面持ちでキッドを見つめていたが、反駁《はんばく》はしなかった。すると神父が、うしろにいた背の低い男が、穏やかに言った。「ブルノワ氏は、今夜はペンドラゴン・パークへいらっしゃらないと思っていましたが」

「そのことについても」アメリカ人は険しい声で言った。「僕は英国の方々に、一つ二つ事実をお教えできる立場にいるのかもしれません。おっしゃる通り、ジョン・ブルノワは今晩ずっと家にいるはずでした。僕と会うという、じつに結構な約束をしたんですから。ところがジョン・ブルノワは気を変えました。ジョン・ブルノワは急にたった一人で家を出て、一時間ほど前に、この忌々しい屋敷へ来たんです。執事が僕にそう言いました。どうやら我々は、賢い警察が手がかりと呼ぶものをつかんだようです――警察は呼びましたか？」

「ええ」と医者は言った。「でも、ほかの人には誰にも知らせていません」

「ブルノワ夫人は知っているんですか？」とジェイムズ・ダルロイが訊いた。キッドはまたしても、この男のゆがめた口を殴りつけたい、という不条理な欲求をおぼえた。

「まだ話していません」医者はぶっきら棒に言った。「しかし、そら、警察が来ましたよ」

小柄な神父はこれより少し前に並木道へ入って行き、落ちている剣を持って戻って来たところだった。その剣は、聖職者らしくもあり、平凡でもあるこのずんぐりした人物が持つと、滑稽なほど大きく芝居じみて見えた。「警察が来ないうちに」と彼は申し訳なさそうに言った。「どなたか明かりをお持ちですか？」

ヤンキーの新聞記者がポケットから懐中電灯を取り出すと、神父はそれを刃の中程に近づけて、目を瞬《しばたた》きながら入念に調べた。それから、切っ先や柄頭《つかがしら》には目もくれずに、長い武器を医者に渡した。

「わたしはここにいても、お役に立たないようです」神父は短い嘆息をついて言った。「みなさん、御機嫌よう」そう言うと、両手をうしろに組み、何事か考えるように大きな頭を傾《かし》げて、暗い並木道を屋敷の方へ歩いて行った。

残された面々はさらに急ぎ足で、門番小屋のわきの門へ向かった。そこでは、すでに警部と二人の巡査が門番と話をしていた。しかし、薄暗い松の回廊を行く小柄な神父の足取りはしだいにゆるやかになり、家の石段のところへ来ると、ついにぴたりと止まった。それは、同じように無言で近づいて来た者を認める無言の挨拶だった。美しい貴族の幽霊を見たいという、カルフーン・キッドの望みさえも満足させるような人の姿が、こちらへ近づいて来たからである。それはルネッサンス風の意匠の、銀色に光る繻子《しゅす》のドレスを着た、若い婦人だった。金髪を長い二本のつややかな縄編みにして、その間の顔は驚くほど青ざめていたため、クリスエレファンタインのように——すなわち、象牙と金でつくった古いギリシアの彫像のように見えた。しかし、その目はたいそう明るく輝き、声は低かったが自信に満ちていた。

「ブラウン神父さま？」と女は言った。

「ブルノワ夫人ですか？」神父はおごそかに言った。それから女の顔を見ると、すぐに言った。「クロード爵士のことは御存知のようですね」

「どうして、おわかりになりますの？」女は落ち着いてたずねた。

神父は質問に答えず、べつの質問をした。「御主人とお会いになりましたか？」

「主人は家におります。このことには関係ありません」

神父はやはり答えなかった。すると、夫人は妙に真剣な面持ちで、神父に近寄った。

「わたしからもう少しお話ししましょうか？」と怯《おび》えたような微笑を浮べて言った。「わたしはあの人がやったとは思いませんし、あなたも同じでしょう」

ブラウン神父は長いこと重々しく相手を見つめ返し、やがて一層重々しくうなずいた。

「ブラウン神父さま」と夫人は言った。「わたしは知っていることを全部お話しするつもりですが、その前に一つお願いがあります。あなたはほかの人のようにジョンの仕業《しわざ》だと決めつけませんでしたが、それはなぜなのか、教えてくださいませんか？　どんなことをおっしゃってもかまいません。わたしは——わたしは人の噂も知っておりますし、状況が主人に不利であることも知っております」

　ブラウン神父は心底困った様子で、額に手をあてた。「二つのほんの小さなことなんですよ。少なくとも、一つはまことに些細なことで、もう一つはまことに漠然としたことです。ですが、それを考えると、ブルノワ氏が犯人だという結論は辻褄《つじつま》が合わないのです」

　神父はぽかんとした丸い顔を星空に向け、心ここにあらずといった調子で話し続けた。

「まず漠然とした考えの方からお話ししましょう。わたしは日頃、漠然とした考えを大いに重んじています。『証拠ではない』あらゆる事柄によって、確信を得るのです。わたしは道徳的に不可能であるということが、不可能の中でも最大のものだと考えます。御主人のことは少ししか存じ上げませんが、みんなが考えているように、御主人がこの犯罪を犯すということは、道徳的に不可能なように思えるのです。ブルノワさんが悪人になれないと言っているのではありませんよ。誰だって悪人になれます——好きなだけ悪人になれるのです。我々は自分の道徳的な意志を統御することができますが、本能的な嗜好や、物事を行うやり方は、ふつう変えられるものではありません。ブルノワ氏も人を殺すかもしれませんが、こういう人殺しはしません。ロミオの剣をロマンティックな鞘から引き抜いたり、敵《かたき》を祭壇か何かの上で殺すように日時計の上で殺したり、薔薇の中に死体を置き去りにしたり、剣を松林に投げ捨てたりはしないでしょう。ブルノワ氏が人を殺すなら、静かに重々しくやるはずです。ほかの良からぬことを——十杯目のポートワインを飲むとか、ギリシアの淫《みだ》らな詩人を読むとか、そういうことをする時と同じように。やはり、ロマンティックな道具立てはブルノワ氏らしくありません。むしろチャンピオンのやりそうなことです」

「まあ！」と言って、夫人はダイヤモンドのような目で神父を見た。

「それから、些細なことというのはこうです」とブラウンは言った。「あの剣には指紋がついていました。指紋はガラスや鋼鉄のようなピカピカの面につくと、しばらく経っても見て取れるのです。今度の指紋もピカピカの面についていました。剣の刃の中程にあったのです。誰のものかということに関しては、わたしには何の手がかりもありません。しかし、誰にしても、なぜ剣の中程をつかまなければならないんです？　あれは長い剣でしたが、長ければ敵を突き刺すのに有利です。少なくとも、たいていの敵はね。そうではない敵は一人だけです」

「一人だけ！」夫人は鸚鵡返しに言った。

「一人だけいるんです」とブラウン神父は言った。「剣よりも短剣の方が楽に殺せる敵が」

「知っています」と夫人は言った。「自分自身ですね」

長い沈黙があり、やがて神父が静かに、しかし唐突に言った。「それじゃ、わたしの考えは正しいんですか？　クロード爵士は自殺したんですか？」

「ええ」夫人の顔は大理石のようだった。「わたし、この目で見ました」

「死んだのは」とブラウン神父は言った。「あなたを愛していたからですか?」

夫人の顔を異様な表情がよぎった。哀れみとも、謙遜《けんそん》とも、自責の念とも、相手が予想していたいかなるものとも違う表情だった。彼女の声は突然強く、大声になった。「あの人は、わたしのことなんか少しも好きじゃありませんでした。主人を憎んでいたんです」

「なぜです?」相手はそうたずねて、丸い顔を空から夫人に向けた。

「主人を憎んでいたわけは……あまりにも変わっていて、何と申し上げたら良いかわかりません……そのわけは……」

「そのわけは?」ブラウンは辛抱強く言った。

「主人があの人を憎もうとしなかったからです」

ブラウン神父はうなずいただけで、やはり耳を傾けているようだった。神父は現実・架空のたいていの探偵と、一つの小さな点で異なっていた——すっかりわかっている癖に、わからないふりをすることはけしてなかったのである。

ブルノワ夫人は、自信はあるが、それを抑えているといった態度を変えずに、もう一歩近寄った。「わたしの夫は偉人です。クロード・チャンピオン爵士は偉人ではありませんでした。世間に名の知れた成功者でした。主人は世間に名が知れたことも、成功したこともありませんし、そうなることを夢にも考えたことがないのは、まぎれもない事実です。葉巻を吸っても有名にはならないように、思索をして有名になれるなどとは少しも期待しておりません。そういう点では、すごくおめでたい人なんですわ。大人になっていないんです。学校時代と同じ気持ちで、ずっとチャンピオンのことを好いていました。晩餐の席で手品に感心するように、チャンピオンに感心していました。でも、チャンピオンが嫉《ねた》ましいなんて、夢にも思いませんでした。ところが、チャンピオンが望んでいたのは、嫉まれることだったんです。そのために気が変になって、自殺してしまいました」

「なるほど」とブラウン神父は言った。「だんだん、わかってきたような気がします」

「あら、おわかりになりませんの？」夫人は声を上げて言った。「何もかも、そのためだったんです——この屋敷も、そのために設計されたんです。チャンピオンは自宅の門の前にある小さな家にジョンを住まわせました。まるで居候みたいに——主人に失敗者だと感じさせるためです。主人はけしてそんなことを感じませんでした。そういうことを考えない点では——ぼんやりしたライオンも同じなんです。チャンピオンはいつもジョンが汚い格好をしている時や、粗末な食事をしている時にいきなり訪ねて来て、目の眩《くら》むような贈り物をしたり、報せを持って来たり、お供を連れて来たりして、まるでハルン・アルラシッド[7]が訪ねて来たようでした。すると、ジョンは怠け者の生徒が友達に賛成したり、反対したりするみたいに、いわば片目をつむって、愛想良く受け取ったり断ったりするのでした。そういうことが五年も続いたのに、ジョンは少しもこたえませんでした。ところが、

7　アッバース朝第五代カリフ。アラビア夜話に登場する「王様」。

クロード・チャンピオン爵士は偏執狂だったんです」

「而《しか》してハマン」とブラウン神父は言った。「凡《すべ》て王の己を貴《たふと》びし事を之《これ》に語れり。しかしてハマンまた言《いひ》けらく「然《さ》れどユダヤ人《びと》モルデカイが王の門に坐しをるを見る間は是《これ》らの事も快樂《たのし》からず[8]」」

「危機が訪れたのは」ブルノワ夫人は語り続けた。「わたしがジョンを説得して、あの人の説を書きとめ、雑誌に送ってからのことでした。その説は特にアメリカで注目されはじめて、ある新聞がインタビューを申し込んで来ました。チャンピオンは(自分は毎日のように取材を受けているのに)、無心な競争相手のもとに、遅ればせながら小さな成功のかけらがこぼれ落ちて来たことを聞くと、悪魔のような憎しみを抑えていた最後の鎖がぷつんと切れてしまったんです。それ以来、あの人はわたしの愛と貞操に狂ったような攻撃を仕掛け、今ではこの州の噂になってしまいました。わたしがなぜそんなけしからぬ振舞いを許したのかとお尋ねになるかもしれません。答はこうです——あの男のおせっかいを断るには、主人に説明しなければならなかったのですが、人の身体が空を飛べないように、魂にもできないことがあるからです。うちの主人に説明することは誰にもできなかったでしょう。今だってできませんわ。言葉を尽くして「チャンピオンが君の奥さんを盗もうとしている」と言っても、少し下品な冗談だと思うだけでしょう。冗談だとしか思えないんです——そんな考えは、あの人の偉大な頭に入り込む隙間を見つけられないんです。ところで、ジョンは今晩ここへ来て、わたしたちの芝居を観るはずでしたが、出かける間際になって、行かないと言い出しました。面白い本と葉巻があるから、と言うんです。わたしはクロード爵士にそう言ったところ、それがとどめの一撃となってしまいました。あの偏執狂は突然、絶望を知りました。ブルノワに殺されると悪魔のように叫びながら、自分の身体を刺しました。人に嫉妬させようとする自分の嫉妬心のために、死んで、ああして庭に横たわっています。ジョンは食堂で本を読んでいますわ」

ふたたび沈黙があり、やがて小柄な神父が言った。「ブルノワさん、あなたの鮮やかな御説明には、一つだけ弱点があります。御主人は食堂に坐って本を読んではいらっしゃいませんよ。あのアメリカ人の記者はお宅へ行きましたが、御主人は結局ペンドラゴン・パークへお出かけになった、と執事が言ったそうです」

夫人の輝く目が見開かれて、電気のようにギラギラ光った。しかし、動顚《どうてん》したり怯えたりしているというより、戸惑っているようだった。「まあ、それはどういうことでしょう？　うちの召使いは全員、芝居を見るため出払っておりました。それに、うちには執事なんておりませんわ！」

ブラウン神父は驚いて、独楽《こま》のように滑稽に身体を半回転させた。「何ですって？」と電気にあてられて突然生き返ったように叫んだ。「いやはや――それなら――お宅にうか

8　旧約聖書エステル記五章より。ペルシャ王の宰相ハマンは、モルデカイに腹を立てユダヤ人の皆殺しを画策した。訳文は文語訳聖書より抜粋。

がえば、御主人にお話しすることができるでしょうか？」

「召使いたちも、もう家に戻っていると思います」夫人は合点《がてん》のゆかぬ顔で言った。

「結構、結構！」聖職者は張りきってそう答え、パークの門へ向かう小径を早足に歩きだした。一度だけ、ふり返って言った。「あのヤンキーをつかまえた方がいいですな。さもないと、『ジョン・ブルノワの犯罪』という記事が、大見出しをつけて合衆国中にばら撒《ま》かれますよ」

「おわかりになっていないのね」ブルノワ夫人は言った。「うちの人は気にしませんわ。アメリカが実在する場所だとさえ思っていないでしょう」

蜜蜂の巣箱があって眠そうな犬のいる家にブラウン神父が着くと、小柄で小綺麗な女中が食堂へ案内した。そこには夫人の言った通り、ブルノワが笠つきランプの明かりで本を読んでいた。ポートワインの罎とグラスが傍らに置いてあり、神父は部屋に入った瞬間、彼の葉巻に灰が長々とつながっているのに気づいた。

「少なくとも三十分はここにいたようだな」とブラウン神父は思った。実際、ブルノワは夕食を片づけてから、ずっとそこに坐っているらしい様子だった。

「どうか、お立ちにならないでください、ブルノワさん」神父はいつものように明るく、淡々と言った。「すぐに失礼いたしますから。科学の研究のお邪魔をしてしまったのではありませんか」

「いや。『血まみれの親指』を読んでいたんです」ブルノワは顔を顰《しか》めも、微笑みもせずに言った。訪問者はこの人物に、ある種の深い、男らしい無関心さを感じた。夫人はそれを偉大と呼んでいたのだ。ブルノワは血生臭い煽情的な「スリラー小説」を下に置いたが、自分にふさわしからぬ本だとも思っていない様子で、冗談めかして言い訳をしようともしなかった。ジョン・ブルノワは大柄な、動きの鈍《のろ》い男で、大きな頭は半分白髪で半分禿《は》げ、無骨で愛想のない顔つきをしていた。シャツの前が細い三角形に空《あ》いた、みすぼらしく古臭い夜会服を着ていたが、それは今夜、妻がジュリエットを演じるのを見に行くつもりで着たのだった。

「『血まみれの親指』にしろ、ほかの天変地異を御勉強なさっていたにしろ、長くはお邪魔いたしません」ブラウン神父は笑顔で言った。「わたしは今夜あなたが犯した犯罪について、お訊ねしに来ただけですから」

ブルノワはブラウン神父をじっと見つめていたが、やがて広い額に赤い筋が浮かんで来て、まごつくということを初めて知った人のような顔をした。

「奇妙な犯罪だったのはわかっています」ブラウンは低い声で言った。「あなたにとっては、たぶん殺人よりも奇妙な犯罪でしょう。小さな罪は、時として、大きな罪よりも告白しにくいものです——しかし、だからこそ告白することが大切なのです。あなたが犯された罪は、上流社会でお客をもてなす御婦人なら、誰でも週に六回は犯している罪ですが、あなたには、それが恐ろしい凶悪犯罪のように言いづらいのです」

「あんなことをしたなんて」哲学者はゆっくりと言った。「大馬鹿者のような気がしますからね」

「知っています」神父は頷《うなず》いた。「しかし、馬鹿になった気がするのと、馬鹿になるのと、どちらかを選ばなければならないことがよくあるんですよ」

「自分をうまく分析できませんが」とブルノワは続けた。「この小説を持って椅子に坐っていると、半休の日の小学生みたいに幸せでした。安心というか、永遠というか——うまく伝えられませんが……手を伸ばせば葉巻があり……手を伸ばせばマッチもあり……『親指』はまだ四回出て来るはずだし……平和であるだけでなく、満ち足りた気分でした。その時、呼鈴が鳴って、わたしはたっぷり一分間、苦しみながら考えていました。この椅子から立ち上がることはできないと——文字通り、肉体的に、筋肉的にできないとね。それでも、地球を持ち上げる男のように、やっと椅子から立ち上がったのは、召使いが出払っていることを知っていたからです。玄関の扉を開けると、小柄な男がいて、今にも何か言おうとして口を開き、何か書こうとして手帳を開いていました。わたしは忘れていたヤンキーの取材記者のことを思い出しました。髪を真ん中で分けた男で、はっきり申しますが、人殺しは——」

「わかります」とブラウン神父は言った。「わたしもその人に会いました」

「わたしがしたのは人殺しではなくて」天変地異学者は穏やかに続けた。「ただの偽証です。わたしは自分がペンドラゴン・パークへ行ったと言って、あの男の目の前でドアを閉めました。これがわたしの犯罪なんです、ブラウン神父。あなたがそれにどんな罰を科されるかは知りませんが」

「罰は科しません」聖職にある紳士はそう言うと、どこか楽しげな様子で、重い帽子と蝙蝠傘を手に取った。「その逆です。ここへわざわざ来たのは、そうしなければ、あなたの小さな罪に科せられたであろう、小さな罰を免除してさしあげるためです」

「それで」ブルノワは微笑んでたずねた。「わたしが幸いにも免除された、小さな罰というのは何なのですか？」

「絞首刑ですよ」とブラウン神父は言った。

ブラウン神父の御伽話

THE FAIRYTALE OF FATHER BROWN

絵のように美しい都市であり国家であるハイリヒヴァルデンシュタインは、今なおドイツ帝国[1]の一部分を構成する、玩具のような王国の一つだった。この国がプロイセンの支配下に入ったのは歴史上ごく最近のことで——それから五十年と経たない、ある晴れた夏の日、フランボーとブラウン神父はこの国の庭園に坐って、この国のビールを飲んでいた。これからお話しする通り、ここでは少なからぬ戦争や乱暴な裁判の記憶が、人々の心にまだ残っていた。しかし、一見した限りでは、ドイツのもっとも魅力的な側面である稚《おさ》なさの印象をふり払うことはできなかった——ドイツというのはどこもそうだが、この国も、王様が料理人のように家庭的な存在に見える、パントマイム劇さながらの小さな家父長主義的君主国だった。無数の哨舎《しょうしゃ》の傍らに立つドイツ人の兵隊は、ドイツ製の玩具に不思議なほど良く似ていたし、城の角ばった胸壁は陽の光を浴びて金色に輝き、金色の生姜クッキーのように見えた。この日は素晴らしい上天気だったのである。空の色は、ポツダム[2]でもこれ以上は望めないほどの紺青色《プルシアン・ブルー》だったが、それもむしろ、子供が一シリングの絵具箱から取り出した色をふんだんに塗りたくったようだった。灰色の縞《しま》の入った木々さえも若々しく見えた。尖《とが》った新芽はまだピンク色をしていて、強い青色を背景に、無数の稚ない姿が重なっているように見えたからだ。

風貌は散文的だし、おおむね実際的な人生を歩んで来たけれども、ブラウン神父の気質には多少ロマンティックなところがなくはなかった。もっとも、多くの子供と同様、ふだんは自分の白昼夢を他人《ひと》に話したりしなかったが。こういう日のきっぱりした明るい色彩に取り巻かれ、こういう紋章の枠《わく》のような町にいると、まるで御伽話の中に入り込んだような気分になった。フランボーがいつも歩く時振りまわしている恐ろしい仕込み杖が、今はミュンヘン風の大ジョッキの横に立てかけてあるのを見ると、神父は弟が感じるような子供らしい喜びを感じた。それどころか、ぼんやりした無責任な心持ちで、自分のみすぼらしい蝙蝠傘の節くれだった不格好な柄《え》を見ているうちに、色つき絵本に出て来た人食い鬼の棍棒をかすかに思い出したのである。しかし、神父は虚構《つくりごと》という形式で話をこしらえたことはなかった。これから語る物語は別かもしれないが――

「どうだろう」と神父は言った。「こんな場所でも、機会さえあれば本物の冒険をすることができるだろうか？　冒険の舞台としては申し分ないが、ここの連中は本物の恐ろしい剣ではなくて、ボール紙のサーベルで戦うような気がいつもするんだ」

「それは違いますよ」と友は言った。「ここじゃあ剣で戦うばかりか、剣なしでも人を殺します。それより、もっとひどい話だってあります」

1　一八七一－一九一八年のプロイセン王国を中心とした連邦国家。帝政ドイツとも呼ばれる。ハイリヒヴァルデンシュタインは架空か。

2　プロイセン王家が古くから居城を構えるベルリンの西郊の都市。

「どういうことだね？」ブラウン神父はたずねた。

「いえね」と相手はこたえた。「鉄砲を使わないで人が撃たれたのは、ヨーロッパでもここだけでしょうよ」

「弓矢を使ったというのかね？」ブラウン神父は不思議そうに訊いた。

「頭に銃弾です」とフランボーはこたえた。「ここの死んだ王様の話を知りませんか？　二十年ほど前に起こった謎の大事件です。ビスマルクのごく初期の統合計画で、この国が無理やり併合されたことは、もちろん憶えておいででしょう——無理やりといっても、容易なことじゃありませんでした。ドイツ帝国（というよりも、帝国になりたがっていたもの）はグローセンマルク公オットーを送り込んで、帝国の利益のためにこの国を統治させました。あそこの画廊で肖像画を見たでしょう——男前の老紳士と言いたいところだが、髪の毛も眉毛もなくて、禿鷹みたいに顔中皺が寄ってましたね。しかし、今からお話ししますが、公には色々と頭痛の種があったんです。秀でた実力もあり、手柄も立てた軍人でしたけれども、この小国を治めるのは容易な業《わざ》ではありませんでした。公は名高いアーンホルト兄弟との戦いで何度も敗北しました——スウィンバーン[3]が詩に歌った三人のゲリラの愛国者ですよ。憶えておいででしょう。

　白貂の毛皮を着た狼、
　　王冠を戴いた鳥と王たち——

これら害虫のごとく多かるとも、
三人《みたり》はこれに屈せざるべし。

とか何とかいう詩ですよ。実際、三兄弟のうちにパウルがいなかったら、この国を制圧できたかどうか怪しいものですね。このパウルという男は卑劣にも、しかし断固として、屈せざることをやめて、叛乱軍の秘密を敵にすっかり教えたんです。おかげで叛乱軍は潰滅《かいめつ》しましたが、自分は引き立てられて、オットー公の侍従の地位までのぼりつめました。その後、スウィンバーン氏の英雄のうちでもただ一人、本物の英雄だったルートヴィヒは、都を占拠された時に、剣を持ったまま殺されました。三番目のハインリヒは裏切り者ではありませんでしたが、活発な兄たちに比べると、もともと大人しく、臆病でさえあって、世捨て人《びと》のようなものになりました。クエーカー教みたいな静寂主義のキリスト教に改宗して、持っている物をあらかた貧しい者に与えるほかには、人と交わりませんでした。聞くところによると、最近まで、このあたりで姿を見かけることもあったそうです。黒いマントを着て、目はほとんど見えず、くしゃくしゃの白髪頭だけれども、驚くほど柔和な顔をしていたそうです」

「知ってるよ」ブラウン神父は言った。「一度会ったことがある」

3　十九世後半の英国を代表する詩人の一人。引用された詩はスウィンバーンのものではない。

友は少し驚いて相手の顔を見た。「ここに来たことがおありとは知りませんでしたよ。それじゃあ、きっと、おれに負けないくらい何でも御存知なんでしょう。ともかく、これがアーンホルト兄弟の話で、その男が三人のうちの最後の生き残りでした。そうです、それに、あの叛乱劇を演じた者の最後の生き残りでもありました」

「すると、オットー公もとっくに死んだんだね?」

「死にました」とフランボーは繰り返した。「それだけは、まあ確かです。独裁者にありがちなことですが、オットー公は晩年になると神経の悪戯《いたずら》が起こって来ました。城のまわりの平時の番兵を昼も夜も数倍に増やしたので、町には家よりも哨舎の方が多いくらいになり、疑わしい人間は容赦なく撃ち殺されました。オットー公は小さい部屋にほとんど籠《こも》りっきりで暮らしていました。その部屋は、たくさんの部屋でつくった巨大な迷宮の真ん中にあったんですが、御丁寧にその部屋の真ん中にも、金庫か戦艦みたいな鋼鉄張りの小屋か戸棚のようなものをつくったんです。そこの床下には、秘密の穴が掘ってあったという話もあります。穴は自分一人がやっと入れる大きさで、公は墓に入りたくない一心から、墓穴そっくりの場所に入ることも厭《いと》わなかったわけです。でも、それだけでは気が済みませんでした。叛乱が鎮圧されたあと、民衆は武器を取り上げられたはずでしたが、オットー公はどこの政府も滅多にやらないような、完全な、文字通りの武装解除をあらためて命じたんです。この命令は、異常なほど徹底して厳格に行われました。良く組織された役人たちが狭い見知った地域を調べ尽くし、人力と科学によって完全に確かめられる限り、ハイリヒヴァルデンシュタインには玩具のピストル一丁持ち込めないことを、オットー公は完全に確かめました」

「人間の科学では、そういうことを確かめられはしないよ」ブラウン神父は頭上の枝の赤い芽をなおも見ながら、言った。「定義と含意に関する難しさからしても、そうだ。武器とは一体何だね？　人は何ということもない家庭生活の道具で殺されてきた。湯沸かしはもちろんのこと、ポットの保温袋でも殺された。一方、もし大昔のブリトン人に回転式拳銃を見せても、それが武器だとわかるかどうか疑問だね——もちろん、それで撃たれればべつだろうが。きっと、誰かが銃には見えない新しい銃を持ち込んだのさ。指貫《ゆびぬき》か何かに見えたのかもしれない。弾丸は特殊なものだったのかい？」

「そういう話は聞きませんね」とフランボーは答えた。「でも、おれの情報は断片的で、古い友達のグリムから聞いた話だけです。あの男はドイツの警察にいた腕利きの刑事で、おれを逮捕しようとしました。あべこべにおれが奴を捕まえて、色々面白いおしゃべりをしたんですよ。グリムはここでオットー公のことを調べていましたが、弾丸のことは訊き忘れました。グリムによると、こういうことが起こったんです」フランボーはちょっと言葉を切り、黒ビールを一気にぐっと飲んで、また話しはじめた。

「問題の夜、オットー公は、どうしても会いたい客を迎えるために、外の部屋へ出て来るはずだったようです。客というのは、地質学の専門家の一行でした。このあたりの岩山からは昔から金が採れると言われていまして、一行はその問題を調査するために派遣されたんです。(聞くところによりますと)そもそもこの小さな都市国家は、金が出るという噂のおかげで長いこと信用を保ち、大国の軍勢にたえず攻め込まれても、隣国と交渉できたんだそうです。それまで、いくら綿密な調査をしても金は発見されませんでした。その調査といったら——」

「玩具のピストルを発見できるほどだったんだろうね」ブラウン神父は微笑《わら》って言った。

「しかし、寝返った兄弟はどうした? オットー公に何か教えなかったのかい?」

「自分は知らないといつも言い張っていました」とフランボーはこたえた。「その秘密だけは兄弟から教えてもらわなかったというんです。それについては、偉大なルートヴィヒが死に際に言った切れぎれの言葉が、多少裏づけになると言って良いでしょう。ルートヴィヒはハインリヒの顔を見ながら、パウルを指差して、『こいつには言わなかっただろうな……』と言うと、それきり口が利けなくなりました。ともあれ、パリやベルリンから来た著名な地質学者と鉱物学者の一団は、いともきらびやかな、謁見にふさわしい服装《かっこう》で現われました。科学者ほど勲章をつけたがる人種はいませんからね——英国学士院の夜会に出たことのある者なら、誰でも知っていることです。華やかな集まりでしたが、夜も更けてきて、そのうち侍従が——この男の肖像も御覧になったでしょう。真っ黒い眉に真面目な目をしていて、その下に意味のない微笑みを浮かべたあの男です——あの侍従が気づいたんです。そこには何もかも揃っているのに、オットー公本人だけがいないことにね。侍従は外の客間《サロン》を全部探して、それから、公が時々狂ったような恐怖に取り憑かれることを思い出して、一番奥の部屋へ駆けつけました。その部屋も空《から》っぽでしたが、真ん中にある鉄の櫓《やぐら》だか小屋だかは、開けるのに少し暇がかかりました。開けてみると、そこもやはり空っぽでした。中に入って床の穴を覗いてみましたが、いつもより深く見えて、それだけ墓穴に似ているような気がしました――これはもちろん、侍従本人が言ったことです。そうやって頭を突っ込んでいるうちに、外の長い部屋や廊下でどっと大声が上がり、ざわめきが聞こえて来ました。

最初は、はるか遠くの人の群れから、城の向こうから、何かわけのわからない喧声や叫びが聞こえて来たのでしたが、やがて、言葉にならぬわめき声が驚くほど近くから聞こえて来ました。それぞれの言葉がお互いに消し合わなければ、はっきり聞き取れたほどの大きな声でした。それから、恐ろしく明瞭な言葉がさらに近づいて来て、ついには一人の男が部屋に飛び込んで来ると、こうした場合の常で、報せをうんと簡潔に伝えました。

ハイリヒヴァルデンシュタイン公にしてグローセンマルク公であるオットーが、城の向こうの森で、夕闇の露の中に倒れていたというんです。両手を投げ出し、顔を月に向けて、砕けた顳顬《こめかみ》と顎からは今も血がドクドクと流れ出ていましたが、生きているように動いていたのはそれだけでした。公は城で客を迎えるために白と黄色の軍服で正装していましたが、肩帯かスカーフがほどけ、丸められてそばに落ちていました。抱き起こすこともできないうちに、もう事切れていました。しかし、死んでいても生きていても、この人は謎でした――いつも一番奥の部屋に隠れている人が、武器も持たずに、たった一人で露に濡れた森に出ていたんですからね」

「誰が死体を見つけたんだね？」ブラウン神父はたずねた。

「ヘートヴィヒ・フォン某《なにがし》という宮仕えの娘ですよ」と友はこたえた。「森で野の花を摘んでいたんです」

「実際に摘んでいたのかね？」神父は少しぼんやりした様子で頭上を覆う枝を見ながら、たずねた。

「ええ」とフランボーはこたえた。「侍従か、グリムか、誰かが言ったのを良く憶えていますが、叫びを聞いて駆けつけると、娘は春の花を抱えて、その――血まみれの死体の上に屈《かが》み込んでいたものだから、それを見た時はゾッとしたそうです。しかし、肝腎なのは、助けが来る前にオットー公が事切れていたということで、その報せは当然、城に伝えなければなりませんでした。それから起こった大騒ぎは、ふつう君主が死んだ時に宮廷で起こる騒ぎよりも大きなものでした。外国からの客人、ことに採鉱の専門家たちは疑惑にかられ、ひどく動揺していましたが、それはプロイセンの高官たちも同じで、宝探しの計画が、じつは人々が考えていたよりもずっと大規模なものだったことが、やがて明らかになってきました。専門家と役人たちは多額の賞金や国際的な優遇を約束されていましたし、中にはこんなことを言う者もいました。オットー公が秘密の部屋をつくったり、軍隊で強力に守らせたりしたのは、人民を恐れたからではなく、こっそり何かの調査を進めて――」

「花には長い茎がついていたかね？」ブラウン神父がたずねた。

フランボーは目を丸くして神父を見た。「あなたは何て妙な人なんだろう！　グリムのやつもまったく同じことを言いましたよ。この事件で一番気味が悪かったのは、やつが考えるには――血や弾丸よりも気味が悪かったのは――花が、首の下から捥《も》いだように、ひどく短かったことだって言うんです」

「無論、大人の娘が本当に花を摘むなら、茎を十分残して摘むだろう。子供がするように頭だけ捥いだのだとしたら、それはまるで――」神父はそこまで言って、口ごもった。

「何ですか？」と相手はたずねた。

「うむ、どうも神経質に花をむしったように思える。そこにいる口実をつくるために――その、そこへ来たあとでね」

「おっしゃりたいことはわかります」フランボーは少し憂鬱そうに言った。「でも、その疑いもほかのどんな疑いも、一点でくつがえされます――凶器がないんですよ。オットー公を殺すことは、あなたもおっしゃるように、ほかの何だってできたでしょう――公自身の肩帯でもね。しかし、我々が説明しなければいけないのは、どうやって殺されたかではなくて、どうやって撃たれたかです。それは説明できないんですよ。娘は容赦ない取調べを受けました。実は少し怪しかったからです。彼女は卑劣な老侍従パウル・アーンホルトの姪であり、被後見人でしたが、たいそうロマンティックな性格で、一族の革命精神に共感していると疑われていました。とはいえ、いくらロマンティックな人間でも、鉄砲もピストルも使わずに、大きな銃弾を人の顎や頭に撃ち込もうとは思わないでしょう。しかし、二発の弾が実際に撃たれているのに、ピストルはなかったんです。さあ、このあとはあなたにおまかせしますよ」

「どうして弾が二発撃たれたとわかるんだね?」小柄な神父は訊いた。

「頭に撃ち込まれたのは一発だけです」と連れは言った。「しかし、肩帯にも弾丸の穴が空いていました」

ブラウン神父のなめらかな額に突然皺が寄った。「二発目の弾は見つかったのかい?」

フランボーは少しハッとした。「よく憶えていません」

「待てよ! 待て、待て!」ブラウン神父はいつになく好奇心を集中させて、眉間《みけん》にいっそう皺を寄せながら、声を上げた。「無作法だと思わんでくれよ。この件をちょっと考えさせてくれ」

「いいですとも」フランボーは笑いながら、ビールを飲み干した。微風《そよかぜ》が芽吹いた木々を揺らし、白とピンクの小さな雲を空に吹き上げた。すると、空はますます青く、色とりどりの景色全体がますます趣《おもむき》深くなるように見えた。それらの雲は、いわば天の子供部屋の窓へ帰って行く天使たちだったのかもしれない。城の塔の中で一番古い「竜の塔」が、ビールのジョッキのようにグロテスクな、しかし素朴な姿で立っていた。塔のすぐうしろには、問題の男が死んで倒れていた森がチラチラと輝いていた。

「そのヘートヴィヒという娘は、結局どうなったのかね?」神父はやがて質問した。

「シュヴァルツ将軍と結婚しました」とフランボーは言った。「たぶん、あの男の経歴については、お聞きになったことがおありでしょう。中々ロマンティックなものですよ。サドワやグラヴェレット[4]で手柄を立てる前から頭角を現わしていて、何と、兵卒から将校に出世したんです。これはドイツの一番小さい国にしても異例のことで――」

ブラウン神父がいきなり身を起こした。

「兵卒から出世した！」と叫んで、口笛を吹くような口の形をした。「なるほど、いかにも奇妙な話だ！　何とも奇妙な人の殺し方だ。だが、それしか方法がなかったんだろう。しかし、これほど執念深い恨みは――」

「何の話をしているんです？」と相手はたずねた。「どうやってオットー公を殺したというんです？」

「肩帯で殺したのさ」ブラウン神父は慎重に言った。するとフランボーが抗議したので、「ああ、銃弾のことはわかってるよ。肩帯をしていたから死んだと言った方が良いかもしれない。病気していたから死んだという風には聞こえないだろう」

「どうやら」とフランボーが言った。「あなたの頭には何かお考えがありそうですね。でも、あの男の頭から銃弾を取り去ることは、中々できませんよ。さっきも説明しましたが、絞め殺すことは、やれば簡単にできたでしょう。しかし、彼は撃たれたんです。一体何者に？　何によって？」

4　一八六六年の普墺戦争、一八七〇年の普仏戦争の会戦の地。いずれもプロイセン軍が勝利した。

「自分の命令によって撃たれたんだ」と神父は言った。

「自殺したというんですか？」

「自分の意志によってとは言ってないよ」とブラウン神父はこたえた。「自分の命令によってと言ったんだ」

「ふん。とにかく、あなたのお説を聞かせてください」

ブラウン神父は笑った。「わたしはめったにない休暇を楽しんでるんだ。説なんかない。ただ、この場所にいると、いろんな御伽話を思い出してね。良かったら、一つ聞かせてあげよう」

砂糖菓子のようにも見える小さなピンク色の雲がフワフワと舞い上がって、金色の生姜クッキーの城の小塔にかぶさっていた。芽ぐんだ木々の赤ん坊のようなピンク色の指がそれを取ろうとして広がり、伸びて来たようだった。青空が暮方の明るい菫色を帯びて来た頃、ブラウン神父はふいにまた口を開いた。

「ある陰気な晩のことだった。雨がまだ木々から滴り、露がもうおりはじめていた。グローセンマルク公オットーは城の横手の出入口から急いで抜け出し、森の中へそそくさと歩いて行った。数知れない番兵の一人が敬礼したが、オットー公は知らぬふりをした。ことさらに注目されたくなかったんだ。雨に濡れて光る灰色の大きな木々が自分を沼のように呑み込んでしまうと、公は安心した。宮殿の一番人気《ひとけ》のない側をわざと選んだのだが、それでも、思ったより人が多かった。しかし、急に思いついて抜け出して来たので、ほかの連中がおせっかいに、あるいは気を遣って追いかけて来る心配は特になかった。あとに置いて来た正装の外交家たちは、どうでも良い連中だった。オットー公は連中がいなくても済むことに、ふと気づいたんだ。

オットー公を突き動かしていたのは死の恐怖という高尚なものではなくて、黄金に対する奇妙な欲望だった。彼はあの黄金の伝説があったからこそ、グローセンマルクを去って、ハイリヒヴァルデンシュタインを侵攻したのだ。ただこれだけのために裏切り者を買収し、英雄を惨殺した。このために背信の侍従に長いこと尋問して、この変節漢が知らないと言うのは本当だと結論した。このために彼はしぶしぶ金を払い、褒賞金を約束した。もっとたくさんの金が手に入ることを期待したからだ。そしてこのために雨の中を、泥棒のようにこっそりと宮殿から出て来たのだった。なぜなら、彼の目が喜ぶもの[5]を手に入れる方法を、それも安上がりに手に入れる別の方法を思いついたからだ。

彼は曲がりくねった山道の上に向かって行ったが、そこには、町の上に覆いかぶさる尾根に沿って岩が柱のように並んでおり、その間に隠者の家があった。家といっても洞穴の入口を茨《いばら》で囲っただけで、そこには偉大な三兄弟の末弟が長いこと世を捨てて住んでいた。あの男なら、黄金を譲り渡すのを拒む現実的な理由はないだろう、とオットー公は考えた。

5　エゼキエル書二十四章十六節「目の喜ぶ者」、ヨハネの第一の手紙二章十六節「目の欲」などの表現を踏まえている。

あいつは何年も前からその在処《ありか》を知っているのに、探そうともしなかった。禁欲主義の教えに帰依《きえ》して財産や快楽と縁を切る以前から、そうだったのだ。たしかに、かつては敵だったが、今は信仰によって敵を持たないと公言している。あの男の言い分を認めてやり、主義に訴えてやれば、金銭に関する秘密くらいはたぶん聞き出せるだろう。オットーは網の目のように歩哨を立てて警戒していたが、けして臆病者ではなかったし、どのみち物が恐れよりも強かった。それに恐れる理由も大してなかった。国中に個人の武器が一つもないことは確かであるから、丘の上のクエーカー教徒の小さな隠れ家に武器《が》がないことは、その百倍も確かだった。あの男はそこで薬草を食べて暮らし、老いた田舎者の下男が二人いるが、もう何年もほかの人間の声を聞いていないのだ。オットー公は灯のともった街の、明るい四角形の迷路を眼下に見て、無気味な笑みを浮かべた。見渡す限りの場所には味方の小銃が並んでいて、敵には一つまみの火薬もなかったからだ。小銃隊は山道のすぐ近くまで隙間なく配置されているから、公が一声叫べば、兵隊が丘を駆け上がって来るだろうし、言うまでもなく、森や尾根は一定の時間ごとに兵隊が見まわっている。小銃隊ははるか遠くの、遠くて小さく霞んだ川向こうの森にも配備してあるから、敵はいかなる迂回路《うかいろ》からも町に忍び込むことができない。そして宮殿のまわりには、西の玄関と東の玄関、北の玄関と南の玄関、またそれぞれの玄関をつなぐ四面に沿って、小銃隊が配置されている。公の身は安全だった。

尾根に登りついて、かつての敵の棲処《すみか》がまるで無防備なのを見ると、安全であることはなおさらはっきりした。公が今いるところは、三方が切り立った崖になっている小さい岩棚だった。うしろには緑の茨に蔽われた黒い洞窟があったが、人が入れるとは思えないほど天井が低かった。正面は崖で、広大な、しかし雲のかかった谷の景色が見渡された。その小さい岩棚には古い青銅の聖書台か書見台が立っていて、大きいドイツ語聖書の重みにミシミシいっていた。青銅か銅の部分は、この高所の厳風にさらされて緑色になっており、オットーは即座に思った――「連中が武器を持っていたとしても、もう錆びついているに違いない」。月が出て、峰や岩のうしろは無気味に白《しら》み、雨は上がっていた。

たいそう年老った男が聖書台のうしろに立って、谷の向こうを見渡していた。男の着ている黒い長衣は周囲の断崖のようにまっすぐ垂れ下がっていたが、白髪とかぼそい声は、どちらも風に揺れているようだった。男は宗教上の勤めで、何か日課を朗読しているらしかった。「かれらは馬を恃《たの》み……」[6]

「もし」とハイリヒヴァルデンシュタイン公はいつになく丁重に言った。「一言だけ、お話しさせていただきたいのですが」

「……戦車を恃む」老人は弱々しく朗読を続けた。「されど我らは万軍の主の名を恃み……」言葉の終わりの方は聞き取れなかったが、老人は恭しく聖書を閉じ、ほとんど目が見

6　イザヤ書三十一章一節、詩篇二十章七節などに類似の表現が見られる。戦いに際し、神ではなく戦力を頼みとする者たちのことを言っている。

えないため手探りで書見台をつかんだ。すると、二人の僕《しもべ》が入口の低い洞穴からサッと出て来て、老人を支えた。かれらも主人と同じような燻《くす》んだ黒の長衣をまとっていたが、霜のような白髪頭ではなく、霜に打たれた上品な顔立でもなかった。二人ともクロアチア人かマジャール人の百姓で、幅の広い無骨な顔をして、目をしきりに瞬《またた》いていた。公は初めて少し不安をおぼえたが、彼の勇気と駆け引きの勘《かん》は揺らがなかった。

「最後にお目にかかったのは」と公は言った。「お気の毒な兄上が亡くなられた、あの恐ろしい砲撃の日でしたかな」

「兄弟はみな死んでしまった」老人はなおも谷の向こうを見ながら言った。それから、うなだれた繊細な顔と氷柱《つらら》のように眉に垂れかかった白髪を、一瞬オットー公の方に向けて、言い足した。「御覧の通り、わしも死んでおる」

「どうか、おわかりいただきたいのですが」オットー公は自分を抑えて、相手の機嫌を取ろうとするように言った。「わたしは昔の大きな諍《いさか》いの亡霊として、あなたを悩ましにここへ来たのではありません。あの時、どちらが正しく、どちらが間違っていたかなどということは申しますまい。しかし、あなた方がつねに正しかったとしても、少なくとも一つだけ、我々もけして間違っていなかった点があります。あなたの御一族の信条について何を言われようとも、あなた方が黄金ごときに動かされた、と一瞬でも考える者はおりません。あなた方が自らの行いで証明した通り、そんな疑いは――」

古い黒衣をまとった老人は、それまで潤《うる》んだ青い目をして、顔に弱々しい知恵のようなものを浮かべ、オットー公を見つめていた。ところが、「黄金」という言葉が出た途端、何かをつかまえようとするかのように片手を突き出し、顔を山の方へ向けた。

「この男は黄金のことを言った」と老人は言った。「許されぬことを口にした。話をやめさせよ」

オットーはプロシア人の気性と伝統に通有の欠点を持っていた。それは成功を偶然の結果ではなく資質と見なすことだった。自分や自分の仲間は永久に諸国民を支配し、相手は永久に支配され続けると考えていた。だから、驚きの感情に慣れておらず、次に起こった出来事にも用意ができていなかったので、仰天して固くなってしまった。彼は隠者に答えようとして口を開いたが、その口をいきなりふさがれ、丈夫で柔らかい猿轡《さるぐつわ》を止血帯のように頭に巻かれて、声が出なくなった。たっぷり四十秒も経ってから、二人のハンガリー人の僕がそれをやったこと、公自身の軍人用の肩帯でやったことにようやく気づいた。

老人はふたたび真鍮の台に載った大きな聖書の前によろよろと戻って、何か凄味のある辛抱強さでページをめくり、やがて「ヤコブの書」まで来ると、読みはじめた。「舌もまた小さきものなれど――」

その声自体に何か恐ろしいものがあったので、オットー公は突然身を翻《ひるがえ》し、登って来た山道を一散《いっさん》に駆けおりた。宮殿の庭の方へ半分ほど来たところで、首と顎を縛りつけている帯を剝《は》がそうとした。何度も何度もやってみたが、どうしても取れなかった。猿轡を結んだ男たちは、人が両手を前にしてできることと、頭のうしろに両手をまわしてできることとの違いを知っていたのだ。両脚は自由に動いて、山中を羚羊《かもしか》のように跳ねまわることができたし、両腕も自由に使えて、どんな手振りも合図もできたが、口を利くことはできなかった。唖《おし》の悪魔が宿ったのだ。

城を囲む森のそばまで来ると、口が利けないこの状態が何を意味するのか、どういう狙いでそうされたのかが、はっきりわかった。彼はふたたび灯のともった街の、明るい四角形の迷路を険しい顔で見おろしたが、もう微笑《わら》ってはいなかった。来た時に良い気分で考えた言葉を、残酷な皮肉を感じながら、頭の中で繰り返していた。見渡す限り味方の小銃隊が並んでいて、もし誰何《すいか》に答えられなければ、どの兵隊も自分を撃ち殺すだろう。小銃隊はすぐ近くに配置されているから、森や尾根を一定の時間ごとに見まわることができる。従って、朝まで森に隠れていても無駄だ。小銃隊ははるか遠くまで配備してあるから、敵はいかなる迂回路からも町に忍び込むことができない。従って、いくら遠まわりをして街に戻ろうとしても無駄だ。公が一声叫べば、兵隊たちが丘を駆け上がってくるだろう。しかし、彼の口から叫び声は出ない。

月が昇り、心強い銀色に輝いていた。城のまわりの松の木が真っ黒な縦縞をなして、その合間に見える空が、鮮やかな夜の青さの縞となっていた。何か大きくてフワフワした花が——公はそれまで、そんなものに目を留めなかったのだ——月光を浴びて輝くと共に色を失い、それが木の根のまわりを這うように群がっている様子は、喩《たと》えようもなく幻想的だった。おそらくオットー公は異常な監禁状態で歩きまわっているために、突然理性を失ってしまったのだろうが、彼はその森の中で底知れずドイツ的なものを感じた——それは御伽話だった。自分は人食い鬼の城に近づいているんだとうっすら意識していた——自分自身が人食い鬼であることを忘れていたんだ。昔、故郷《ふるさと》の古い庭園に熊が棲んでいるかと母親に訊いたことを思い出した。腰をかがめて一輪の花を摘もうとした。それが魔除けのお守りになるかのように。茎は思いのほか丈夫で、ポキンと折れてしまった。それを注意深く肩帯に留めようとした時、「そこにいるのは誰だ?」という声が聞こえた。その時、公は肩帯がいつもの場所にないことを思い出した。

彼は悲鳴を上げようとしたが、声が出なかった。二度目の誰何があり、そのあと、弾がヒューッと音を立てて飛んで来て、何かにあたり、急に静かになった。グローセンマルク公オットーは妖精の森に安らかに横たわり、もう黄金や鋼鉄によって人に害をなすことはなかった。月の銀の鉛筆が軍服の込み入った飾りや、老いた額の皺のそこここを照らして、なぞっているばかりだった。彼の魂に神の御慈悲があらんことを。

守備隊の厳命に従って銃を撃った番兵は、当然、獲物の痕跡を探しに駆け寄った。シュヴァルツという名の一兵卒で、その後軍人として有名になった男だ。彼が見つけたのは軍服を着た禿頭の男だったが、その顔は自分の軍の肩帯でこしらえたマスクのようなものに隠されていた。見開いた死んだ目が、月光を浴びて石のように光っているのが見えるだけだった。銃弾は猿轡を貫通し、顎に達していた。肩帯に穴が空いていたのに、発射された弾が一発だけだった理由は、それだよ。正しいやり方ではなかったかもしれないが、自然な振舞いとして、若いシュヴァルツは謎めいた絹のマスクを剝ぎ取り、草の上に投げ捨てた。そして、自分が誰を殺したのかを知ったというわけだ。

その次に起こったことは、我々には確かめようがない。しかし、あの小さな森には、やはり御伽話があったような気がするんだよ。そのきっかけはぞっとする出来事ではあったがね。ヘートヴィヒという娘さんは、自分が窮地を救って、やがて結婚した兵隊を、前から知っていたんだろうか。それとも、たまたま現場に来合わせて、その夜から親しくなったのだろうか。それは、たぶん知りようがあるまい。しかし、このヘートヴィヒが一個の女傑《ヒロイン》であって、のちにちょっとした英雄《ヒーロー》になる男と結婚するにふさわしい人だったことは、たしかめられるだろうね。彼女は大胆で賢明なことをやってのけた。番兵を説き伏せて、自分の部署に帰らせたんだ。そこにいれば、彼とこの惨事を結びつけるものは何もない。彼は付近に待機している、命令に忠実な五十人の番兵の一人にすぎないのだ。娘は死体のそばに残って、助けを呼んだ。彼女とこの惨事を結びつけるものも、何もなかった。彼女は銃を持っていないし、そんなものを持てるはずもなかったからだ。

「さて」とブラウン神父は元気良く立ち上がって、言った。「二人が幸せに暮らしていることを祈ろう」

「どこへ行くんですか?」友がたずねた。

「あの侍従の肖像画をもう一度見に行くんだ。兄弟を裏切ったアーンホルトだよ」と神父は答えた。「一体、あの男はどんな役割を——裏切りを二度重ねた者は、裏切りの罪が軽いと言えるんだろうか？」

神父はそれから白髪の男の肖像画の前に立って、長いこと思いに耽った。黒い眉をした男は桃色のつくりものめいた微笑を浮かべていたが、その微笑は、目の中にある黒い警告と矛盾するように見えた。

訳者あとがき

G・K・チェスタトンが『ブラウン神父の無心（The Innocence of Father Brown）』につづけて『ブラウン神父の知恵（The Wisdom of Father Brown）』を世に出したのは一九一四年のことで、それから百年目にあたる年にこの本を訳せたことはたんなる偶然にすぎないけれども、翻訳者として光栄であり、大変嬉しく思う。

百年前という時代は、感覚的に〝今〟と〝昔〟のどっちに分類していいものか迷うと思うのはわたしだけだろうか。チェスタトンが生まれたビクトリア朝のころには、ご婦人方は路上のごみをすべて掻き集めるような、大きく膨らんだ長いスカートを引きずっていたが、『知恵』が刊行される二十世紀にもなると、女性たちは不健康なコルセットから解放されて、スカートも足首丈ほどまで短くなる。

捜査の手法にも、現代に通じる新しいものがあらわれる。本作を見てみても、「機械の誤り」には原始的な嘘発見器（〝心理測定機械〟）が登場するし、「ジョン・ブルノワの奇妙な罪」では、ブラウン神父は凶器に残った指紋に着目する。このとき神父は、〝誰のものかということに関しては、わたしには何の手がかりもありません〟と述べているが、指紋が個人の識別に利用できることは、神父は（あるいはチェスタトンは）知っていたのだろうと想像する。スコットランドヤードは、一九〇一年には指紋鑑定の専門の部署を立ちあげている。

あれから捜査の技術は格段に進歩して、今では推理小説や映像の世界においても先端的な科学捜査を題材にするものが増えた。機械で緻密に分析した微細な証拠が大きな悪をあばいたりする展開は、それはそれは胸がすくものである。けれど、「機械の誤り」のなかで神父はこんなことを言う――〝忘れがちなことですが、信頼できる機械は、いつでも信頼できない機械が動かさねばならないのですよ〟。つまり、いくらすばらしい技術が開発されようとも、それを操るのは人間というあてにならない機械だ、ということだ。ミステリ小説を読んでいて科学捜査にたずさわる人間の失敗や詰めの甘さを目撃するたびに、この先わたしは、黒い僧衣に身をつつんだチビの神父の丸顔を思い出すことだろう。そのとき神父は百年をへだてた向こうから、目をパチクリさせて純真そうにこちらを見ているにちがいない。

ここでひとつお断りを。心証的証拠によりあざやかに真相を見抜くブラウン神父のファンは、物語における物的証拠の扱いの緻密さにさほど重きをおくことはないと思うが、お気づきだろうか、じつは『知恵』の一編でチェスタトンは、事件解明の肝といえる説明のなかでちょっとした「誤り」をおかしている。調べてみるといくつかの既訳では正されていたが、筋に影響をあたえる種類のものではないので、今回は共訳者の南條竹則氏と相談し、これも著者の個性ということで原文のとおりに訳した。その一編とは「イルシュ博士の決闘」だということだけ、読者の皆さんにこっそりお伝えしておこう。

ところで、ブラウン神父の物語を読むと、神父の無邪気な語り口はもちろんだが、それ以外に印象に残ることがふたつある。ひとつは描写の色彩の豊かさで、どんなに想像力の乏しい人でも目の前にうかべてみずにはいられない、子供心をワクワクさせるようなカラフルな色合いや、ひとつの色のグラデーションを幾色にも書き分ける味わい深い文章があちこちにあらわれる。これには、かつて画家を目指したチェスタトンの美術の才と経験が影響しているにちがいない。

そしてもうひとつは、若い男女に対する著者のあたたかい眼差しである。たとえ、話の展開は悲劇的でも、好意をいだきあった青年と娘には、必ずといっていいほど明るい未来を予感させる結末が用意されている。わたしはこの点がどうにも気になって、理由をさぐろうと思いチェスタトンに関する本を読んでみた。けれども、親の反対や経済的事情から、未来の妻フランシスとの結婚にこぎつけるまで苦労したという自身の経験が背景にあるのだろうか、と薄っぺらな想像をするくらいしかわたしにはできない。何かこれという訳《わけ》をご存じの方がいれば、是非とも教えていただきたい。

翻訳にあたっては『The Wisdom of Father Brown』(Cassell, 1914) を底本とし、ブラウン神父の活躍する全短編を時系列にならべて編んだ『The Complete Annotated Father

Brown』(The Battered Silicon Dispatch Box, 2003)、一九五五年に出版された村崎敏郎氏による『ブラウン神父の知慧』をはじめ、中村保男氏、橋口稔氏の既訳を参照させていただいた。ここにあらためて敬意と感謝を表したい。

二〇一五年十一月　坂本あおい

解説　ブラウン神父のパラドクス

甕《もたい》由己夫《ゆきお》

チェスタトンはパラドクスを愛し、パラドクスを追求し続けた作家である。彼によれば、人間はパラドクスの塊であり、宇宙はパラドクスに満ちている。十二歳で異教徒、十六歳で完璧な不可知論者だったというチェスタトンが、カトリックに回心したのも、様々な合理主義者が互いに矛盾するような理由でキリスト教を非難しているというパラドクスについて熟考した結果だった。その作品のなかにも、人目を惹く興味深いパラドクスが数多く登場する。彼はおそらく歴史上最も多くのパラドクスを生産した作家であろう。パラドクス（逆説、逆理）とは、互いに矛盾して見える二つの判断が同時に成り立ち、しかもどちらかを間違いとすることで解決できないような言説である。実際に矛盾が生じて避けられない場合もあるが、多くのパラドクスでは矛盾は単なる見せかけに過ぎず、充分に分析すればその裏に矛盾のない真理が隠されていることが分かる。矛盾した見かけによって関心を惹き付け、常識的な浅い見方では見えないような真理に誘うのである。この意味で、チェスタトンはパラドクスを「人目を惹くために逆立ちしている真理」と定義している。

ブラウン神父のシリーズ中にも、数多くのパラドクスが様々な形で姿を現している。例えば、「機械の誤り」にあるブラウン神父の「私はこちらの紳士を知りません……しかし、知っていると思います。……あなたはこの方を知っている……しかし、知らないのです」という発言は、典型的なパラドクスを表している。「知っているけれど知らない」というのは、字面だけから見れば矛盾以外の何ものでもない。しかし、この言葉は端的な矛盾を示しているわけではない。ブラウン神父が言わんとしているのは、「私はこの人と顔見知りではないが、この人がトッド氏であることを知っている」そして、「アッシャー氏はトッド氏のことをよく知っているが、この人がトッド氏だと知らない」ということだ。一方では肯定され他方では否定されている、「知る」の意味がずらされることで、見かけ上は矛盾するが実質的には矛盾のない発言が成り立っているのだ。このように、矛盾・対立して見える二つの判断のうち、どちらか一方が否定され退けられるのではなく、両者の共存に何らかの意味があるのがパラドクスの特徴である。

「機械の誤り」に限らず、多くのブラウン神父譚では、謎解きの過程でまずパラドクスが提示される。例えば「グラス氏の不在」では「トッドハンター氏の所有物だが、彼の帽子ではない」というパラドクスが示され、それによってトッドハンター氏の職業が暗示される。「ジョン・ブルノワの奇妙な罪」では、クロード卿の偏執的な行為の動機が、「クロード卿がブルノワを憎んだのは、ブルノワがクロード卿を憎まなかったからだ」というパラドクスで語られる。また、この文庫では未訳だが、シリーズ第三巻のある作品では、アリバイ作りのトリックに関して、「彼は事件と無関係だからこそ、事件と関係しているので推理に参加する意欲を刺激されるのだ。

戯言と受け取り苛立ちを募らせる。だが読者は、そこに謎の解明の端緒を読み取り、自ら

を口にすると、事件の真相にまだ気づいていない作中の話し相手は、単なるナンセンスな

す」という、とびきりのパラドクスが語られている。ブラウン神父がこうしたパラドクス

【以下収録作「イルシュ博士の決闘」のトリックを明かしております。ご注意ください】

ブラウン神父シリーズのほとんどの作品には、何らかの形でパラドクスが登場して来るが、この第二巻『ブラウン神父の知恵』のなかで、パラドクスという観点から見てとりわけ興味深いのは「イルシュ博士の決闘」であろう。この作品には、様々なパラドクスが手を替え品を替え、次々と現れてくる。「ポール・イルシュ」という独仏混合の怪しげな名前自体がまずパラドクスめいている。作品の冒頭で語られる、ドイツ人が平和的に平和を説くのに対し、ガリア人は戦闘的に平和を勝ち取ろうとするという認識は、フランス気質のなかにあるパラドクス性を表現したものだ。ブラウン神父が白魚の軽食を楽しむ場面で、本書では「節度のある美食家」と自然な日本語に訳されている言葉は、愚直に直訳すれば「禁欲的な快楽主義者《エピキュリアン》」となる。禁欲と快楽主義の両立がパラドクス的であるうえに、カトリックの神父を快楽主義者と形容することで、二重にパラドクスが折り畳まれている。

そして、イルシュ博士を告発しに来たデュボスクは、発言力を持たないが語る義務があることを、「おれはしゃべることができない！　だからこそ、こうしてしゃべってるんだ！」

と、パラドクスによって表明するのである。

場面場面でこうしたパラドクスが現れるだけではない。本作では、作品全体の主題そのものが、ひとつのパラドクスをめぐるものと見ることができる。作中でイルシュ博士やブラウン神父がドレフュス事件に言及しているが、おそらくチェスタトン自身が事件に触発されて執筆したのだろう。ブラウン神父は、「ドレフュスは自分が濡れ衣を被せられたことを知っている人間のように振舞った。フランスの政治家や軍人たちは、ドレフュスが濡れ衣を被せられたのではなくて、確かに悪者だということを知っているように振舞った」と言う。神父の困惑は、両者とも自分が正しいことを信じているように見えるところにある。矛盾する判断がどちらも真実と信じられているならば、これは紛れもないパラドクスと言わなければならない。

このパラドクスに対して、チェスタトンが提示した極めて論理的な解決は、スパイ容疑者は嘘をつくことによって、結果としてドイツに真実を教えていた、というものだ。情報が間違いであることを知っていれば、相手はその裏の真実を探り当てることが可能になる。しかし、情報を流した人物は、自分は嘘を教えているのだから、スパイ行為など働いていないと思うことができる。これによって、容疑者は「自分はスパイでない」と確信をもって主張し、告発者も「彼はスパイである」と確信をもって主張するというパラドクスが成立する。ブラウン神父は、こうした事情を封筒の色にかけて「灰色であっても良かったのに、白だったのなら、この事件は真っ黒だ」と、これまたパラドクス的に示唆する。

デュボスクによるイルシュの告発は、一人二役からなる自己演出だったわけだが、ここにもパラドクスが関わっている。イルシュのなかには、フランス的とドイツ的という相容れない要素が同居している。そして、イルシュのなかに住むフランス的良心が、教えたのは嘘だから自分はスパイでないと思いこむ自己欺瞞に気づき、自分自身を告発するデュボスクという別人格が生れたのだ。そう考えないとこの出来事は理解しがたい。ブラウン神父はイルシュを野心家と評し、孤独な人物だからすべて一人でやらなくてはならなかったと言っているが、スパイ嫌疑をかけて次にそれを晴らすことで、すでに十分高名な博士の地位や名声が向上するとは考えにくい。デュボスクは、イルシュにとっては無意識の部分で、真剣に告発を行っているのである。

嘘をつくことで敵に真実を教えるためには、一貫して嘘をつき続けなければならない。だから、イルシュを告発するためには、彼が言うことはいつも嘘だと喝破する必要がある。しかし、デュボスクによる「イルシュの言うことはすべて嘘だ」という言葉は、二人が同一人物であることが分かってしまえば、「自分の言うことはすべて嘘だ」という意味になる。それが嘘でないと仮定とすると、この言葉そのものが自分の発言だから嘘ということになって、矛盾が生じる。この言葉が嘘だと仮定すれば、「自分の発言はすべてが嘘というわけではない」が本当ということになり、矛盾は生じないが告発が意味を成さなくなる。

これは、「クレタ人であるエピメニデスが『すべてのクレタ人はうそつきである』と述べた」というエピメニデスのパラドクスと同じ構造だ。つまり、「常に嘘を言うことで情報を敵に売っている」という自己告発は不可能なのである。そこでデュボスクは、この告発が可能な第三者に謎の解決を委ねて、再びイルシュのなかに消えて行ったのではないだろうか。

【ここまででトリックを明かしている個所は終わりです】

ほとんどのチェスタトンの作品には、軽重の差はあれ何らかのパラドクスが含まれているのだが、話は個々の作品にとどまらない。ブラウン神父のシリーズは、その全体がひとつの大きなパラドクスに貫かれている。それは、「最も合理的であるためには、最も非合理でなければならない」というパラドクスだ。「最も合理的」とは、不可能や超自然でできているかに見える謎を、論理的に推理し解決するということである。「最も非合理」とは、キリスト教の教える神や奇蹟や来世を信じることである。つまり、キリスト教、ことにカトリックの正しい信仰を持っていてこそ、人は最も合理的に物事を考えることができるのである。チェスタトンが、推理小説の探偵役に神父をすえた意味はここにある。

現代人の常識では、神父は非合理な信念の守護者と目されている。だが、チェスタトンによれば、キリスト教の正しい教えに従うものは、神秘的な事柄を何でも見境なく信じてしまうわけではない。真のキリスト者には、信じるべきものと信じるべきでないものの区別がはっきりしている。従って、信ずべきでない神秘に惑わされることなく、謎を合理的に解明していくことができる。そもそも世界に合理的な秩序を与えているのが神なのだ。

神を追放した現代人は、正しく信じるべきものを失ったために、合理的解釈が極めて困難な出来事に遭遇すると、神秘的解釈にたやすく飛びつきやすい精神状況に置かれているのである。懐疑主義者や無神論者や科学至上主義者が解けない難事件を、外見的に冴えないカトリックの神父が鮮やかに解決する姿を描くところに、回心したカトリック教徒として時代の新思想と渡りあったチェスタトンの矜持が窺われるのである。

推理小説が謎解きの興味を追求していくと文学性が薄れ、文学性を追求していくと謎解きの興味が薄れてしまうことに、常に葛藤を覚えていた江戸川乱歩は、チェスタトンのいわゆる「形而上学的手品」と言うべき作風に、来るべき未来の推理小説の可能性を感じ取っていた。推理小説の未来が掛かっているかどうかはともかく、チェスタトンの作品が謎解きの興味を十分に満足させながら、謎が解けてしまった後でも繰り返し再読に堪えることは、誰しも首肯されるところであろう。パラドクスを味わうためには語り口が重要なのだが、従来の翻訳では推理小説的分かりやすさや日本語の自然さに配慮した結果か、ともするとチェスタトン独特の言い回しが反映されていないうらみがある。本文庫では「どのみち百年前の作品なのだから、翻訳も古くさいくらいが良い」という訳者の賢明な方針により、チェスタトン固有のロジックやレトリックがより明確になり、パラドクスなども鮮明に浮き彫りになっているように思われる。読者はこなれた日本語を通じて、文学として様々な切り口からチェスタトンの世界を満喫することができるだろう。

本書はちくま文庫のための訳し下ろしです。

なお、本書のなかには今日の人権感覚に照らして不適切と思われる語句がありますが、時代背景や作品の価値、作者の意図などを考え、原文を尊重した訳文としました。

ブラウン神父の無心
G・K・チェスタトン
南條竹則／坂本あおい訳
ホームズと並び称される名探偵「ブラウン神父」シリーズを鮮烈な新訳で。「木の葉を隠すなら森のなか」などの警句と逆説に満ちた探偵譚。（高沢治）

新ナポレオン奇譚
G・K・チェスタトン
高橋康也／成田久美子訳
未来のロンドン。そこは諧謔家の国王のもと、中世の都市に逆戻りしていた……。チェスタトンのデビュー長篇小説、初の文庫化。（佐藤亜紀）

中華料理秘話
泥鰌地獄と龍虎鳳
南條竹則
泥鰌が豆腐に潜り込むあの料理「泥鰌地獄」は実在するのか？「龍虎鳳」なるオソロシげな料理の材料とは？ 文庫書き下ろし、至高の食エッセイ。

郵便局と蛇
A・E・コッパード
西崎憲編訳
日常の裏側にひそむ神秘と怪奇を淡々とした筆致で描く、孤高の英国作家の詩情あふれる作品集。新訳一篇を追加し、巻末に訳者による評伝を収録。

パヴァーヌ
キース・ロバーツ
越智道雄訳
1588年エリザベス1世暗殺。法王が権力を握り、蒸気機関が発達した「もう一つの世界」で20世紀、反乱の火の手が上がる。名作、復刊。（大野万紀）

競売ナンバー49の叫び
トマス・ピンチョン
志村正雄訳
「謎の巨匠」の暗喩に満ちた迷宮世界。突然、大富豪の遺言管理執行人に指名された主人公エディパの物語。郵便ラッパとは？（巽孝之）

動物農場
ジョージ・オーウェル
開高健訳
自由と平等を旗印に、いつのまにか全体主義や恐怖政治が社会を覆っていく様を痛烈に描き出す。『一九八四年』と並ぶG・オーウェルの代表作。

カポーティ短篇集
T・カポーティ
河野一郎編訳
妻をなくした中年男の一日を、一抹の悲哀をこめ、ややユーモラスに描いた本邦初訳の「楽園の小道」他、選びぬかれた11篇。文庫オリジナル。

氷
アンナ・カヴァン
山田和子訳
氷が全世界を覆いつくそうとしていた。私は少女の行方を必死に探し求める。恐ろしくも美しい終末のヴィジョンで読者を魅了した伝説的名作。

グリンプス
ルイス・シャイナー
小川隆訳
ドアーズ、ビーチ・ボーイズ、ジミヘンにビートルズ。幻のアルバムを求めて60年代へタイムスリップ。ロックファンに誉れ高きSF小説が甦る。

生ける屍
ピーター・ディキンスン　神鳥統夫訳
独裁者の島に派遣された薬理学者フォックス。秘密警察が跳梁し、魔術が信仰される島で陰謀に巻き込まれ……。幻の小説、復刊。（岡和田晃／佐野史郎）

世界幻想文学大全
幻想文学入門
東雅夫編著
幻想文学のすべてがわかるガイドブック。澁澤龍彦、中井英夫、カイヨワ等の幻想文学案内のエッセイも収録し、資料も充実。初心者も通も楽しめる。

世界幻想文学大全
怪奇小説精華
東雅夫編
ルキアノスから、デフォー、メリメ、ゴーチエ、ゴーゴリ……時代を超えたベスト・オブ・ベスト。岡本綺堂、芥川龍之介等の名訳も読みどころ。

世界幻想文学大全
幻想小説神髄
東雅夫編
ノヴァーリス、リラダン、マッケン、ボルヘス……時代を超えたベスト・オブ・ベスト。松村みね子、堀口大學、窪田般彌等の名訳も読みどころ。

短篇小説日和
西崎憲編訳
短篇小説は楽しい！　大作家から忘れられたマイナー作家の小品まで、英国らしさ漂う一風変わった傑作を集めました。巻末に短篇小説論考を収録。

怪奇小説日和
西崎憲編訳
怪奇小説の神髄は短篇にある。ジェイコブズ「失われた船」、エイクマン「列車」など古典的怪談から異色短篇まで18篇を収めたアンソロジー。

お菓子の髑髏
レイ・ブラッドベリ　仁賀克雄訳
若き日のブラッドベリが探偵小説誌に発表した作品のなかから選ばれた15篇。ブラッドベリらしい、ひねりのきいたミステリ短篇集。

片隅の人生
W・サマセット・モーム　天野隆司訳
南洋の島で起こる、美しき青年をめぐる悲劇を、達観した老医師の視点でシニカルに描く。人間観察の達人・モームの真髄たる長編、新訳で初の文庫化。

女ごころ
サマセット・モーム　尾崎寔訳
美貌の未亡人メアリーとタイプの違う三人の男の恋の駆け引きは予期せぬ展開を迎える。第二次大戦前夜のイタリアを舞台にしたモームの傑作を新訳で。

昔も今も
サマセット・モーム　天野隆司訳
16世紀初頭のイタリアを背景に、「君主論」につながるチェーザレ・ボルジアとの出会いを描き、「政治人間」の生態を浮彫りにした歴史小説の傑作。

ガルガンチュアとパンタグリュエル（全5巻）
フランソワ・ラブレー
宮下志朗訳
フランス・ルネサンス文学の記念碑的大作。〈知〉の一大転換期の爆発的エネルギーと感動をつたえる画期的新訳。第64回読売文学賞研究・翻訳賞受賞作。

チャタレー夫人の恋人
D・H・ロレンス
武藤浩史訳
戦場で重傷を負い、不能となった夫——喪失感を抱く夫人は森番と出会い、激しい性愛の歓びを知る。名作の魅惑を伝える、リズミカルな新訳。

ケルトの神話
井村君江
古代ヨーロッパの先住民族ケルト人が伝え残した幻想的な神話の数々。目に見えない世界を信じ、妖精たちと交流するふしぎな民族の源をたどる。

オーランドー
ヴァージニア・ウルフ
杉山洋子訳
エリザベス女王お気に入りの美少年オーランドー、ある日目をさますと女になっていた——4世紀を駆ける万華鏡ファンタジー。（小谷真理）

不思議の国のアリス
ルイス・キャロル
柳瀬尚紀訳
おなじみキャロルの傑作。子どもむけにおもねらず、ことば遊びを含んだ、透明感のある物語を原作の香気そのままに日本語に翻訳。（楠田枝里子）

ケルト妖精物語
W・B・イエイツ編
井村君江編訳
群れなす妖精もいれば一人暮らしの妖精もいる。不思議な世界の住人達がいきいきと甦る。イエイツが贈るアイルランドの妖精譚の数々。

ケルトの薄明
W・B・イエイツ
井村君江訳
無限なものへの憧れ。ケルトの哀しみ。イエイツ自身が実際に見たり聞いたりした、妖しくも美しい話ばかり40篇。（訳し下ろし）

ケルトの白馬／ケルトとローマの息子
ローズマリー・サトクリフ
灰島かり訳
ブリテン・ケルトもの歴史ファンタジーの第一人者による珠玉の少年譚。実在の白馬の遺跡をモチーフにした代表作ほか一作。（荻原規子）

炎の戦士クーフリン／黄金の騎士フィン・マックール
ローズマリー・サトクリフ
灰島かり／金原瑞人／久慈美貴訳
神々と妖精が生きていた時代の物語。かつてエリンと言われた古アイルランドを舞台に、ケルト神話に名高いふたりの英雄譚を1冊に。（井辻朱美）

謎の物語
紀田順一郎編
それから、どうなったのか——結末は霧のなか、謎は謎として残り解釈は読者に委ねられる。不思議な「謎の物語」15篇。女か虎か／謎のカード／園丁 他

日本幻想文学大全 **幻妖の水脈** 東雅夫編

『源氏物語』から小泉八雲、泉鏡花、江戸川乱歩、都筑道夫……。妖しさ蠢く日本幻想文学、ボリューム満点のオールタイムベスト。

日本幻想文学大全 **幻視の系譜** 東雅夫編

世阿弥の謡曲から、小川未明、夢野久作、宮沢賢治、中島敦、吉村昭……。幻視の閃きに満ちた日本幻想文学の逸品を集めたベスト・オブ・ベスト。

日本幻想文学大全 **日本幻想文学事典** 東雅夫

日本の怪奇幻想文学を代表する作家と主要な作品を、第一人者の解説と共に網羅する空前のレファレンス・ブック。初心者からマニアまで必携！

快楽としてのミステリー 丸谷才一

ホームズ、007、マーロウ——探偵小説を愛読して半世紀、その楽しみを文芸批評とゴシップを駆使して自在に語る、文庫オリジナル。（三浦雅士）

鬼譚 夢枕獏編著

夢枕獏がジャンルにとらわれず、古今の「鬼」にまつわる作品を蒐集した傑作アンソロジー。坂口安吾、手塚治虫、山岸凉子、筒井康隆、馬場あき子、他。

ラピスラズリ 山尾悠子

言葉の海が紡ぎだす、〈冬眠者〉と人形と、春の目覚めの物語。不世出の幻想小説家が20年の沈黙を破り発表した連作長篇。補筆改訂版。（千野帽子）

増補 **夢の遠近法** 山尾悠子

「誰かが私に言ったのだ／世界は言葉でできていると」。誰も夢見たことのない世界が、ここではじめて言葉になった。新たに二篇を加えた増補決定版。

蘆屋家の崩壊 津原泰水

幻想怪奇譚×ミステリ×ユーモアで人気のシリーズ、新作を加えて再文庫化。猿渡と怪奇小説家の伯爵、二人の行く手には怪異が——。（川崎賢子）

ピカルディの薔薇 津原泰水

人気シリーズ第二弾、初の文庫化。作家となった猿渡は今日も怪異に遭遇する。五感を失った人形師、過去へと誘うウクレレの音色——。（土屋敦）

猫ノ眼時計 津原泰水

人気シリーズ完結篇。「豆腐」で結ばれた二人、猿渡と伯爵の珍道中は続く。火を発する女、カメラに映らない友、運命を知らせる猫。（田中啓文）

ちくま文庫

ブラウン神父《しんぷ》の知恵《ちえ》

二〇一六年一月十日　第一刷発行

著者　G・K・チェスタトン
訳者　南條竹則（なんじょう・たけのり）
　　　坂本あおい（さかもと・あおい）

発行者　山野浩一
発行所　株式会社　筑摩書房
東京都台東区蔵前二―五―三　〒一一一―八七五五
振替〇〇一六〇―八―四一二三
装幀者　安野光雅
印刷所　株式会社加藤文明社
製本所　株式会社積信堂

筑摩書房サービスセンター
埼玉県さいたま市北区櫛引町二―六〇四　〒三三一―八五〇七
電話番号　〇四八―六五一―〇〇五三

ISBN978-4-480-43276-6 C0197